Das Buch

An einer Kultstelle aus der Steinzeit, dem Gottesackerplateau, entdeckt das Ehepaar Jansen einen toten Mann. Florian Berger, Leiter der Polizeidienststelle im Kleinwalsertal in Österreich, macht sich sofort auf den Weg, die Leiche zu bergen. Wenig später erhält Paul Wanner, Hauptkommissar in Kempten, ebenfalls einen Anruf: Eine schwerentstellte Frauenleiche wurde im Hölloch, der tiefsten Höhle des Allgäus, gefunden. Nach dem Obduktionsbericht ist sich Wanner sicher, dass die Tat mit dem Mord im Kleinwalsertal in Verbindung steht. Wanner und Berger beschließen daraufhin, grenzübergreifend zusammenzuarbeiten. Gemeinsam machen sie sich auf die Jagd nach dem Mörder, der ihnen jedoch immer einen Schritt voraus zu sein scheint.

Der Autor

Peter Nowotny, promovierter Agrarwissenschaftler und Vorsitzender der Oberallgäuer Volkshochschule, lebt seit vielen Jahrzehnten im Allgäu. Er ist begeisterter Bergsteiger und bereiste die ganze Welt, unter anderem als Reiseführer.

Von Peter Nowotny ist in unserem Hause bereits erschienen:
Grünten-Mord

PETER NOWOTNY

IFENFEUER

Ein Allgäu-Krimi

Ullstein

Besuchen Sie uns im Internet:
www.ullstein-taschenbuch.de

Überarbeitete Ausgabe im Ullstein Taschenbuch
1. Auflage Juni 2012
© 2010 Verlag Tobias Dannheimer GmbH Kempten
Umschlaggestaltung: Zero Werbeagentur, München
Titelabbildung: © GettyImages/Erik Dreyer (Landschaft)
© plainpicture/Arcangel (Stacheldraht und Stoff)
Satz: Pinkuin Satz und Datentechnik, Berlin
Gesetzt aus der Bembo
Papier: Pamo Super von Arctic Paper Mochenwangen GmbH
Druck und Bindearbeiten: GGP Media GmbH, Pößneck
Printed in Germany
ISBN 978-3-548-28426-2

PROLOG

Mittlere Steinzeit
Ifengebiet, Kleinwalsertal

Tagelang schon peitschte der Regen über den grün bewachsenen Bergrücken, der sich oberhalb der Lagerstätte zwischen zwei mächtigen Felsbergen hinzog. Er kam aus dem Land jenseits ihres Jagd- und Sammelgebietes, dort, wo die Sonne Abend für Abend verschwand, um am nächsten Tag auf der anderen Seite über einem der gezackten Gipfel wieder aufzutauchen. Drohend erhoben sich ringsum die Bergketten, und die Frauen der Gruppe schauten ängstlich dorthin. Demnächst würden sie weiterwandern, auf der Suche nach neuen Lebensräumen. Hier, wo bisher üppiges Gras wuchs und die krüppeligen Bäume weit hinaufreichten, hatten sie ein gutes Gebiet für ihre Streifzüge gefunden und viele Gämsen, Steinböcke und andere Tiere jagen und mit ihren Feuersteinpfeilen und Speeren erlegen können. An einer überhängenden Felswand, nahe einem schmalen Einschnitt, hatten sie aus Stangen und Ästen ein Lager errichten und einigermaßen geschützt leben können. Weiter unten im Tal gab es nur Sumpfland, Gestrüpp, tief eingeschnittene Bäche und wilde Tiere. Oberhalb der finsteren Wälder konnten sie sich besser fortbewegen als im Tal, und auch ihre Schafe fanden noch Weideflächen.

Drei Männer stiegen auf das Lager zu. Einer von ihnen hatte einen Gämsbock auf den Schultern. Die beiden anderen folgten ihm, sie trugen Pfeile, Bogen, Speere und Steinäxte. Ihre dichten Grasmäntel troffen vor Nässe, und die Hauben aus Steinbockleder schützten die Gesichter nur notdürftig. Um die Beine waren lederne Gamaschen gewickelt, die Füße steckten in primitiven Sandalen. Unter den Mänteln waren sie in eine Art Lederwams gekleidet, der von Gürteln aus Sehnen erlegter Gämsen gehalten wurde. Darin steckten zu Messern gehauene Feuersteine von einem Berghang, der Richtung Mittagssonne lag. Wegen der vielen Bären war es dort allerdings für sie gefährlich, danach zu suchen. Manchmal trafen sie aufeinander und machten sich gegenseitig wilden Honig und süße Beeren streitig.

Schon von Weitem nahmen sie den Rauch des Lagerfeuers wahr, den der Wind auf sie zutrieb. Sie hoben die Köpfe und schnüffelten laut hörbar. Ihre dicht behaarten Gesichter verzogen sich zu einem freudigen Grinsen, und sie stießen Freudenrufe aus. Feuer bedeutete, bald aus diesem Dauerregen in den trockenen Schutz von Felswand und Sträucherdach zu gelangen und sich ausruhen zu können, während die Frauen den Gämsbock zerlegten und seine Fleischstücke über dem Feuer brieten.

Lautlos kreisten zwei Raben über ihnen. Als das Feuer sichtbar wurde, machten sich die Männer mit lautem Rufen bemerkbar. Über weitere Strecken verwendeten sie ein langes, unten gekrümmtes Horn aus einer am Hang gewachsenen Fichte, das sie aushöhlten und hineinbliesen. Der dumpf klingende Ton trug über die Täler und diente zur Verständigung, aber auch zur Warnung.

Als sie das Feuer erreicht hatten, wurden sie mit einem vielstimmigen Begrüßungsgeschrei empfangen. Mehr als ein Dutzend Männer, Frauen und Kinder drängten sich um das Lagerfeuer und sahen ihnen erwartungsvoll entgegen. Als der Träger den Bock zu Boden gleiten ließ, stürzten sich zwei Frauen darauf, zerrten das Tier auf die Seite und begannen sogleich mit dem Zerlegen. Die drei Jäger warfen die nassen Mäntel ab, rieben sich die Hände über dem Feuer, lagerten sich zu den anderen und berichteten von ihrer Jagd.

Der Jäger, der auf dem Heimweg in der Mitte gegangen war, schien der Älteste zu sein. Sein wirres Haar war angegraut, und tiefe Furchen durchzogen sein Gesicht. Eine wild verwucherte Narbe lief über die linke Gesichtshälfte bis hin zum Haaransatz, Überbleibsel eines Tatzenhiebes von einem Bären, dem der Mann zu nahe gekommen war.

Der Träger des Bockes hatte seinem Haar- und Bartwuchs mit einem scharfkantigen Feuersteinmesser das wilde Aussehen genommen. Er war sehnig und mochte dreißig Sonnenzeiten noch nicht erreicht haben. Über Stirn und Kopf trug er ein Lederband, in dem hinten die Federn eines der großen Vögel steckten, die im Frühjahr laut glucksend über die grüne Ebene strichen und manchmal nichts anderes zu sehen und zu hören schienen als den Nachbarhahn, der ihnen die Henne streitig machte.

Der Dritte im Bunde der Jäger war stämmig, geradezu grobschlächtig, und seine Beine ähnelten in ihrer Krümmung seinem Bogen, den er neben sich liegen hatte. Auf der Lederhaube hatte er mit Sehnen das Gehörn eines Rehbockes befestigt, das krankhaft verwachsen war und zu dem Gesicht seines Trägers passte. In seiner zerfurchten Wildheit, mit dem verschlagenen Blick seiner schwarzen Augen und einer knollig gewachsenen Nase sah der Mann eher zum Fürchten aus.

Eine der beiden Frauen, die sich den Gämsbock gegriffen hatten, war noch jung. Sie hatte ein sackartiges Kleid aus dem geschabten Leder eines Steinbockes an, das in der Mitte von einem bunten Flechtgürtel zusammengerafft wurde. Hinter ihrem Stirnband oberhalb des breitknochigen, mit Rötel bemalten Gesichtes steckten die gleichen Federn wie bei dem Bockträger. Dieses Zeichen und die Blicke der Frau verrieten ihre Zuneigung zu ihm.

Finster verfolgte der Krummbeinige mit dem Rehbockgehörn die Blicke der beiden. Seine buschigen Augenbrauen zogen sich drohend zusammen. Einst hatte diese Frau ihm gehört. Dann war eines Tages ein jüngerer Jäger aus einer anderen Gruppe gekommen, dem sie sich zugewandt hatte. Seither lebten sie zusammen. Langsam holte der Mann seine Axt, einen abgerundeten Stein von zwei Faustgrößen, zu sich heran. Seine Finger umschlossen krampfartig den Stiel, den er sich vor einiger Zeit geschnitzt hatte.

Heute Nacht, dachte er, wenn die Eulen schreien und lautlose Schatten über ihrem Lager schweben, heute Nacht …

Den Jäger mit dem Federband fand man am nächsten Morgen ein Stück abseits des Lagers neben der toten Frau, die sein Zeichen trug. In ihrem Herz steckte ein Feuersteindolch. Der Kopf des Mannes war von einem gewaltigen Schlag zerschmettert worden, und noch im Tod schien er die junge Frau schützen zu wollen.

Der Grobschlächtige war seit jener Nacht verschwunden und wurde nie wiedergesehen. Die Gruppe begrub die Toten unter Wehklagen. Dann löste sie das Lager auf und verschwand für immer.

Dort aber, wo die Toten ruhten und das Lager der Jäger und Hirten gewesen war, geschahen seither seltsame Dinge, die späteren Besuchern, bis in die Neuzeit, Schauer über den Rücken jagten.

Die einen wollen dabei zwei Menschen in urzeitlicher Kleidung, andere einen Auerhahn mit seiner Henne gesehen haben, wieder andere zwei Raben kreisen, und weitere schworen, dass sie immer an der gleichen Stelle ein Gämskitz mit seiner Mutter hatten stehen sehen. Aber alle waren spurlos verschwunden, sobald man näher kam.

Und manchmal hallte bei Vollmond der einsame Klang eines Alphornes von den Wänden des Hohen Ifen wider, und der klagende Ruf eines Kauzes durchbrach die Stille der Nacht ...

Heute

Herbst

1 Hauptkommissar Paul Wanner saß in seinem neuen Büro in der Hirnbeinstraße und philosophierte vor sich hin. Seit man die Kriminalabteilung aus dem Polizeipräsidium ausgegliedert und im ehemaligen »Haus der Milch« neu eingerichtet hatte, musste er sich erst an die neue Aussicht gewöhnen. Da sein neuer Dienstsitz im belebten Zentrum der Stadt lag, drang der Straßenlärm durch die angeblich schalldichten Fenster herein. Womöglich hatte sich Wanner noch zu wenig akklimatisiert, deshalb reagierte er auch auf jedes noch so kleine Geräusch.

Ein bisschen wehmütig dachte er an das großzügige Gebäude »Auf der Breite« in Illernähe zurück. Es hätte zwar nie einen Schönheitspreis gewonnen, aber es hatte über große Zimmer und breite Flure verfügt, auch wenn diese durch die Ziegelbauweise etwas düster gewirkt hatten. Hier, in diesem ehemals der Milchwirtschaft gehörenden Gebäude, erinnerte noch so manches an die alten Bewohner.

Der Hauptkommissar seufzte vernehmlich. Tempora mutandur, dachte er und freute sich, dass er diesen lateinischen Halbsatz noch aus seiner Schulzeit zusammenbrachte: Die Zeiten ändern sich. Paul Wanner wirkte sportlich. Seine achtundvierzig Jahre sah man ihm nicht an. Und er litt weder an Übergewicht, noch wies sein Gesicht nennenswerte Falten auf. Das kurz geschnittene Haar hatte noch seine Naturfarbe, wenn sich auch schon einige graue Spielverderber einzumischen begannen. Er hielt sich beim Essen zurück, so wie Lisa, seine Frau. Auch sie war schlank geblieben und angenehm anzusehen, worauf Paul besonders stolz war. Sie kochte gerne mediterran, und ihre Zutaten bezog sie direkt aus der Toscana. Eine Bekannte von ihr besaß dort eine kleine Fattoria mit Olivenbäumen, Kräutern und etwas Weinbau. Zweimal im Jahr belud sie ihren Kombi und brachte die Sachen zu mehreren Abnehmern im Allgäu.

Paul Wanner liebte Sport. Und Bergsteigen war eine seiner großen Leidenschaften. Auf die höchsten Berge im Allgäu – wie Trettachspitze, Mädelegabel, Höfats, Widderstein oder zum neuen Klettersteig an der Kanzelwand – führten ihn seine Touren. Im Winter bretterten er und seine Frau am Fellhorn, Grünten oder Ifen die Pisten hinunter. Beide fuhren vorzüglich Ski und fühlten sich danach wieder richtig wohl.

Paul sah zur Wand hinüber, wo ein paar von den Bergaufnahmen hingen, die schon im alten Büro die Wände geziert hatten, und die üblichen Kalender ersetzten. Wanner hatte das neue Büro nicht für sich allein. Zur besseren Zusammenarbeit der Ermittler hatte man die Zwischenwand herausgebrochen und zwei Räume zusammengelegt und zwei weitere Schreibtische aufgestellt. Eva Lang und Alex Riedle, seine Mitarbeiter, teilten sich nun mit ihm das Zimmer. Auch das hatte Paul Wanner akzeptiert, weil er die Notwendigkeit einsah. Es ist ja auch gleich, dachte er, schließlich habe ich nie geschlafen, wenn ich allein in meinem Büro gesessen habe. Und geraucht werden durfte sowieso im ganzen Gebäude nicht mehr, worüber er sehr froh war.

In einer Ecke des Raumes stand eine Magnettafel, sie ersetzte den jahrelang von Wanner benutzten Flipchart, der den Weg alles Überholten hatte gehen müssen. Daneben steckten in einem Holzkasten eine Menge magnetischer Symbole, mit denen man die Aspekte eines Falles zum besseren Verständnis optisch darstellen konnte.

Wanner gähnte kurz und sah zu Eva Lang hinüber, die sich mit Alex Riedle unterhielt. Sie war etwas über Mitte zwanzig und hatte schulterlanges braunes Haar. Paul Wanner, obwohl glücklich verheiratet, nahm durchaus zur Kenntnis, dass sie nicht nur hübsch, sondern auch klug war und eine bemerkenswerte Auffassungsgabe besaß. Diese ermöglichte es ihr, sich die Fälle in mehreren Varianten vorzustellen und entsprechende Schlussfolgerungen daraus zu ziehen.

Mancher Kollege, der an sich nur kurz in ihrem Büro zu tun hatte, blieb auffallend lange, wenn Eva anwesend war. Wanner brachte ihn dann erst mit einem »War sonst noch was?« wieder Richtung Tür. Eva Lang liebte Hosenanzüge, die sie geschmackvoll und optisch richtig mit Blusen oder Pullis kombinierte. Kollege Riedle schielte jedes Mal so unauffällig, dass es jeder sehen konnte, in ihre Richtung, wenn Eva ihr Jackett ablegte und ihre Figur dann noch besser zur Geltung kam. Soweit bekannt war, hatte sie keinen festen Freund. Wanner wusste allerdings, dass bei ihr schon einmal eine Beziehung in die Brüche gegangen war. Freundlich, aber bestimmt, wies sie alle Annäherungsversuche, vor allem die innerhalb der Dienststelle, zurück. Mit Paul Wanner verband sie ein herzliches, aber streng dienstliches Verhältnis, von dem auch Lisa wusste, dass es nicht mehr war. Insofern verstanden sich die beiden Frauen gut miteinander.

Wanners Blick ging weiter zu Alex Riedle. Der hatte seit langem offenkundig mit privaten Problemen zu kämpfen, die ihn an manchen Tagen zum Melancholiker werden ließen. Er war der große Schweiger bei Besprechungen, folgte ihnen aber und zog daraus auch richtige Schlüsse. Allerdings musste man ihn ansprechen, wenn man seine Meinung hören wollte. Er war etwas über dreißig, eher dürr als wohlgebaut, so dass sein Sakko manchmal den Eindruck erweckte, als wäre es mindestens eine, eher zwei Nummern zu groß. Da er sparsam war – manche behaupteten sogar geizig –, führten boshafte Kollegen die flatternden Sakkos auf Sonderangebote zurück, denen Riedle nicht habe widerstehen können. Sein hageres Gesicht verzog sich nur selten zu einem Lächeln, laut lachen hatte ihn schon lange niemand mehr gehört. Aber, und das schätzte Wanner an seinem Mitarbeiter besonders, er war treu bei der Sache und erledigte seine Aufgaben ohne Murren, selbst wenn man ihn kurz nach Mitternacht aus dem Bett klingelte.

Bis vor kurzem hatten zwei weitere Kollegen zu Wanners Team gehört. Aber Anton Haug war in Pension gegangen, und Uli Hansen, auf Zeit von Hannover nach Kempten versetzt, war nach einer schweren Verletzung im Dienst wieder in seine niedersächsische Heimat zurückgekehrt.

Wanner musste schmunzeln, wenn er an Uli dachte. Mit der Allgäuer Sprache hatte er ziemliche Probleme gehabt, was sich besonders bei Befragungen bemerkbar gemacht hatte. Da war es schon mal vorgekommen, dass er, Wanner, als Dolmetscher einspringen musste, um sicherzustellen, dass alles richtig rüberkam.

Abgesehen davon, dass Wanner den Verlust seiner Kollegen bedauerte, sah er mit Bedenken das Zusammenschmelzen seines Teams. Bisher hatte er keinen Ersatz bekommen. Wiederholt war er daher schon beim Leiter der Kriminalabteilung vorstellig geworden, aber eine verbindliche Zusage für erbetene Nachfolger hatte er nicht bekommen. Auch Polizeipräsident Gottlich, zu dem er einen guten Draht hatte, musste sich Wanners diesbezügliche Wünsche anhören, wenn sie bei Dienstbesprechungen zusammentrafen. Aber mehr als ein »Wir werden sehen …« war an Zugeständnissen nicht herauszuholen. Wanner verkniff sich diesbezüglich eine Antwort, schließlich konnte ihn der Polizeipräsident mit einem Fingerschnippen irgendwohin nach Schwäbisch-Sibirien schicken. Also blieb noch die Hoffnung, und die stirbt bekanntlich zuletzt.

Auf dem Flur war das Geklapper eines Eimers zu hören, quietschende Gummiräder auf dem Steinfußboden verrieten eine gewisse Schnelligkeit des Putzkarrens. Vor Wanners Bürotür hörte man dann den scheppernden Aufprall an der Bürotür, es folgte eine weibliche Stimme, die das Wort »Sch…ße« sehr deutlich aussprach. Das konnte nur Camile Cirat, das türkische Putzwunder aus Anatolien, gewesen sein, deren deutsche Ausdrücke seit einiger Zeit zwar deutlich zugenommen hatten, gleichzeitig aber immer einseitiger wurden. Offensichtlich gehörte der Umgang, von dem sie Deutsch lernte, nicht gerade in die gutbürgerlichen Kreise der Stadt. Dennoch war man mit den Putzleistungen zufrieden, war es doch Ehrensache für Camile, ihr übertragene Aufgaben ohne Beanstandung zu erledigen.

Wanner stand auf und sah nach. Die eiserne Türzarge hatte eine ziemliche Delle abbekommen, und ein Teil des Lackes an der Anstoßstelle lag am Boden. Camile stand daneben und deutete unbestimmt in eine Richtung.

»Du brauchst nix sagen, ich weiß, kleines Loch nix gut, aber kannst mit Farbe wieder zustreichen. Meine Karren hat kein Bremse, habe mussen ausweichen Mann mit viele Aktendeckel auf Arm.« Sie fuchtelte mit den Armen herum.

Der Hauptkommissar sah weit und breit keinen Mann mit »viele Aktendeckel auf Arm«, sagte aber nur: »Ja, so geht es, wenn man zu schnell fährt. Haben Sie eigentlich Ihren Führerschein schon bekommen?« Er wusste, dass sie dabei war, ihn zu machen.

Camile verdrehte die Augen. »Nix Führeschein! Fahrlehrer wollen mich erst nächste Monat zulassen. Habe schon siebenundzwanzig Stunden, kann Auto bald auseinandernehmen.«

»Auweh, das wird aber teuer! Fahren Sie deshalb so schnell mit dem Putzwagen, dass Sie noch weitere Arbeiten annehmen können?«

»Nur bis vierhundert Euro, sonst alles Finanzamt kriegen. Aber jetzt ich mussen weiter!«

Damit verschwand sie den Gang entlang, zischte haarscharf an der übernächsten Bürotür vorbei und brachte den Blumenkübel vor dem letzten Büro auf der rechten Seite zum Kippen. Wanner hörte, wie er zur Treppe rollte und dann hopp – hopp – hopp – ins Erdgeschoss verschwand. Schnell schloss er die Bürotür wieder und schnaufte durch. Ich habe nix gesehen, nix gehört, gar nix, dachte er und ging an seinen Schreibtisch zurück.

»Was war denn los?«, fragte Eva und sah von ihrem Rechner auf.

»Ach, nix weiter. Nur Camiles wild-verwegene Jagd ist an unserem Büro vorübergezogen.«

Riedle deutete ein Lächeln an. »Wie viele Hexen sind ihr denn gefolgt?«

»Sie war allein«, antwortete Wanner zweideutig.

Ein Schatten flog am Fenster vorbei. Man konnte nicht genau erkennen, was es für ein Vogel gewesen war. Ein großer, schwarzer, so viel konnte Wanner noch sehen. Eine Krähe? Nein, größer. Aber was gibt's hier sonst noch an großen, schwarzen Vögeln?, dachte er.

2 Florian Berger, stellvertretender Leiter der Polizeiinspektion Kleinwalsertal in Hirschegg, fuhr langsam mit seinem Dienstwagen durch das Tal, dessen
Hauptstraße von der Landesgrenze bis Baad reichte. Ein
paar Seitenstraßen bogen davon ab und verloren sich
in anschließenden Seitentälern. Eine Inspektionsrunde
dauerte deshalb nicht länger als zwei bis drei Stunden.
Florian Berger war schon seit einigen Jahren hier tätig,
und es gefiel ihm gut. Er liebte die Berge und hatte sie
direkt vor der Nase, wenn er wandern oder Ski fahren
wollte. Seinem offenen Gesichtsausdruck war anzumer-
ken, dass er voller Humor steckte, und die muskulöse
Figur machte den Dreißigjährigen zur Respektsperson
für potentielle Gangster im Tal. Es war noch nicht lange
her, da hatte er seinem deutschen Kollegen Paul Wanner aus Kempten bei der Aufklärung eines Mordfalles
geholfen, der an der Grenze zwischen Österreich und
Deutschland passiert war. Die beiden Polizisten waren
sich dabei auch persönlich nähergekommen und hatten
sich angefreundet.

Während Berger seinen Wagen in Baad wendete und
sich auf die Rückfahrt machte, beschloss er, seinen

Kollegen Wanner wieder mal anzurufen. Gerade als er durch die Lawinenverbauung östlich von Baad fuhr, kam eine Durchsage seiner Dienststelle, die er nicht ganz verstand. Herrgott no'mal, jetz wird's aber Zeit für ein neues Gerät, mit dem man au' unterm Dach einer Lawinenverbauung hören kann, dachte er ärgerlich. Jenseits der Überbauung rief er zurück und bat um Wiederholung. Es knackte in der Leitung, dann ertönte die Stimme seines Kollegen. »Bei mir isch ein Ehepaar Jansen, Touristen aus Deutschland. Die send grad vom Gottesacker runterkommen, und zwar übers Kürental. Er sei Baufachmann und hab sich dort oben an der Schneiderkürenalpe angeblich a bitzle die Steine ang'schaut. Bei der Gelegenheit isch er zu der überhängenden Felswand kommen, an der unser Heimatforscher – äh, wie heißt er doch glei' wieder? – damals die Spuren von Steinzeitmenschen g'funden hat. Was sagst? Wienand? Ja, so ähnlich. Und stell dir vor, dort hat er ums Eck einen Toten liegen sehen! Der Jansen isch zwar furchtbar erschrocken, hat aber nach dem Puls von dem Mann g'fühlt. Also, er glaubt, der Mann war tot. Er hat'n so liegen lassen, also ned umdreht, deshalb weiß er auch ned, ob er vorn eine Wunde hat, am Rücken isch nix zu sehn, aber der Kopf schaut schlimm aus ...«

»Ja, verstanden, i bin glei' wieder in der Dienststelle. Gib den Leuten einen Kaffee und sag, sie solln warten, bis i komm.«

Seit der Kommandant an Schweinegrippe erkrankt war, führte Florian Berger die Inspektion. Ein Toter auf der Schneiderkürenalpe, dachte er. Seltsam. Ob da ein Wanderer verunglückt war? Ein Einzelgänger? Florian hatte bis zu seiner Abfahrt von der Dienststelle keine Vermisstenanzeige hereinbekommen. Er fuhr nach Hirschegg zurück, rollte auf den Parkplatz vor der Inspektion und stieg aus. Nebenan stand ein Jaguar mit deutscher Nummer. Au ned schlecht, sagte Berger sich und ging die Treppe hinauf.

In seinem Büro saß das Ehepaar Jansen in Wanderkleidung, beide um die fünfzig, gepflegt, sie blonde, er braune Haare. Berger stellte sich vor und sagte dann: »Haben S' schon einen Kaffee kriegt? Ja? Na gut, dann erzähln Sie mir mal vom Anfang an, was Sie gesehen haben.«

»Ja, also wir haben es schon Ihrem Kollegen gesagt …«, begann Jansen.

»Bei einem Toten muss i von Anfang an eing'schaltet sein«, unterbrach ihn Berger.

Jansen hielt sich seine Schulter.

»Was isch denn mit Ihrer Schulter?«

»Der Anblick des Toten hatte mir doch einen Schock versetzt, so dass ich auf dem Rückweg zu meiner Frau, die weiter unten gewartet hatte, ausgerutscht bin und mir die Schulter verletzt habe.«

»Brauchen S' an Dokter?«, fragte Florian, doch Jansen schüttelte den Kopf.

»Nein danke, das geht schon so. Hab mir bloß dummerweise die Schulter heuer schon einmal beim Skifahren lädiert …«

»Ja, manchmal geht's blöd her«, bedauerte Florian den Unglücksraben. »Also, dann berichten Sie, wie und wo Sie den Toten gefunden haben. Äh – zuerst ihre Vornamen und die Heimatadresse.«

»Also, ich heiße August-Werner Jansen, und meine Frau Angelina.« Dann beugte sich Jansen zu Berger und flüsterte: »Könnten Sie den August weglassen? Das klingt so, so …«

»Klingt so komisch, weil wir schon September haben.« Berger lachte laut los.

Jansen sah ihn verdutzt an, dann verzog er den Mund zu einem angedeuteten Lächeln, aber sein Gesicht war ein großes Fragezeichen. Er gab Heimat- und Urlaubsanschrift an und begann mit seinem Bericht. »Also, wir sind mit der Ifenbahn, Sie wissen ja, mit der Doppelsesselbahn, zur Ifenhütte gefahren, dann durch die Ifenmulde zum Hahnenköpfle gestiegen und anschließend über das Gottesackerplateau gewandert. Herrlich, herrlich, diese unglaublichen Formationen, geschaffen durch Wasser-Erosion in der Helvetischen Kreidezeit! Schratten und Spalten, Höhlen, Löcher und …«

Angelina fiel ihm ins Wort. »Also dat tut woll nix zur Sache!« Dann erzählte sie, Kölsch gefärbt, gleich selbst weiter: »Wir sind durch dat Kürental Richtung Riezlern abjestiegen, und als wir zur Schneiderkürenalpe kamen, hat sich mein Mann von mir abjesetzt und sich seitwärts in de Büsche jeschlagen. Na, Sie wissen schon warum … Und plötzlich kam er mit kreidebleichem Gesicht zurück, stolperte kurz vor mir und fiel mit der Schulter auf ein' Felsen. Dann deutete er in de Büsche und rief dauernd: Ein Toter, ein Toter, da liegt ein Toter. Na ja, dachte ich, schauste mal nach und ging in die jezeigte Richtung. Und tatsächlich, ich wollt det nich glauben, hinter einer überhängenden Felswand lag da einer voll auf dem Jesicht und rührte sich nich mehr. Ich zurück zu meinem Mann, und dann stiegen wir, ohne nochmals nachzusehen, so schnell det ging, Aujust-Werner hatte ja so Schmerzen in der Schulter, ins Tal hinunter. Wir hielten einen einjeborenen Autofahrer an, und der brachte uns zur Polizei, ja, und da wären wir.«

»Und Sie hatten kein Handy dabei, mit dem Sie hätten anrufen können?«, fragte Berger.

»Na ja.« August-Werner Jansen schaute verlegen drein. »Hatten wir schon, aber der Akku war leer.«

»Und ich sage noch, Aujust-Werner, sage ich jestern Abend, lad mal dat Ding da auf, vielleicht brauchen wir's ja mal.« Frau Jansen hob die Augenbrauen und sah ihren Mann strafend an. »Aber nein, er hat's nich jetan, weil er fernsehen wollte.«

Und du, dachte Berger, hättest ja auch das Ladekabel einstecken können.

»Haben Sie sonst etwas Auffälliges bemerkt, vielleicht einen Wanderer in der Nähe?«

August-Werner schüttelte den Kopf. »Nein, wir waren die Einzigen, die durch das Kürental abstiegen. Vorher am Gottesackerplateau, viel weiter oben, haben wir eine Familie mit zwei Kindern getroffen, sonst niemanden.«

Frau Jansen kicherte. »Abjesehn von zwei schwarze Vögel, die da über mir kreisten, wie ich auf Aujust-Werner jewartet habe. Sind da rumjeflogen, wie wenn sie nach jemand Ausschau hielten. Aber die haben ja den Mann sicher nich umjebracht.«

»Nein, bestimmt nicht! Aber denken Sie noch mal genau nach: Sind Sie etwa beim Abstieg jemandem begegnet, hat Sie einer überholt …« Berger sah das Ehepaar eindringlich an. Doch beide schüttelten den Kopf.

Berger stand auf. »Ich danke Ihnen. Wie lange bleiben Sie noch in Riezlern?«

»Wir haben eine weitere Woche in der Pension neben dem Casino gebucht.«

»Gut. Sollten Sie vorher abreisen wollen, verständigen Sie uns bitte. Jetzt muss ich schauen, dass ich mit dem Doktor dort hinaufkomme. Also, auf Wiedersehen!«

Berger gab ihnen die Hand, und sie verließen das Büro. Dann telefonierte er mit dem Arzt, der für solche Fälle zunächst zuständig war, bevor der amtlich vorgesehene Rechtsmediziner im Tal eintreffen konnte.

Dr. Fritz war nicht sehr begeistert, als er von dem Auftrag hörte. Ein paar Patienten warteten bereits auf ihn, außerdem wusste er, dass Schneiderküren nur zu Fuß oder mit dem Hubschrauber zu erreichen war, und er konnte sich nicht vorstellen, dass Berger so schnell einen auftrieb.

»Wie wollen Sie denn zur Schneiderkürenalpe hochkommen?«, fragte er daher den Polizisten.

»I hab eine geländegängige Maschine vom Feinsten, Stollenreifen, untersetzte Gänge, mit der fahren wir zwei hoch. Ziehen Sie sich alte und winddichte Kleidung an, aber vor allem feste Schuhe.« Er grinste vor sich hin. »Des gibt was!«

Berger holte den Arzt zwanzig Minuten später an der Praxis ab. Bis Wäldele hatten sie eine geteerte Straße, dann ging es, zunächst noch auf einem Fahrweg, steil in den Kürenwald hinauf. Bald zweigte ein Fußpfad ab, in den Berger einbog. Über Wurzelwerk, steinige Stufen und durch enge Kurven, eher gedacht für Wanderer als für Motorradfahrer, kämpfte sich Berger mit sicherem Gespür für das Machbare den bewaldeten Hang hinauf.

Dr. Fritz klammerte sich an ihm fest und wagte kaum zu atmen. Immer wieder mussten die beiden die Maschine mit den Beinen abstützen, damit sie nicht umkippte. Zweimal musste der Arzt sogar absteigen und schieben helfen, mit dem Ergebnis, dass er vom durchdrehenden Hinterrad mit Dreck bespritzt wurde und dementsprechend aussah.

Während Dr. Fritz vor sich hin fluchte, grinste Berger trotz seiner Anstrengungen, die Maschine auf Kurs zu halten. Das war endlich mal die Abwechslung, die er schon lange gesucht hatte!

Der Wald lichtete sich schließlich, der Weg ging in einem flachen Bogen in ehemaliges Weideland über und zog sich als Wanderweg weiter aufwärts. Berger wusste, dass sich die überhängende Felswand ganz in der Nähe einer Jagdhütte befand und stellte die Maschine ab. Sie gingen die paar Schritte zu Fuß und standen an der Ausgrabungsstelle von siebentausend Jahre alten Fundstücken. Ein paar Stangen waren schräg an die Felswand gelehnt. Wissenschaftler der Universität Innsbruck hatten versucht, das Jägerlager andeutungsweise zu rekonstruieren. Berger warf einen flüchtigen Blick darauf, dann bog er um die nächste Felsenecke.

Zwei Kolkraben flogen mit lautem Gekrächze vor ihm auf und knapp über ihn hinweg. Erschrocken hatte der Polizist seinen Kopf eingezogen, und ein Schauer lief ihm über den Rücken. Ein unbestimmtes Gefühl beschlich ihn, als er weiterging und sich dann über den Mann beugte, der vor ihm im Gras lag. Er sah übel zugerichtet aus. Entsetzt bemerkte Berger, dass die Augen fehlten. Und ihm fielen die beiden Raben ein, die hier wohl ganze Arbeit geleistet hatten.

Der Arzt begann mit seiner Untersuchung. Berger hatte inzwischen Zeit, sich den Toten näher anzuschauen. Er mochte um die vierzig sein, war hager, und die mittellangen Haare hingen ihm völlig blutverschmiert ins Gesicht. In dem grünen Pullover war auf Brusthöhe ein blutiges Loch zu sehen. Er hatte Wanderschuhe an, aber keinen Rucksack dabei.

Bergers Gedanken wurden unterbrochen, als Dr. Fritz sich an ihn wandte. »Auf die Schnelle: Tod vermutlich durch einen Schlag mit einem stumpfen Gegenstand auf den Kopf, oder durch einen Stich ins Herz. Todeszeit ist jetzt nicht feststellbar. Genaues kann erst die Obduktion bringen. Mehr ist hier für mich im Augenblick nicht zu finden. Von mir aus kann man den Toten abtransportieren, und wir können wieder die Höllenfahrt ins Tal antreten.«

Er schien immer noch verschnupft zu sein und wischte sich den Schmutz von der Hose ab.

»Wir brauchen die Spurensicherung hier oben, hilft alles nix. Vielleicht finden wir ja die Stelle, wo der Mörder g'standen hat oder sonst an Hinweis. Aber i schau erst mal in seine Taschen, ob da was zu finden ist.«

Florian Berger beugte sich über den Toten und durchsuchte gewissenhaft alle Taschen. Er zog plötzlich eine kleine Steinfigur hervor, drehte sie nach allen Seiten und meinte dann: »Komisch! Was isch den des? Eine menschliche Figur, oder soll's was andres sein? Wenn die au siebentausend Jahr alt isch, dann isch es sicher a wertvoller

25

Fund, den i erst mal als Beweisstück konfisziere. Später kann man sie ja den archäologischen Freunden im Kleinwalsertal, dem Museum oder der Ifenbahn schenken.«

Er holte sein Taschentuch heraus und wickelte die kleine Figur sorgfältig ein. Dann schob er sie in seine Brusttasche.

Er wollte sich gerade abwenden, um eine Plane aus der Satteltasche des Motorrades zu holen, als er sich plötzlich an die Stirn schlug. »Herrgott aber auch, des war's«, rief er dann zu Dr. Fritz gewandt und kehrte nochmals zu dem Toten zurück.

»Was war's?«, fragte dieser unwirsch zurück.

»Ich hab die ganze Zeit gedacht, irgendwas stimmt mit dem Bericht von dem Jansen ned überein. Jetzt is mir die Erleuchtung kommen: Der Jansen hat ja gesagt, dass er den Toten ned umdreht hat, sondern liegen lassen, wie er ihn g'funden hat. Und da sei er auf dem Bauch gelegen. Und jetzt«, er deutete auf den Mann, »liegt er auf dem Rücken, sonst hätten ihm die Raben doch ned die Augen aushacken können. Wer hat ihn dann umdreht?«

Dr. Fritz blickte ihn überrascht an. »Da sieht man halt den Polizisten. Mir wäre das nicht aufgefallen. Es muss also nach dem Jansen noch jemand hier gewesen sein. Vielleicht ein weiterer Tourist, vielleicht aber auch …«, er blickte sich erschrocken um.

»Ja, genau, vielleicht aber auch der Mörder, der sich vergewissern wollte, ob der Mann auch wirklich tot war. Mit anderen Worten: Möglicherweise versteckt er sich hier in der Nähe und beobachtet uns. Ich muss schnell die Dienststelle anrufen und einen Kollegen bitten hierherzukommen, um den Toten zu bewachen. Ned, dass hier noch was geschieht, was Spuren verwischen könnt.«

Er holte sein Handy heraus, aber er hatte kein Netz. Fluchend steckte er es wieder ein und murmelte: »Komisch, in der Gegend hat ma doch allat telefonieren können.« Er sah Dr. Fritz von der Seite an und fragte freundlich: »Sie können ned zufällig Motorrad fahren …?«

»Ich? Da hinunter durch den Kürenwald? Ich bin doch nicht lebensmüde! Es reicht schon, wenn ich mit geschlossenen Augen hinter Ihnen sitzen muss. Nein, niemals!« Er schüttelte heftig den Kopf.

Berger zuckte mit den Schultern. »Mitnehmen können wir ihn auch ned, ich hol also meine Plane und deck ihn wegen der Vögel zu. Helfen S' mir bitte, Steine zu sammeln, mit denen wir sie befestigen können, außerdem deck i noch ein paar Latschenzweige drüber, sicher ist sicher. Es werden hoffentlich ned noch mehr Leut' kommen und ihn hier finden!«

Während Berger zum Motorrad ging, begann Dr. Fritz ein paar Steine zu sammeln. Dabei sah er sich verstohlen um. Als Berger außer Sichtweite war, stellte er sich mit dem Rücken an die Felswand und behielt die durch Baum- und Buschwuchs unübersichtliche Umgebung im Auge. Eine solche Situation hatte er noch nie erlebt. Ein Schauer nach dem anderen jagte ihm über den Rücken, und er erschrak bis ins Mark, als er Zweige knacken hörte. Eng presste er seine Arzttasche an sich und starrte in die Richtung, aus der das Geräusch gekommen war. Hoffentlich kam dieser Berger gleich wieder! Dann atmete er jedoch auf und musste fast lachen: Ein Stück oberhalb seines Standortes hatte eine Gämsgeiß mit ihrem Jungen die Deckung verlassen und starrte nun zu ihm herunter. Erleichtert blinzelte der Arzt gegen die Sonne, die plötzlich durch die Wolkendecke gekommen war und ihn blendete. Zwei Gämsen! Und er hatte sich beinahe in die Hosen … Da hörte er Berger zurückkommen und sah in seine Richtung. Er legte den Zeigefinger an die Lippen und deutete dann hinter sich.

Berger sah an ihm vorbei und zuckte mit den Schultern. »Was ist los?«, rief er dann laut.

»Pssst!« Der Arzt drehte sich um und wollte auf die Tiere aufmerksam machen. Aber die waren verschwunden, ohne knackendes Geäst, ohne rollende Steine, lautlos. Es war, als hätte es sie nie gegeben.

Dr. Fritz berichtete Berger von den Gämsen, doch der schüttelte nur den Kopf und meinte: »Die tun dem Toten nix! Aber es ist auf jeden Fall gut, wenn wir ihn zudecken.« Er breitete die Plane über den Mann und beschwerte sie mit Steinen ringsum. Dann schnitt Berger mit seinem Funktionsmesser ein paar Äste von den umstehenden Latschen ab und deckte sie zusätzlich darüber.

»Mehr können wir jetzt ned tun, des muss reichen, bis der Kollege raufkommt. Und wir machen uns jetzt wieder auf den Heimweg.« Er grinste vor sich hin, als er das ängstliche Gesicht des Arztes bemerkte.

»Ich könnte aber auch laufen …«, sagte dieser vorsichtig, folgte aber Berger zum Motorrad.

»Nein, es pressiert jetzt, und Sie müssen ja auch wieder zu Ihren Patienten!«

»Ach, erinnern Sie mich bloß nicht daran! Aber auf

ein paar saure Gesichter mehr käme es mir jetzt auch nicht mehr an.«

Berger wendete die Maschine und saß auf. Dann kletterte der Arzt mit seiner Tasche auf den Rücksitz und hielt sich bei Berger fest.

»Achtung, es geht los!«, rief dieser und ließ die Kupplung kommen. Mit einem Ruck setzte sich das Motorrad in Bewegung, und Berger lenkte es, so gut es ging, den halsbrecherischen Weg ins Tal hinunter, wo der Arzt dann mit zitternden Knien abstieg und in seine Praxis wankte.

3 Zurück in seiner Dienststelle, veranlasste Florian Berger die nächsten Schritte. Er verständigte die vorgesetzte Dienststelle in Bregenz, forderte die Spurensicherung samt Hubschrauber an und schickte einen sportlichen Kollegen mit dem gleichen Motorrad wieder zur Schneiderkürenalpe. Er beschrieb ihm die Strecke und die Stelle, wo der Tote zu finden war, und hieß ihn, achtsam zu sein, für den Fall, dass der Mörder noch in der Nähe war.

Über dem Ifengebiet war von Westen her plötzlich eine schwarze Wolkenwand aufgezogen. Es sah nach Regen aus, und Berger dachte mit einer gewissen Sorge an seinen Kollegen, der mit dem Motorrad unterwegs war. Bei Trockenheit war die Fahrt dort hinauf ja gerade noch möglich, aber bei Nässe! Hoffentlich passierte ihm nichts, und er kehrte rechtzeitig um, bevor er irgendwo um- oder abstürzte. Dass aber auch gerade jetzt Regen aufzog! Im Radio hatten sie nichts von einer Wetterverschlechterung gesagt, vielmehr sollte es die Woche über noch ruhiges, warmes Herbstwetter geben.

Berger sah sorgenvoll zum Hohen Ifen hinauf. Der

Gipfel verschwand gerade in dieser Wolkenwand, die sich schnell über das Gottesackergebiet auszudehnen schien. So ein Mist! Hoffentlich hatte der Kollege sein Funkgerät dabei.

Plötzlich, wie aus dem Nichts, war auch Wind aufgekommen. Er blies den langen Rücken vom Plateau herab, zerrte an den Bäumen und riss abgerissene Äste, Laub und Staub mit sich. Er fuhr ins Tal, ließ Fenster und Türen schlagen und prallte an den Fellhornzug. Aus der Schwärze, die sich über Ifen und Gottesackerplateau gelegt hatte, zuckte plötzlich ein verästelter Blitz und schlug irgendwo auf dem Plateau ein. Der Donner folgte unmittelbar und erschreckte mit seiner Lautstärke alle, die noch unterwegs waren. Der plötzlich einsetzende Regen wuchs innerhalb weniger Augenblicke zu einem Wolkenbruch an, der im Nu die Bäche zur Breitach mit schmutzig braunem Wasser anschwellen ließ. Dämmerung legte sich über das Kleinwalsertal. Die Menschen suchten Schutz, wo immer sich einer bot. Doch es folgte kein Blitz mehr, nur heftiges Donnergrollen war zu vernehmen, das sich zu entfernen schien. Eine halbe Stunde später hatte sich der Sturm gelegt, der Regen aufgehört, und die Wolken waren verschwunden. Die Sonne lugte hervor, als hätte sie sich nur eben mal versteckt gehabt. Den Himmel überzog langsam föhniges Blau. Der Spuk war vorüber.

Berger funkte seinen Kollegen an. Hoffentlich war dem nix passiert! Dort oben auf dem Plateau musste es ja fürchterlich zugegangen sein. Zu seiner Erleichterung hörte er ihn antworten. »Hallo, hier Stefan! Hallo, hier Stefan ...«

»Stefan, wie geht's dir? Wo bist du? Isch alles in Ordnung?«

Es knackte im Gerät, dann folgte die etwas verzerrte Stimme von Stefan Endholz.

»Leben tu i grad no ... war scho an der Jagdhütte, wie's losgangen ist. Ich hab die Tür mit mei'm Werkzeug aufg'macht und bin eing'stiegen. Du meine Zeit, war des a Wetter. Und stell dir vor, da schlagt doch ein Riesenblitz grad vor meiner Näs' in die Wand, wo des steinzeitliche Lager drunter ist, hoffentlich hat's ned die Leich' erwischt, i geh gleich hin und schau nach.«

»Okay, funk zurück, wenn d' was weißt. Ende.«

Eine halbe Stunde später berichtete Stefan Endholz, dass das Bündel mit dem Toten unversehrt sei, aber von der Wand ein ganzes Stück Fels herausgeschlagen wurde, das auf das darunter befindliche Lager gestürzt sei und vermutlich einen Teil verschüttet oder gar vernichtet habe. Ein paar losgesprengte Steine seien sogar aus dem Lager heraus und ein Stück bergab gerollt.

»Und jetzt, ist des Wetter abzogen?«, fragte Florian und nickte beruhigt, als ihm dies bestätigt wurde. »Mir fällt grad ein: Durchsuch doch die Jagdhütte nach Spuren von dem Mörder, der sich dort versteckt haben könnt. Aber bring nix durcheinander, weil bald die Spusi kommt. Könnt ja sein, dass der Mörder dort g'wartet hat, bis die Jansens weitergangen waren. Ende.«

»Ja, verstanden. Ende.«

Berger wandte sich an den diensthabenden Kollegen. »I geh in mein Büro und denk nach, was noch alles zu tun ist. Schließlich haben wir ned jeden Tag an Toten. Bitte

32

ned stören!« Dann zog er sich hinter seinen Schreibtisch zurück und begann sich Notizen zu machen. Also, was sie dringend wissen mussten, war der Name des Toten. Erst dann konnten sie mit der Suche beginnen. Er dachte an die Zusammenarbeit mit Paul Wanner und überlegte, ob er ihn nicht anrufen und ihm von diesem Mord erzählen sollte. Sicher bekamen sie bald heraus, wer der Tote war. Irgendwie hatte Florian das Gefühl, dass er aus dem Tal stammte und er ihn sogar schon irgendwo gesehen hatte, aber wo? Wenn der Hubschrauber kam und den Mann in Schneiderküren abholte, musste er dem Piloten sagen, dass er von der Gerichtsmedizin sofort ein Foto gemailt bekommen musste. Damit konnte man die Nachforschungen nach der Identität beginnen.

Florian hatte plötzlich das Gefühl, aus dem Fenster sehen zu müssen. Es ging zur Straße hinaus, auf der reger Verkehr herrschte. Ein paar Wanderer schlenderten an der Polizeiinspektion vorbei. Lauter Fremde, dachte Berger, aber gut, dass unser Tal genug Touristen hat. Da bleibt natürlich schon ein bitzle was bei den Vermietern und den Bergbahnen hängen. Es war gut, dass die Ifenbahn den Kleinwalsertaler Bergbahnen angegliedert worden war. Jetzt konnte man vielleicht technisch Nägel mit Köpfen machen und Bahn und Lifte auf den neuesten Stand bringen ...

Plötzlich sah Berger eine Gestalt in einem abgewetzten schwarzen Anzug, gestützt auf einen Stock, langsam den Weg entlangkommen. Als der Mann auf gleicher Höhe mit dem Fenster war, drehte er den Kopf und sah Berger genau ins Gesicht. Ohne ein Zeichen des Erkennens wandte er den Blick ab und schlurfte weiter.

Berger kannte ihn. Das war doch der alte Pfarrer Aniser, der schon seit Jahren im Ruhestand war und für nicht mehr ganz gescheit im Kopf gehalten wurde. Manchmal hatte man ihn Selbstgespräche führen hören, dann wieder hielt er wildfremde Leute an und erzählte von seiner Zeit als Pfarrer. Berger hatte er einmal vor der Inspektion angesprochen und ihm reichlich wirres Zeug von den Steinzeitjägern erzählt, die vor siebentausend Jahren am Gottesackerplateau gelebt hatten. Andere Jäger und Hirten waren ihnen im Laufe der Geschichte gefolgt, hatte Aniser gesagt, so dass die Plätze an der Schneiderkürenalpe, aber auch in Egg oder im Gemsteltal immer wieder aufgesucht oder kurzzeitig bewohnt waren. Und dort oben auf Schneiderküren habe es seit jener Zeit gespukt, und zwar gewaltig. Es ginge da nicht mit rechten Dingen zu, man habe schon Leute, Vögel und Gämsen gesehen, die dort erschienen und dann spurlos verschwunden seien.

Der alte Pfarrer hatte mahnend den Zeigefinger erhoben und zum Himmel geschaut. »Und ich sage euch, mein ist die Rache, sagt der Herr! Dieser mystische Ort wird eines Tages sein Geheimnis preisgeben, und wehe dem, der sich zur unrechten Zeit dort aufhält! Denk an die grüne Alpe, die dort untergegangen ist! Auch ihre Hirten haben Böses getan, und übrig blieb der steinerne Gottesacker! Und von der Alphütte sind nur noch die Fundamente zu sehen.«

Berger hatte sich mit Hinweis auf seinen Dienst schnell verabschiedet und nicht mehr weiter darüber nachgedacht. Jetzt fiel ihm blitzartig diese Geschichte wieder ein. Es war doch seltsam: Da oben auf Schneiderküren

34

war einer anscheinend zur unrechten Zeit gewesen, und jetzt war er tot.

Was sollte man davon halten …

In diesem Augenblick klingelte sein Telefon. Am anderen Ende war Paul Wanner.

Das ist Gedankenübertragung, dachte Berger.

Und langsam begann er an die Geister zu glauben, die angeblich im Gottesackergebiet hausten.

4 Wanners freundliche Stimme drang aus dem Hörer.
»He, hallo, Flori! Grüß dich, schon länger nix mehr
voneinander gehört. Wie geht's denn immer?«

»Grüeß di, Paul! Schön, deine Stimme zu hören. Anscheinend kannst du Gedanken lesen, denn i war am
Überlegen, ob i dich anrufen sollt oder ned. I mein jetzt
rein dienstlich.«

»Aber klar, jederzeit, das weißt du doch!«

»Gibt's im Tal irgendwelche Probleme?«

»Ja, stell dir vor, was hier passiert ist.« Berger berichtete seinem Freund von dem Mordfall.

Wanner pfiff durch die Zähne. »Herrschaft, das klingt
ja kompliziert. Auf Schneiderküren, sagst du? Bin ich
mal bei einer Wanderung vom Hohen Ifen vorbei-
gekommen. Einsame Gegend, aber schön.«

»Ja, und da ist mir no was aufg'fallen …« Und Berger
erzählte von Pfarrer Aniser und welche Schlussfolgerungen er daraus zog.

»Ah geh, Flori, du wirst doch nicht abergläubisch sein?
Was soll denn da für ein Zusammenhang bestehen? Ich
glaub nicht an die Geister auf dem Gottesackerplateau.«
Wanner lachte vor sich hin.

»Also, auslachen lass i mi ned«, knurrte Florian.

36

Paul Wanner lenkte sofort ein. »Halt, halt, ich wollte dich nicht auslachen. Aber bisher habe ich bei meinen Fällen Mystisches immer außen vorgelassen. Es ist zu wenig greifbar, und nachweisen kannst du's wissenschaftlich auch nicht.«

»Na ja, wie man's nimmt. Der eine glaubt dran, der andere ned. I glaub zumindest dran, dass es Dinge gibt zwischen Himmel und Erde, die ma weder begreifen noch erklären oder wissenschaftlich nachprüfen kaa, und doch sind sie vorhanden …«

»Also, magst ja recht haben, deswegen streiten wir uns bestimmt nicht.« Paul Wanner war bemüht, den Freund nicht zu verärgern. »Kann ich dir irgendwie helfen?«

»Dienstlich ned, der Tote liegt ganz auf Walser Gebiet, da darfst du ned tätig werden, wenn nix Besonderes passiert, und des wollen wir hoffen!« Berger lächelte vor sich hin. Zu diesem Zeitpunkt hatte er allerdings keine Ahnung, was noch alles passieren sollte.

Die beiden Polizisten plauderten noch eine Weile und verabschiedeten sich danach mit dem Versprechen, sich gegenseitig auf dem Laufenden zu halten, falls auch Wanner wieder einen Fall von Interesse hätte.

Es war ein warmer Herbsttag, die Sonne vergoldete die Ränder einiger Wolken, die sich von Westen her über die Stadt schoben. Der Straßenlärm drang gedämpft ins Zimmer, denn Eva hatte das Fenster gekippt, da es im Büro immer noch nach Farbe roch.

Eva Lang und Alex Riedle erledigten gerade liegengebliebenen Schreibkram. Als Wanner von seinem Telefonat mit Berger berichtete, blickten sie beide von der Arbeit auf.

Nachdem er seinen Bericht beendet hatte, setzte eine Diskussion ein, ob und wieweit man solche mystischen Gedanken in die Ermittlungsarbeit einbeziehen sollte, was schließlich zu keinem eindeutigen Resultat führte. Eva war eher dafür, Riedle dagegen sagte lediglich: »Was willst denn mit dem Zeug! Hat weder Hand noch Fuß, und in keinem Lehrbuch steht, wie man diese Mystik anwenden soll.«

Paul Wanner selbst war nach längerem Nachdenken hin und her gerissen. Merkwürdig geht es manchmal schon zu, dachte er, und an reine Zufälle für bestimmte Ereignisse mochte er inzwischen auch nicht mehr glauben. Er tendierte eher zu Evas Meinung.

»Also, beenden wir unsere Diskussion und hoffen, dass wir keinen mystischen Fall reinkriegen«, sagte er dann, und sie wandten sich wieder ihrer Arbeit zu.

Riedle allerdings, der große Schweiger, grummelte noch eine Zeitlang vor sich hin und schüttelte fortwährend den Kopf.

Wanner bemerkte das und grinste.

5 Der Tote war abgeholt und in die Gerichtsmedizin
nach Innsbruck gebracht worden.

Wunschgemäß hatte man Berger von dort ein Foto
gemailt. Aber bevor er damit an die Öffentlichkeit
gehen konnte, um die Identität des Mannes herauszubekommen, tauchte in der Dienststelle eine Frau, Mitte
dreißig, aus Hirschegg auf und erstattete eine Vermisstenanzeige. Ihr Mieter, mit dem sie wegen der neuen
Heizperiode noch eine Unterredung hatte führen wollen, sei zum vereinbarten Zeitpunkt nicht erschienen,
und auch sein Bett sei nicht benutzt.

Oh, dachte Berger, als er das hörte, wie kann sie das
feststellen? Durchs Schlüsselloch?

»Wie heißt denn Ihr Mieter?«, fragte Berger und no-
tierte sich dann den Namen Horst Brugger.

Er sei Lehrer und gelte als ausgesprochener Gegner
einer eventuell geplanten neuen Ifenbahn, weil diese
ins Naturschutzgebiet hineinreichen würde, erzählte die
Vermieterin. Außerdem sei er grün angehaucht, nein,
schon richtig gefärbt, halte entsprechende Versammlungen mit seiner Freundesgruppe ab, und in seinem
Zimmer lägen Plakate, auf denen zum Protest gegen die
Ifenbahn aufgerufen wurde …

»Hat Herr Brugger ein Handy?«, unterbrach Berger ihren Redeschwall.

»Ja, soviel ich gesehen habe, hat er eins, aber …« Schon wieder wusste diese Frau, was in der Wohnung ihres Mieters los war!

Berger unterbrach sie und fragte nach Einzelheiten zur Person ihres Mieters.

»Haben S' ein Foto von ihm?«

Ohne zu zögern erwiderte die Frau, die sich als Sonja Stark, Masseurin, vorgestellt hatte (Aha, dachte Berger, daher die muskulösen Arme.): »Ja, in seinem Zimmer steht eins, das können Sie haben.«

»Na ja, vielleicht isch Herr Brugger in der Zwischenzeit ja wieder auftaucht und sitzt vergnügt bei einem Glas Rotwein in seiner Wohnung, aber i komm trotzdem gleich vorbei und schau mi um.« Berger erhob sich und komplimentierte die Vermieterin hinaus.

»I fahr schnell zu der Stark«, rief er dann dem diensthabenden Polizisten zu und verließ das Büro. Die angegebene Adresse lag unweit der Polizeiinspektion, so kamen Sonja Stark und Florian Berger beinahe gleichzeitig dort an. Sie gingen in den ersten Stock, wo Frau Stark die Tür mit einem Schlüssel öffnete, der an ihrem Schlüsselbund hing. Berger merkte sich: Mieterschlüssel am eigenen Schlüsselbund! Die Wohnung bestand aus zwei Zimmern mit einer kleinen Küche, Bad und WC. Es war niemand zu Hause. Wohn- und Schlafzimmer machten einen aufgeräumten Eindruck, nur in der Küche stand noch das Frühstücksgeschirr in der Spüle. Berger hob die Tasse an und schaute sie sich an. Der Kaffeerest war angetrocknet.

Sonja Stark kam aus dem Wohnzimmer und hielt ihm ein gerahmtes Foto hin.

»Hier haben Sie ein Bild von ihm«, sagte sie dann. »Die anderen darauf kenn ich nicht.«

Berger besah sich das Foto, das etwas unscharf war. Es zeigte einen Mann, eine Frau und ein Kind. Der Mann lächelte etwas dünn, aber … Berger war sich plötzlich sicher: Dies war der Mann, den er oben auf Schneiderküren tot hatte liegen sehen.

Er wandte sich an Sonja Stark. »Oje, da hab i a schlechte Nachricht für Sie. Wir haben vermutlich den Brugger auf Schneiderküren tot aufgefunden. Es ist aber noch ned sicher. Ja, leider.«

Die Vermieterin wurde blass. »Tot? Ja, aber … wieso tot, was ist ihm denn passiert?«

Sie sank auf einen Stuhl und riss die Augen weit auf. Ihr Mund zitterte leicht, und sie strich sich eine Haarsträhne aus dem Gesicht.

»Mehr kann i Ihnen noch ned sagen. Wir sind gerade dabei, die Ermittlungen aufzunehmen. So wie es aussieht, ist er durch Fremdeinwirkung ums Leben gekommen …«

»Soll des …, soll des heißen, er ist … ermordet worden?« Sonja Stark schaute immer noch ungläubig den Polizisten an, schien aber gefasst.

Der zuckte mit den Schultern. »Die Möglichkeit besteht. Aber, wie g'sagt, wir sind erst am Anfang der Ermittlungen. Deswegen bin ich ja auch gleich zu Ihnen g'kommen, um zu sehen, ob der Tote und Ihr Mieter identisch sind. Ja, und leider sind's des.«

Berger steckte das Foto ein.

»Des brauchen wir, wir geben's dann zurück, wenn

alles klar ist. Aber jetzt erzählen Sie mir bitte, was für ein Mensch der Brugger war, was er gemacht hat, welche Freunde er hatte und so weiter ...«

Frau Stark hatte sich ein Glas Wasser geholt und hastig ausgetrunken. Sie wies auf einen Stuhl. »Setzen Sie sich doch hin. Ich kann Ihnen halt nur das erzählen, was ich von ihm weiß.«

Klar, dachte Florian, was du ned weißt, kannst mir auch ned erzählen. Mir tät's schon reichen, wenn i hör, was du weißt.

»Also er wohnt ... äh wohnte ... seit drei Jahren in meiner Mietwohnung, und zwar allein. Das heißt, er hatte öfters Freunde und Kollegen eingeladen, mit denen er über neue Naturschutzmaßnahmen im Kleinwalsertal diskutierte, wobei es oft hoch herging ...«

»Und hat er Ihnen davon erzählt?«, wollte Berger wissen.

»Na ja.« Frau Stark wand sich ein wenig. »Manchmal ging es so laut zu, dass man es durch die Tür hören konnte. Aber natürlich«, fügte sie hastig hinzu, »hat er mir auch davon erzählt. Besonders hatte es ihm eine eventuelle neue Ifenbahn angetan, da hat er sich richtig aufregen können. Er hat immer gesagt, es sei eine Schande, wenn man in das Naturschutzgebiet eine neue Bahn bauen wollte. Aber da war einer, den Namen hat er mir nicht genannt, der redete ihm immer dagegen. Und sie haben sich so laut bekriegt, dass man es bis ins Erdgeschoss hören konnte. Die anderen, die dabei waren, haben wohl weniger dazu gesagt, das haben immer die zwei miteinander ausgefochten. Ich hatte den Eindruck, dass sie sich zum Schluss spinnefeind waren.«

»Und Sie haben ned rein zufällig den Namen von dem Diskussionsgegner mitgekriegt?« Berger fragte ganz nebenbei und scheinbar desinteressiert.

Doch Sonja Stark fiel nicht darauf herein. »Nein, leider nicht.«

»Können Sie mir sonst einen Namen nennen? Sie haben doch bestimmt jemand aus der Gruppe gekannt, die sich hier immer getroffen hat?«

Die Frau schüttelte den Kopf. »Ich glaube, es waren welche aus Oberstdorf mit dabei, die anderen aus dem Tal kannte ich auch nicht. Ich kümmere mich nicht um solche Sachen.«

»Na, des werden wir schon rauskriegen, schließlich hat's hier eine Gruppe von Naturschützern. Die müsste ja wissen, wer in diesem Diskussionskreis dabei war. Zunächst mal vielen Dank, Sie haben mir sehr geholfen. Ich komm sicher noch mal auf Sie zu. Jemand, der so gut unterrichtet ist, kann einem immer weiterhelfen.«

Frau Stark bekam die Spitze nicht mit und nickte scheinbar geschmeichelt. »Jederzeit.«

»Ach ja, noch was: Hat Herr Brugger auch Frauenbesuch gehabt? Ich meine, einzeln?«, fragte Berger beim Hinausgehen.

Die Vermieterin wurde ein bisschen rot. »Nicht dass ich wüsste«, erwiderte sie spitz und, wie es schien, wütend. Dann schloss sie hinter Berger die Tür.

Erstaunlich, dachte Florian Berger. Dass du nix gewusst hast, und ausgerechnet auch noch zu diesem Thema. Offensichtlich bestand ja ein gewisses Eigeninteresse am Mieter, wie deutlich zu spüren war. Aber warum log ihn die Frau an?

Er fuhr zur Dienststelle zurück und rief die Gemeinde Mittelberg an. Danach schrieb er sich die Telefonnummer der Schule heraus, an der Brugger Lehrer war und einen Namen aus der Gruppe der Naturschützer im Kleinwalsertal, den er ebenfalls von der Gemeinde erfahren hatte: Josefine Kohler. Und da gab es schon die erste Überschneidung mit dem Dienstgebiet von Paul Wanner, denn die Schule lag in Sonthofen, also in Deutschland. Aber im Zeitalter der Europäischen Union war das kein Hindernis.

Josefine Kohler wohnte in Riezlern. Ihr musste er umgehend einen Besuch abstatten. Die Arbeit, die er jetzt erledigte, kam später den zuständigen Kriminalbeamten aus Vorarlberg zugute. Komisch nur, dass die noch nicht angerufen hatten!

Stefan Endholz war wieder wohlbehalten von Schneiderküren heruntergekommen und hatte seinen Bericht geschrieben. Spuren, die auf die Anwesenheit eines Fremden hätten schließen lassen, hatte er in der Hütte keine gefunden. Der Mörder musste wohl, nachdem er den Toten umgedreht hatte, schleunigst verschwunden sein. Also beschloss Berger, als er das las, selbst noch einmal hinaufzufahren, um Nachforschungen anzustellen. Wenn man den Kreis um das Jägerlager weiter zog, konnte man vielleicht doch etwas finden. Hoffentlich kam auch die Spurensicherung bald. In der rauen Natur dauerte es nicht lange, bis wichtige Hinweise verschwunden waren.

Er musste die Kollegen nochmals anrufen.

6 Bei der Kripo in Kempten herrschte größte Aufregung.

Ein Anruf von einem Mobiltelefon war eingegangen. Darin war von herumliegenden Ausrüstungsgegenständen und einer wahrscheinlich toten Frau in einem tiefen Loch die Rede. Aber alles war ungenau und schlecht zu verstehen gewesen. Und bevor man Wanner den Anruf durchstellen konnte, war er unterbrochen worden. Nun saßen alle im Büro und hofften, dass der Unbekannte noch einmal anrufen würde. Doch die Zeit verging, und nichts geschah.

»Herrschaft, es kann doch nicht bei jedem der Akku leer sein«, schimpfte Wanner und dachte an das Gespräch mit Florian Berger. »Der wird ja wohl so gescheit sein, und noch mal anrufen. Er muss doch mitgekriegt haben, dass sein Anruf nicht voll durchgekommen ist.«

Er nahm sich aus seiner Schublade mit der Aufschrift »Geheim« einen Apfel und biss hinein. Natürlich tropfte der Saft genau auf einen Bericht, den ihm Eva auf den Schreibtisch gelegt hatte. Beim Versuch, die Tropfen abzuwischen, verschmierte Wanner die halbe Seite. Wütend blickte der Hauptkommissar darauf und sagte an

Eva gewandt: »Ich glaub, du musst mir die erste Seite noch mal ausdrucken, daran stimmt was nicht.«

Er knüllte das Blatt zusammen und warf es schnell in den Papierkorb, als Eva zu ihm kam, um nachzuschauen.

»Was hat denn nicht gestimmt?«, fragte sie erstaunt und versuchte die Seite aus dem Papierkorb zu fischen. Aber ein unsichtbarer Fuß hatte den Korb unter den Schreibtisch gestoßen, und Wanner beeilte sich zu sagen: »Ich hab sie schon zerknüllt. Druck einfach die erste Seite noch mal aus.«

»Und wo ist der Fehler? Wenn ich die erste Seite noch mal drucke, dann hat sie doch wieder den gleichen Fehler«, erwiderte Eva spitz.

Wanner fühlte sich ertappt. »Manchmal hat das Papier Flecken, die erst nach einiger Zeit rauskommen«, murmelte er. »Das muss so was gewesen sein.« Er schielte schuldbewusst zu seiner Mitarbeiterin, die achselzuckend zu ihrem Computer zurückging und die Datei mit dem Bericht noch einmal öffnete.

»Ja, vor allem Apfelflecken«, erklang da plötzlich die Stimme Riedles, der dies, ohne aufzusehen, vor sich hin sagte.

Aber er bekam weder von Wanner noch von Eva Lang eine Antwort.

Als das Telefon klingelte, war der kleine Vorfall vergessen. Wanner hob ab. Tatsächlich war es der erwartete Anrufer, der sich, wie er berichtete, einen neuen Standort mit einem besseren Netz gesucht hatte.

»Ich heiße Wolfgang Peters und habe eine Bergwanderung zu den Oberen Gottesackerwänden gemacht.

Auf dem Heimweg sind wir, äh, meine Freundin und ich, durchs Mahdtal abgestiegen. Am Hölloch sind wir stutzig geworden, weil da ein Rucksack, ein Stück daneben eine Mütze und eine Trinkflasche gelegen haben. Es war weit und breit niemand zu sehen, also habe ich mich vorsichtig an den Rand des Hölloches herangewagt und versucht, in die Tiefe zu schauen. Und da hab ich ein ganzes Stück tiefer einen Menschen an der Wand hängen sehn, der hat sich nicht mehr gerührt. Ich hab gerufen, aber ohne Erfolg. Ich meine sogar, es ist eine Frau. So ganz genau konnte ich das aber nicht feststellen. Was soll ich denn machen?«

»Wo sind Sie jetzt?«, wollte Wanner wissen.

»Ein Stück südlich des Höllochs, am Berghang. Erst da hab ich ein Netz bekommen.«

»Könnten Sie beim Hölloch bleiben, bis ich bei Ihnen bin? Das wird zwar etwas dauern, weil ich nicht weiß, ob ich so schnell einen Helikopter herkriege, aber es wäre ganz wichtig, dass Sie niemanden an Rucksack, Mütze oder Trinkflasche und an den Rand des Loches lassen, damit keine Spuren verwischt werden. Ich wäre Ihnen wirklich sehr dankbar, wenn das ginge.«

»Wie war Ihr Name?«, fragte Peters.

»Wanner, Hauptkommissar in Kempten.«

»Herr Wanner, grundsätzlich bin ich dazu bereit, aber es darf halt nicht zu lange dauern. Wir haben heute noch was vor. Geht's innerhalb der nächsten Stunde?«

»Ich schau, dass ich's hinkriege. Wie ist das Wetter bei Ihnen?«

»Es ist stabil, kein Regen in Sicht.«

»Okay. Hier ist noch meine Handynummer, falls etwas sein sollte, können Sie mich da erreichen.« Wanner gab seine Nummer durch. »Gegebenenfalls müssten Sie wieder den Berghang hinaufklettern, bis Sie ein Netz bekommen. Ende.«

Paul Wanner konnte den Hubschrauber innerhalb kurzer Zeit herbeizitieren, weil er die Sachlage als äußerst dringend darstellte. Ein Arzt und zwei Mann der Spurensicherung gingen noch mit an Bord. Damit konnte Wanner niemanden aus seinem Team mehr mitnehmen. Eva Lang verzog das Gesicht und meinte: »Ich bin schon lange nicht mehr Heli geflogen, musst du denn mit so vielen Leuten fliegen?« Ihr war es jedoch anzusehen, dass sie die Frage nicht ernst meinte.

Wanner versprach, sie beim nächsten Mal mitzunehmen. Er ahnte, dass sie nicht das letzte Mal in diese abgelegene Gegend mussten.

Beim Flug entlang der Iller hatte der Hauptkommissar kaum einen Blick für die Allgäuer Landschaft mit ihren grünen Wiesen und Weideflächen und den darin eingebetteten Dörfern. Er begann sich ein Bild vom möglichen Geschehen auszumalen, ein paar Mosaiksteinchen zusammenzusetzen und kam dabei immer wieder auf das Gespräch zurück, das er mit seinem Kollegen Berger aus dem Kleinwalsertal geführt hatte. Dort gab es einen Toten und – nahezu gleichzeitig – im Paralleltal eine Tote. Konnte reiner Zufall sein, aber Wanner war misstrauisch. Zufälle, so pflegte er zu sagen, sind durchaus möglich, aber unter bestimmten Umständen unwahrscheinlich. Lag hier so ein Umstand vor? Er beschloss, erst mal den Tatort zu besichtigen und das Ergebnis der ärztlichen Untersuchung abzuwarten. Zunächst aber mussten sie den oder die Tote aus dem Hölloch herauf- ziehen. Er hatte dazu eine Kletterausrüstung mit einem langen Seil und einer Seilwinde eingepackt, die die Kol- legen von der Spurensicherung bedienen konnten. Der Arzt wollte sich auf keinen Fall abseilen lassen. Wanner, der früher bei der alpinen Einsatzgruppe der Polizei ge- wesen war, sollte das für ihn übernehmen.

Der Hubschrauber flog Richtung Rohrmoos, bog dann nach Süden ab, überflog die Unteren Gottesacker- wände und schwenkte ins Mahdtal ein. Dessen obere Hälfte lag in Bayern, die untere gehörte zum Kleinwal- sertal. Das Hölloch befand sich auf deutschem Gebiet, so dass keine Überflugerlaubnis von den österreichischen Behörden notwendig war.

Der Pilot fand in einer kleinen Talerweiterung einen ebenen Platz, auf dem er sicher aufsetzte. Wanner, der Arzt und die beiden Männer der Spurensicherung mach- ten sich auf den Weg zum Hölloch. Sie schleppten die gesamte Ausrüstung mit sich und waren froh, dass es nur ein kurzes Stück bis zum tiefsten Loch des Allgäus war.

Ein junges Paar stand dort und winkte ihnen zu. Nachdem sie sich bekannt gemacht hatten, ging Wanner vorsichtig an den Rand des Höllochs heran, während sich die Spurensicherer der aufgefundenen Gegenstände annahmen und Fotos machten.

Wanner spähte vom Rand in die schwarze Tiefe des im ersten Teil etwa zehn Meter breiten Loches, das über sechsundsiebzig Meter als natürlich geschaffener Schacht in die Erde verlief und am oberen Rand von einigen Büschen und krumm gewachsenen Bäumen umgeben war. Eine Warntafel war zu sehen, ein paar Bretter lagen herum, und Drahtseilreste ragten aus dem dichten Bewuchs.

Etwa fünfzehn Meter in der Tiefe sah Wanner einen Menschen an der glatten Wand hängen. Peters hatte mit seiner Vermutung, es könne sich um eine Frau handeln, vermutlich recht gehabt, aber ganz sicher war sich auch Wanner nicht. An der Stelle gab es nicht mehr genug Tageslicht. Und so ganz wohl war es dem Hauptkommissar nicht, als er da nach unten blickte.

Er musste sich gut absichern. Den Sturz zum Grund der Höhle überlebte niemand. Schon einmal war in den dreißiger Jahren des letzten Jahrhunderts ein Skitourenläufer dort hineingefallen und konnte nur noch tot geborgen werden. Wanner schüttelte diese Gedanken ab und legte sorgfältig die Kletterausrüstung an.

Die beiden von der Spurensicherung hatten inzwischen die Seilwinde in Stellung gebracht und an Baumstämmen abgesichert. Dann halfen sie Wanner, das Seil zu befestigen und die Knoten im Gurt zu überprüfen. Nachdem sich alle drei vom richtigen Sitz von Gurt und Seil und der Verankerung der Seilwinde überzeugt hatten, begann Paul Wanner den Abstieg in den senkrecht abfallenden Schacht. Er stemmte sich mit beiden Beinen gegen die Wand und hielt das Gleichgewicht, während das Seil von der Seilwinde langsam abgelassen wurde. Einmal rutschte er mit einem Fuß ab und konnte sich gerade noch in seiner Position halten. Zwar wäre er nicht abgestürzt, aber aus dem Gleichgewicht geraten und hätte sich böse an der Schachtwand verletzen können.

Er sah nach unten. Ja, nun konnte er es sehen, es war eine Frau, die da an der Wand hing und wie von einer unsichtbaren Macht festgehalten schien.

»Noch drei Meter!«, rief Wanner nach oben.

»Alles klar!«, war die Antwort, und das Seil lief langsam weiter abwärts. Dann war Wanner neben der Frau und rief: »Seil stopp!«

Es gab einen kleinen Ruck, Paul hielt direkt neben der Frau. Er versuchte herauszubekommen, woran sie hängen geblieben war. Sie sah furchtbar aus: blutverschmiert, unkenntliche Gesichtszüge und zurückgebogener Hals. Ihre Wanderkleidung war zerrissen und in der Körpermitte zusammengeschoben. Ein breiter Ledergürtel schien der Haupthalt zu sein. Und dann sah Wanner den Grund für das Hängenbleiben mitten in ihrem Sturz: Es war einer der rostfreien Klebeanker, die von den Höhlenforschern entlang der Schachtwand angebracht worden waren, um beim Auf- und Abstieg besseren Halt zu haben. Er hatte sich in Hose, Gürtel und Anorak verfangen und den Sturz entlang der Schachtwand aufgehalten.

Wanner lief es kalt über den Rücken. So gut es ging, legte er ein Klettergeschirr um die Tote und zurrte es fest. Der Abtransport würde schwierig werden. Ein zweites Seil hatten sie nicht dabei, eine zweite Winde auch nicht, und einen Standplatz konnte Wanner nicht finden oder schaffen. Seine Beine hingen unter dem Seil ins Leere des gähnenden schwarzen Abgrunds. Ihm blieb nichts anderes übrig, als das Klettergeschirr der Toten mit seinem eigenen zu verbinden. Sie mussten den Weg hinauf zusammen zurücklegen. Als er mit dem Festzurren fertig war, rief er nach oben: »Seil auf, aber gaaanz langsam!«

»Verstanden!«, kam es zurück. Es gab einen kleinen Ruck nach oben. Wanner versuchte die Frau aus dem Anker auszuhängen. Aber der hielt zäh an dem Gürtel fest.

»Halt! Stopp!«, brüllte der Hauptkommissar, und der Seilzug ließ nach.

Nach mehrmaligem Rütteln und Zerren gelang es ihm schließlich, die Tote von dem Anker zu lösen. Im gleichen Augenblick schwangen beide frei über der Tiefe. Wanner mochte nicht nach unten schauen.

Das Blut der Toten war zwar geronnen, aber es ließ sich nicht vermeiden, dass er bald genauso blutverschmiert war wie die Frau. Er pendelte an die Wand zurück und schlug sich die Finger wund.

Dann rief er: »Seil auf!«, und sie wurden langsam nach oben geholt. Hilfreiche Hände zogen die beiden über die Kante und befreiten Wanner von seinem blutigen Bündel. Der Arzt beugte sich zuerst über den Hauptkommissar, der keuchend im Gras lag, und untersuchte ihn schnell. Aber er konnte außer den aufgeschürften Fingern nichts entdecken. »Bleiben Sie erst mal liegen, ich sehe nach der Toten!«

Die beiden Spurensicherer verbanden Wanners Finger und gaben ihm aus der mitgebrachten Thermosflasche zu trinken. Wanner musste husten. »Was ist denn das für ein komischer Kaffee?«, fragte er dann heiser und sah misstrauisch in den Becher.

»Dem ist ein Lebenselixier zugesetzt«, antwortete einer der beiden Männer und grinste.

»Ach so, dann frag ich lieber nicht weiter. Lebenselixier ist immer gut!«

Er gab den Becher zurück und stand langsam auf.

Wanner unterhielt sich noch kurz mit Wolfgang Peters
und seiner Freundin und schrieb ihre Adresse auf, bevor
er sie ins Tal entließ.

Der Arzt erhob sich und wischte sich das Blut der Toten ab. »Bei dem Zustand der Frau kann ich hier nichts
weiter als ihren Tod feststellen. Todesursache: Sturz in
die Tiefe, Kopf- und Bauchverletzungen, Halswirbel
vermutlich gebrochen, Weiteres kann nur die Obduktion ergeben.«

»Kann man schon etwas über den Zeitpunkt des Todes sagen?«, fragte Wanner.

Der Arzt schüttelte den Kopf. »Hier vor Ort nichts
Genaues. Vermutlich ist die Frau schon mehrere Stunden tot.«

»Habt ihr noch was gefunden?«, wandte sich der
Hauptkommissar an die Spurensicherer.

»Eigentlich nicht. Wir haben die drei Gegenstände,
Rucksack, Mütze und Trinkflasche, sichergestellt und
nehmen sie zur Untersuchung mit. Im Rucksack waren
die Sachen, die wir hierhergelegt haben: Ersatzwäsche,
Kopftuch, Handschuhe, Brotzeit, Sonnenbrille, Trau-
benzucker, Magnesiumpräparat, Müsliriegel, ein Notizbuch, Planunterlagen über eine neue Ifenbahn, Be-
schreibungen, technische Details, Kostenschätzungen.
Ansonsten war in der Umgebung des Höllochs nichts zu
finden, was Rückschlüsse auf den Tathergang zulassen
würde.«

Wanner sah etwas verwundert die Sachen durch, dann steckte er das Notizbuch und die Unterlagen ein. »Das andere Zeug könnt ihr mitnehmen und nach Spuren absuchen.«

Das Problem war jetzt, die Leiche mit dem Hubschrauber zu transportieren. Dann war nicht mehr Platz für alle Männer. Und zweimal wollte der Pilot nicht fliegen, weil er inzwischen woanders dringend gebraucht wurde.

Wanner hatte plötzlich eine Idee. Er stieg ein Stück den Berghang hinauf, bis zu der Stelle, an der vorher auch Peters ein Netz bekommen hatte, und rief von dort Florian Berger an. Der war erstaunt, als er vom derzeitigen Aufenthaltsort Wanners erfuhr und wurde höchst neugierig, als ihm Wanner alles berichtete.

»Am Hölloch eine Tote, sagst du? Jetzt so was! Und zeitgleich mit mei'm Toten auf Schneiderküren! Und die zwei Orte send gar ned weit auseinander … Da müsset wir uns bald und genau unterhalten.«

»Genau deswegen ruf ich dich an. Ich hab nämlich keinen Platz mehr im Heli. Hättest du Zeit, mich mit deinem Polizeisupergeländemotorrad hier oben abzuholen? Dann könnten wir uns gleich unterhalten …«

»Bin in dreißig Minuten bei dir, reicht dir des? Du kannst ja in der Zwischenzeit no'amal des Gelände dort ringsum absuchen. Okay? Gut, dann bis nachher!«

Wanner half, die Tote zum Hubschrauber zu bringen, wartete, bis die Kollegen und der Arzt eingestiegen waren, und winkte ihnen zum Abschied zu. Dann hob er den Daumen, der Hubschrauber stieg in einem Wirbel von Staub, Blättern und kleinen Steinen in die Höhe

und verschwand bald über den Unteren Gottesackerwänden in Richtung Kempten.

Dann war es plötzlich totenstill. Kein Mensch kam vom
Windecksattel herunter oder aus dem Tal herauf, es war
bedrückend einsam. Windzerzauste Fichten umstanden
Findlinge, die einst von den steilen Wänden rechts und
links des Hochtales abgebrochen sein mochten. Latschen
wuchsen im engen Talgrund und zogen sich teilweise
die Hänge hinauf. In das obere Mahdtal fielen Sonnen-
strahlen, die den Windecksattel in goldenes Licht tauch-
ten, im übrigen Talgrund zogen Schatten heran und
kündigten bereits die Dämmerung an.

Wanner begann, ganz wie es ihm Berger scherzhaft
empfohlen hatte, die Umgebung sorgfältig abzusuchen.
Nicht dass er seinen Spurensicherern nicht zugetraut hätte, genau zu arbeiten, aber er hatte sich in seinen langen
Dienstjahren immer lieber auf sich selbst verlassen. Er
besaß ein geübtes Auge, das Auffälligkeiten, und waren
sie noch so klein, stets wahrgenommen hatte. Langsam
umkreiste er, sorgfältig den Boden absuchend, das Hölloch. Ein unheimlicher Ort, dessen Name schon nichts
Gutes verhieß. Und dennoch ein friedlicher Platz, wie
man jetzt, wo alles still war, meinen konnte. Plötzlich
fuhr Wanner zusammen. Er war so in die Suche vertieft
gewesen, dass ihn das durchdringende Krächzen eines
Raben bis ins Innerste erschreckte. Er sah zum Himmel.
Unweit von ihm kreisten zwei Kolkraben über dem
Mahdtal und flogen langsam tiefer.

Ein zweites Krächzen ertönte, als sie das Hölloch über-
flogen. Dann ließen sich die beiden Vögel gegenüber

am Berghang auf den Ästen einer toten Fichte nieder. Sie saßen still da und beobachteten Wanner. Wenigstens kam es ihm so vor.

Er schüttelte den Kopf und suchte weiter.

Und wieder erklang ein Krächzen. Die Vögel saßen noch am gleichen Platz. Als Wanner sich ihnen näherte, flogen sie träge auf und stiegen in die Luft. Sie kreisten dreimal, dann verschwanden sie in Richtung Toreck.

Ein innerer Zwang drängte Wanner, zu der Fichte zu gehen, auf der sich die Raben niedergelassen hatten. Dort trat er auf ein paar der herumliegenden trockenen Äste, die unter seinem Gewicht zerbrachen, achtete aber nicht weiter darauf. Die Fichte war wohl eines natürlichen Todes gestorben oder Opfer von Borkenkäfern geworden. Ihre Äste hingen dürr zu Boden, ein Teil des Stammes war heruntergebrochen.

Von hier oben hatte man freie Sicht auf das Hölloch. Und als sich der Hauptkommissar umdrehte, fiel sein Blick auf eine Stelle in den trockenen Ästen, auf die er zuvor getreten war.

Und er pfiff durch die Zähne.

7 Florian Berger hatte nochmals Kontakt mit der vorgesetzten Dienststelle in Bregenz aufgenommen. Doch dort hatte man ihm bedauernd erklärt, dass die Kollegen von der Abteilung »Leib und Leben«, durch Krankheiten in der Zahl reduziert, an einem anderen dringenden Fall arbeiteten, ebenso die Spurensicherer. Er möge doch, so lautete der Auftrag, die Ermittlungen im Augenblick selbst führen und versuchen, mögliche Spuren zu sichern. Etwa aufgefundene Beweismittel sollten umgehend per Boten nach Bregenz gebracht werden, wo sie dann untersucht würden. Von dort bekäme er sofort das Ergebnis übermittelt und so weiter. Das hieß nichts weiter, als dass Berger sich allein um den Schneiderküren-Mord kümmern solle, bis die Herren aus Bregenz mal Zeit hätten …

Berger gab daraufhin einen nicht gerade druckreifen Ausdruck von sich, der eine Kollegin in seiner Dienststelle erschrocken den Kopf einziehen ließ. Also so was!

Dann kam der Anruf von Paul Wanner. Es war, als hätte das Schicksal einen Fingerzeig zum Fortsetzen der Ermittlungsarbeiten gegeben. Ohne lange zu zögern, schwang sich Florian wieder auf sein Geländemotorrad und brauste los. Diesmal musste er über Riezlern nach Innerschwende fahren, wo er die Straße verließ und den Weg ins Mahdtal einschlug. Bis zur Höfle-Alp war der so breit, dass Berger den Löchern ausweichen konnte, hier fuhren sonst nur noch Traktoren hinauf. Danach verengte er sich zu einem Wanderweg, aber Bergers Maschine schaffte den Aufstieg zum Hölloch, das auf etwa eintausendfünfhundert Metern Meereshöhe lag, ohne Probleme.

Als Florian beim Hölloch angekommen war, sah er Paul Wanner gerade vom südlichen Hang herunterkommen.

»Mensch, Florian, schön, dass wir uns wiedersehen!«, begrüßte Paul Wanner ihn.

»Hallo, Paul, grüeß di, altes Haus! Scho lang her, gell?«

Sie schlugen sich gegenseitig auf die Schulter.

Wanner erzählte seinem Freund und Kollegen, was sich bis zu diesem Zeitpunkt abgespielt hatte. Dann hielt er einen kleinen Plastikbeutel hoch und sagte: »Und wie ich dort drüben grad wieder absteigen wollte, ja dort, bei der abgestorbenen Fichte, sehe ich dieses Papiertaschentuch. Jetzt frag ich dich: Wie kommt dieses Papiertaschentuch ausgerechnet an eine Stelle, von der aus man das Hölloch voll einsehen kann, selbst aber ein gutes Versteck hat? Das Taschentuch wurde benutzt, ich nehm's mal mit und lasse die Spuren analysieren. Für eine DNA-Analyse reicht's allemal.«

Berger besah sich das Taschentuch im Plastikbeutel. »Du hast doch von diesem Touristen erzählt, der di ang'rufen hat. Und er musste da hinaufsteigen, damit er ein Netz kriegt hat. Meinst ned, dass des Tüchle von dem stammen könnt?«

»Das war auch gleich mein erster Gedanke. Aber der Peters hat mir eine Stelle gezeigt, die ungefähr dreißig

Meter weiter rechts liegt. Also kann das Taschentuch nicht von ihm stammen.«

»Dann ned. Also muss dort oben jemand gewesen sein, der sich die Näs putzt hat. Oder etwa was anderes?«, setzte er grinsend hinzu.

»Nein, schaut farblich nicht danach aus«, erwiderte Wanner lachend.

»Sollen wir no mal dort hingehen und intensiver suchen, vielleicht gibt's ja no was zu finden?«

»Ja, aber heut wird's schon zu dunkel sein. Vielleicht preschen wir morgen noch einmal mit deiner Wundermaschine herauf und suchen bei Tageslicht weiter. Jetzt, glaub ich, sollten wir heimfahren, wird langsam kühl.«

»Guet, dann hock di mal hint nauf und halt di an mir fest.« Er ließ die Kupplung kommen, und sie rumpelten den Wanderweg hinunter. Ab der Höfle-Alp gab Berger Gas, und sie erreichten bald darauf das Tal, das bereits voll im Schatten lag.

Berger brauste über die Schwendetobelbrücke, dann durch Riezlern nach Hirschegg zu seiner Dienststelle.

Als sie abgestiegen waren, sagte er zu Wanner gewandt: »Des is halt a Maschin. Da kommst hier im Tal fast überall hin damit.«

Vor der Tür entdeckte Wanner einen Wagen mit Kemptener Nummer. Der Pilot hatte veranlasst, dass man den Hauptkommissar in Hirschegg abholte. Wanner verabschiedete sich von Berger, und sie vereinbarten für den nächsten Tag ein Treffen um elf Uhr.

Dann stieg Wanner in das bereitstehende Auto, und der Polizist in Zivil brachte ihn nach Kempten zurück.

8 Gotthelf Aniser, ehemals Pfarrer in Riezlern, war dank seinem Stock noch immer gut zu Fuß. Es gab allerdings auch Tage, an denen es gar nicht laufen wollte und er sich, von Rheuma geplagt, nur mühsam vorwärtsbewegen konnte. Er wohnte allein in einem kleinen Holzhaus in Wäldele unterhalb des Eselsrückens und kam nur noch selten nach Riezlern.

Er ging stets leicht gebückt, meist in einem schwarzen, schäbigen Anzug. Das silberweiße Haar war lange nicht geschnitten worden und umgab das zerfurchte Gesicht wie ein Strahlenkranz. Das Zittern seiner rechten Hand konnte er nur mühsam im Zaum halten, vor allem beim Essen hatte er Schwierigkeiten. Auf der Straße redete er wahllos auf Leute ein, auch auf solche, die er nicht kannte. Er erzählte scheinbar wirres Zeug, das zum Teil seiner Erinnerung entsprang, zum Teil aber auch frei erfunden schien. So war er allmählich bei den Talbewohnern in den Ruf geraten, im Oberstübchen nicht ganz gescheit zu sein, und sie machten einen Bogen um ihn. In seinen schwarzen Augen aber loderte ein Feuer, das niemand bei ihm vermutet hätte. Wenn er sich in Rage redete, konnten sie glühen, und die Leute wandten sich schleunigst ab, sobald er sie ansah. Er wurde zum Einsiedler, bekam jedoch von den Bewohnern im Tal, in Erinnerung an seine frühere Tätigkeit, immer Essen, Medikamente und andere Dinge zugesteckt. Er galt als sehr belesen, in seine einstigen Predigten hatte er sein großes geschichtliches Wissen immer wieder einbringen können.

Als »dr Aniser«, wie er nur noch genannt wurde, an diesem Morgen in die Polizeiinspektion kam, hatte er bereits einen langen Fußmarsch hinter sich. Auch wenn er Abkürzungen benutzte, war der Weg von Wäldele nach Hirschegg ziemlich weit. Bevor er das Büro betrat, setzte er sich daher auf eine Bank, die für Besucher bereitstand, und verschnaufte erst einmal. Dann stand er auf, klopfte und trat ohne weitere Aufforderung ein.

»Gottes Gruß am Morgen!«, sagte er und sah sich um. Im Augenblick waren nur zwei Polizisten im Raum, die ihn neugierig anstarrten. Der Aniser hier? Das war ja was ganz Besonderes!

Einer der beiden stand auf und trat an den Tresen. »Guten Morgen, Herr Aniser! Was kann ich für Sie tun?«

Der Alte breitete die Arme aus und rief: »Und ich sage euch, es wird Feuer und Wasser kommen und alles verschlingen! Die Berge werden stürzen und die Täler sich füllen, und von den Menschen wird nur ein Rest überleben ... Das war schon vor siebentausend Jahren so, und im Mittelalter, und jetzt kommt es wieder ... Nicht die Pest wird es diesmal sein, nicht nur die Urgewalt der Natur, denkt an die Weissagungen der Maya, sondern die Menschen selbst tragen zum Verderben bei ... Und dort oben hat es schon begonnen, so wie es vor langer Zeit begonnen hatte und noch länger davor bei Kain und Abel!« Aniser zeigte in eine unbestimmte Richtung nach oben. So wie er dastand, die Arme ausgebreitet, das Haar wirr, den Kopf erhoben und mit glühenden Augen, sah er aus wie ein Prophet aus dem Alten Testament.

Der Polizist wich etwas zurück und wiederholte unsicher seine Frage: »Was kann ich für Sie tun?«

»Du, mein Sohn, kannst gar nichts tun. Es müssen andere kommen, die damit umgehen können. Es wird endlich Zeit, dass Aufklärung geschaffen wird über diesen mystischen Ort, der nur darauf wartet … Denkt daran, ich kann euch helfen, aber ihr müsst den Richtigen schicken!« Damit senkte er seine Arme, machte kehrt und marschierte zur Tür hinaus, die er offen ließ.

Der zweite Polizist, ein junger Anfänger, prustete los. »Herrgott no mal, was war des jetzt?«

Seine Kollege zuckte mit den Schultern. Er kannte Aniser und wusste um dessen wirre Reden, die manchmal gar nicht so wirr waren, wenn man sie zu deuten verstand.

»Der isch ned so bled, wie er sich ahört«, meinte er nur und überdachte die Szene von eben. Was meinte Aniser wohl mit dort oben? War der Himmel gemeint, waren es die Berge, war es ein bestimmter Platz? Er musste das mit Florian Berger besprechen, wenn dieser wieder zurück war.

Er machte sich ein paar Notizen und legte den Zettel mit dem Hinweis »bR« auf Bergers Schreibtisch.

9 Hauptkommissar Wanner erstattete am nächsten Morgen seinen Kollegen Bericht darüber, was am Tag zuvor passiert war. In der Nacht war er, als er eine Weile wach gelegen hatte, noch mal die ganze Geschichte durchgegangen. Man hatte zwar eine Tote, aber es war noch völlig ungewiss, ob sie durch einen Unfall oder Fremdeinwirkung ums Leben gekommen war. Sie konnte ja auch, bei einem neugierigen Blick in das Hölloch, das Übergewicht bekommen haben oder ausgerutscht und hineingestürzt sein. Hoffentlich brachte die Obduktion bald ein eindeutiges Ergebnis, dann würde man weitersehen. Im Augenblick wollte er die Ermittlungen noch nicht voll in Gang setzen, vielleicht brauchte man sie ja nicht, und dann wäre alle Arbeit umsonst gewesen.

Eva Lang und Alex Riedle hörten sich Wanners Bericht an. Im Prinzip waren sie seiner Meinung, erst einmal die Obduktion abzuwarten.

»Aber«, so meinte Eva, »das Ganze ist schon ein merkwürdiger Zufall. Beide Fundorte liegen nicht weit auseinander, nur, wie du sagtest, durch einen Bergrücken getrennt. Beide sind mit einem Vierradfahrzeug nur äußerst schwer zu erreichen, liegen aber in einem touristisch interessanten Gebiet, weshalb auch entsprechend viele Leute zu Fuß vorbeikommen. Sollte man die Toten schnell finden, oder war auch das ein Zufall? Oder ergaben sich die Tatorte einfach von selbst? Immer vorausgesetzt, dass auch das Hölloch ein Tatort und kein Unglücksort ist.«

Wanner nickte. »Wir brauchen das Obduktionsergebnis umgehend, damit wir entsprechend tätig werden können, bevor dort oben alle Spuren verwischt sind. Ist das Papiertaschentuch schon …«

»Liegt bereits bei der Untersuchung«, ließ sich Riedle vernehmen. »Ich habe das Rotzergebnis als äußerst dringend gemeldet.« Er kicherte vor sich hin.

Eva Lang schüttelte sich. »Also weißt du, Alex! Da kriegt man ja das Würgen.«

»Aber so ist es doch«, verteidigte Riedle seinen Ausdruck.

»Mahlzeit!«, sagte der Hauptkommissar.

»Also, nix darf man sagen«, knurrte Riedle und wandte sich beleidigt ab.

Wanner sah auf seine Uhr. Bis zum Treffen mit Berger hatte er noch rund zwei Stunden Zeit. Vielleicht kam das Ergebnis der Obduktion ja vorher, was sehr hilfreich wäre. Dann konnten die Gedanken konkreter zusammengefasst werden. Entweder gab es einen oder zwei Morde. Waren es tatsächlich zwei, dann musste mit Hochdruck daran gearbeitet werden, einen eventuellen Zusammenhang zu finden. Ganz wichtig war es natürlich, die Identität der Toten festzustellen. Aber, so hoffte Wanner, das müsste ja in relativ kurzer Zeit zu schaffen sein. Irgendwie glaubte er nicht daran, dass sie von außerhalb des Kleinwalsertales kam, und im Tal kannten sich die meisten Leute untereinander. Doch die Tote war so zugerichtet, dass ein Foto ihres Gesichts nicht möglich schien. Sie mussten also auf eine Vermisstenanzeige warten.

Paul holte sich einen Becher Kaffee im Sozialraum. Das heiße Getränk tat ihm gut. Die beiden Morde – wenn es denn zwei waren – ließen ihn erschauern. Es war jedes Mal dasselbe: Zu Beginn der Ermittlungen tastete er sich vorsichtig an die Tatsachen heran, setzte seine grauen Zellen in Bewegung und ließ seiner Kombinationsgabe freien Lauf. Gab es erste Erfolge, biss er sich gleichsam daran fest und zog auch sein Team mit.

Wanner sah wieder auf die Uhr. In zehn Minuten müsste er los, um Berger nicht warten zu lassen. Außerdem mussten sie wieder zum Hölloch hinauffahren, um die Gegend weiter nach Spuren abzusuchen. Diese Arbeit war auch dann nicht umsonst, falls sich herausstellen sollte, dass es sich um einen Unglücksfall gehandelt hatte …

Es klopfte. Ein junger Kollege brachte ein Fax herein. »Obduktionsbericht! Soll ich Ihnen schon als Fax im Voraus geben, damit es schneller geht.« Damit verließ er das Büro wieder.

Der Hauptkommissar griff hastig nach dem Papier und begann zu lesen. Seine Vermutung wurde leider bestätigt. Die unbekannte Tote war ganz offensichtlich vor ihrem Sturz in die Tiefe gewürgt worden, wie Hämatome am Hals bewiesen. Außerdem fanden sich unter ihren Fingernägeln neben Erdteilchen noch Hautreste, die nicht von ihr stammten, sondern – Wanner hielt die Luft an – mit den DNA-Spuren im Papiertaschentuch identisch waren.

Also doch! Er hatte es geahnt. Das ungute Gefühl der ersten Stunde hatte sich bewahrheitet, und Wanner wusste, dass ihn auch dieses Mal sein Instinkt nicht getäuscht hatte. Also Mord am Hölloch, Mord auf Schneiderküren – hier konnte kein Zufall im Spiel sein! Jetzt galt es, mit den österreichischen Behörden zusammenzuarbeiten, mit Florian Berger, um möglichst schnell die Identität der beiden Toten festzustellen, wobei sie den Namen des Toten von Schneiderküren ja schon kannten. Alles andere musste sich dann daraus ableiten lassen. Waren die Namen erst einmal bekannt, konnten die Ermittlungen auf das Umfeld der Ermordeten ausgeweitet werden.

Paul Wanner setzte sich umgehend mit dem Leiter der Kripo Kempten, Oberrat Jürgen Mollberg, in Verbindung, der vor wenigen Wochen ernannt worden war. Mollberg, informierte sofort den Leiter des Polizeipräsidiums, Präsident Gottlich, der die Neuigkeit an die österreichischen Behörden in Bregenz weitergab und um ein äußerst kurzfristig anberaumtes Treffen mit dem zuständigen Kollegen irgendwo zwischen Kempten und Bregenz bat.

Das Treffen konnte dann auch gegen zwölf Uhr am selben Tag in Heimenkirch stattfinden. Präsident Gottlich und Brigadier Johann Moosbrugger trafen sich im Gasthaus Sonne, wo sie sich in eine stille Ecke zurückzogen und zu den anstehenden Mordfällen im Kleinwalsertal und am Hölloch austauschten. Damit das Ganze nicht zu trocken wurde, genehmigten sie sich je ein Viertel Chardonnay und aßen Griesnockerlsuppe, Pangasiusfilet und drei Kugeln Erdbeereis zum Nachtisch.

Bei diesem freundschaftlichen Treffen musste der Brigadier zugeben, dass er leider, leider niemanden ins Kleinwalsertal schicken könne, wie schon sein Kollege dem Herrn Berger in Hirschegg mitgeteilt hatte, da gerade in letzter Zeit im Vorarlberger Rheintal einige Schwerverbrechen geschehen waren, die Vorrang hatten.

»Also des tut mir sehr leid, Herr Kollege, und krank send mir auch noch ein paar geworden«, sagte Moosbrugger zu Gottlich. »Aber wir müssen uns was ausdenken, was der Sache dienlich ist, unsere Nationen ned in Rage bringt, dem Dienstweg entspricht und vor allem auch noch zu einem Fahndungserfolg führt. So, jetzt wissen Sie, unter welchem Druck wir die G'schicht erledigen müssen. Fallt Ihnen dazu was ein? Mir ned!«

Er hob sein Glas und trank es aus.

»Also einfach wird's nicht«, gab Gottlich zu. »Aber was hilft's? Wir müssen uns schleunigst einen Weg ausdenken, die Zeit drängt. Beide Morde geschahen in freier Natur, und dort werden die Spuren sehr schnell verwischt sein. Ich schlage vor, wir genehmigen uns noch ein Gläschen, und bevor das ausgetrunken ist, müssen wir eine Lösung gefunden haben! Einverstanden?«

Der Brigadier wiegte den Kopf. »Also, ich weiß ned, ob des so schnell geht. Schließlich ist ein Glaserl relativ wenig für eine solch schwierige Entscheidung. Denken S' doch, Herr Kollege, wir zwei müssen über Ländergrenzen hinweg entscheiden, ohne Wien und ohne

67

München, also ohne den offiziellen Dienstweg, weil es sonst viel zu lange dauern tät. Wenn wir uns ned einigen, können wir die beiden Fälle vergessen. Vielleicht lösen ja dann unsere Nachfolger des Rätsel, und wir zwei schauen von unserem Pensionärssofa neugierig zu.« Er lachte in sich hinein, hob sein Glas und prostete Gottlich zu.

Du liebe Zeit, dachte der Polizeipräsident, entweder wir schaffen es noch vor dem Ende dieses oder des nächsten »Glaserls«, oder unsere Chauffeure bringen zwei Alkoholleichen nach Hause, und außer den Spesen war nix gewesen. Er hob sein Glas und prostete zurück.

»Also, ich glaube, mir kommt da eine Idee«, setzte er an. »Wir hatten doch schon mal eine hervorragende Zusammenarbeit in dem Fall Gundsattel. Damals haben Ihr Kollege Berger und mein Hauptkommissar Wanner in bestem Einvernehmen den Fall gelöst. Wie wäre es denn, wenn wir es wieder so machten? Wir spannen einfach die beiden zusammen, versprechen ihnen jede Unterstützung, gewähren diese auch, so weit möglich, und sehen mal, wie weit sie kommen. Haben Sie dann Leute für Schneiderküren frei, schicken Sie diese hin und lassen sie auf Bergers und Wanners Arbeit aufbauen. So oder … ähnlich … hupps … Entschuldigung! … könnte ich mir die grenzüberschreitende Zusammenarbeit denken.«

Etwas unsicher stellte er sein Glas auf den Tisch zurück und sah den Brigadier an.

Der dachte nach, hob sein leeres Glas noch einmal und nickte dann begeistert. »Das ist eine Idee! Die könnt direkt von mir sein!« Er lachte und hielt der Kellnerin

68

sein Glas zum Nachfüllen hin. »Also ... hupps ... öha ... so was ... 'tschuldigung ... so machen wir des. Sie schauen, dass Sie mit München klarkommen, und ich seh zu, dass ich des Wien verklickern kann. Schließlich pressiert's ja ... hupps ... furchtbar, es sind schon heftige Niederschläge ang'sagt, und man muss sofort loslegen, weil Gefahr im Verzug ist!«

Gottlich atmete auf. Ja, so würde es gehen – hoffentlich! Er bestellte einen starken Kaffee, und die beiden redeten noch eine Zeitlang, teils dienstlich, teils privat miteinander. Als sie sich schließlich gegen vierzehn Uhr verabschiedeten, um nach Bregenz beziehungsweise Kempten zurückzufahren, hatten sie beschlossen, sich wieder zu treffen und über mögliche Ergebnisse zu sprechen.

Vorher wurden noch Wanner und Berger telefonisch informiert und es wurde den beiden nahegelegt, *sofort* – Gottlich und Moosbrugger wiederholten jeweils deutlich das Wort *sofort* – mit der gemeinsamen Arbeit zu beginnen.

Und als sie die Gaststätte verließen, war von Regenwolken weit und breit nichts zu sehen.

10

Wanner saß mit Florian Berger in dessen Büro, und sie besprachen die neue Situation.

»Also, jetzt ist es so weit: Wir dürfen, nein, wir sollen wieder zusammenarbeiten. Grenzüberschreitend, wie betont wurde. Da muss ja allerhand passiert sein, dass sich unsere beiden obersten Chefs dazu haben hinreißen lassen, das zu entscheiden, ohne Wien oder München einzuschalten.«

Florian nickte. »Ja, manchmal kann's scho recht schnell gehn, wenn es denen in der oberen Etage in den Kram passt. Und manchmal könntest Junge kriegen, weil nix vorwärtsgeht.«

»Also, deinen Toten kennen wir jetzt, das muss der Brugger sein, so wie du mir das geschildert hast. Lass aber sicherheitshalber nachforschen, ob das stimmt. Meine Tote ist leider noch anonym. Ich schlage vor, dass du im Tal suchst und ich im Oberallgäu. Wenn die beiden Fälle zusammenhängen, wovon wir ja ausgehen, ist die Frau wahrscheinlich ganz aus der Nähe.«

»Ja, des glaub i auch. Ruf doch du in Kempten an und veranlass deine Kollegen zur Schnellarbeit, i schau inzwischen nach einer Bestätigung, dass es sich tatsächlich um den Brugger handelt.« Damit verließ er das Büro.

Wanner holte sein Handy hervor und informierte sein Team über die Sachlage.

»Tja, da hast du wieder recht gehabt mit deiner Vermutung«, sagte Eva Lang. »Jetzt machen wir uns mit Hochdruck an die Identifizierung der Frau. Immerhin haben wir die DNA vom Mörder dank des Taschentuchs, das du gefunden hast. Wir brauchen nur noch«, sie betonte ironisch das *nur,* »einen Verdächtigen, der dieselbe DNA hat, und schon wäre alles gelaufen.«

»Ja, genauso läuft's, ruck, zuck ist der Fall gelöst, und wir können in die Herbstferien gehen. Oder?« Wanners Stimme klang bei weitem nicht so optimistisch, wie die getroffene Aussage vermuten ließ. »Ich glaube, wir müssen im Kleinwalsertal anfangen, wo der Tote ja bekannt war, und versuchen von dort aus eine Verbindung herzustellen. Da kommen wir wahrscheinlich schneller ans Ziel. Und weil ich schon mal hier bin, fangen Florian und ich gleich mit den Ermittlungen an … ah, da kommt er grad wieder rein. Ciao, ihr Lieben, und arbeitet mal schön, bis ich zurück bin!« Ohne eine Antwort abzuwarten, legte Wanner auf und wandte sich Berger zu, der mit siegessicherer Miene zu seinem Schreibtisch ging.

»He, Paul, alles klar: Des isch der Brugger! Mein Kollege hat's in der Zwischenzeit rausgefunden, außerdem haben ihn zwei Leute auf dem Foto einwandfrei erkannt. I dät vorschlagen, dass wir als Erstes noch mal nach Schneiderküren fahren, dann die Schule aufsuchen, an der Brugger Lehrer war. Und dann befragen wir die Josefine Kohler von den Naturschützern. Irgendwas wird schon rauskommen, was uns weiterhilft.«

Wanner schaute auf seine Uhr. »Also, jetzt ist es fast drei. Wenn du dein Zauberbike anwirfst, schaffen wir es vielleicht noch nach Schneiderküren, um dort die Gegend abzusuchen. Wenn ich wieder mal heimkomme, werde ich mir Literatur über diesen mystischen Ort beschaffen und mich einlesen. Scheint ja unheimlich interessant zu sein. Kennst du ein Buch, das nicht so dick, dafür aber verständlich geschrieben ist? Schließlich möchte ich vor Weihnachten noch durchkommen.«

»Ja, der des Lager entdeckt hat, hat eins g'schrieben. Der Titel hat was mit einer Rabenfrau zu tun, hab aber vergessen, wie er genau heißt.«

Wanner wurde hellhörig. »Mit einer Rabenfrau? Wieso gerade mit einer Rabenfrau?«

Florian zuckte mit den Schultern. »Weiß i auch ned. Du kannst ihn ja mal fragen, der wohnt hier ganz in der Nähe. I glaub, der tät dir auch gerne eins verkaufen«, setzte er grinsend hinzu und hakte nach: »Warum fragst?«

»Normalerweise denkt man nicht gerade an eine Rabenfrau, wenn man Raben sieht. Man kann sie eh nicht unterscheiden, wenigstens ich nicht. Aber ich frag auch deswegen, weil in der Zeit, in der ich am Hölloch auf dich gewartet habe, dort zwei Raben aufgetaucht sind. Die haben sich auf einen Baum gesetzt und mir zugeschaut. Und, stell dir vor, wie sie weitergeflogen sind, haben sie so lange gekrächzt, bis ich, wie unter Zwang, zu dem Baum hin bin. Und was find ich da in den trockenen Ästen am Boden? Das Papiertaschentuch! Und da drauf haben wir die DNA des Mörders lokalisiert. Also da könnst doch grad abergläubisch werden!«

Florian kratzte sich hinterm Ohr. »Na ja«, sagte er

dann und erhob sich. »Ist schon komisch. Hier im Tal gehen ja Gerüchte um, dass es auf dem Gottesacker und vor allem auf Schneiderküren spuken soll, und zwar schon ziemlich lange. Die alten Leut erzählen's heute noch. Aber wenn's dich interessiert: Der Pfarrer Aniser könnt uns darüber mehr erzählen, des isch a g'scheiter Mann. Allerdings müssen wir einen guten Tag bei ihm erwischen, sonst sagt er gar nix. Er isch a bitzle eigenartig, manche meinen auch, er spinnt. Aber i glaub, dass er da oben sehr wohl noch gut beieinander isch.« Berger zeigte auf seine Stirn. »I mein, nachdem er schon auf der Inspektion war, wie mir mei Kollege erzählt hat, könnten wir des miteinander verbinden. Der Mord auf Schneiderküren isch mysteriös genug, warum sollten wir ned auch diese Spur verfolgen? Wenn wir mehr über die Sagen wissen, die am Gottesacker spielen, ist vielleicht auch manches leichter zu verstehen, was sonst unglaublich wär.«

Wanner lachte. »So eine Diskussion hab ich schon mit meinem Team geführt, und die ist mit leichtem Vorteil fürs Glauben ausgegangen. Ich weiß nicht, wo ich stehe, glauben oder nicht glauben. Aber wenn du meinst – bitte schön, man sollte als Ermittler ja nichts zur Seite schieben, was nicht vollständig ausgeleuchtet wurde. Also, gehn wir zu diesem Pfarrer Aniser und unterhalten uns mit ihm. Aber wie kriegen wir raus, ob er einen guten oder einen schlechten Tag hat?«

»Des muss der Zufall bringen. Telefon hat er keins, wir müssen es halt probieren, ob er daheim isch, und wenn ned, es ein anders Mal wieder versuchen. Einmal werden wir ihn schon erwischen.«

»Wie wär's in der Mittagszeit? Vielleicht isst er ja daheim ...«

»Um Gottes willen, wenn der Pfarrer isst, derf ihn niemand stören, sonst isch es glei ganz aus. Naa, wir probieren's lieber am Nachmittag. Vielleicht könnten wir ihn mit ei'm Stückl Kuchen locken, des wir mitbringen, so was mag er nämlich.«

»Ja, gut, aber jetzt brausen wir erst mal nach Schneiderküren hinauf. Hast du noch einen Helm für mich? Und eventuell einen Fallschirm?«, setzte er ironisch dazu.

»Ja, und einen Taucheranzug, falls du dir in die Hosen ...«

»Halt!«, fiel ihm Wanner schnell ins Wort. »Nicht weiter! Es pressiert, sonst wird es womöglich noch dunkel.«

Beide schwangen sich auf Bergers Geländekrad, zurrten die Helme fest und fuhren los. Sie kurvten durch den Kürenwald den Eselsrücken hinauf. Berger hielt an der Jagdhütte, und sie gingen die paar Schritte zu der schrägen Felswand des steinzeitlichen Jägerlagers hinüber.

Berger hatte die Fahrt ohne Fallschirm und Wanner ohne Taucheranzug überstanden.

Sie sahen sofort die Spuren des Blitzeinschlags, von dem Stefan Endholz berichtet hatte. Ein großes Stück der Felswand oberhalb der Lagerstätte war abgesprengt worden und in den darunterliegenden Lagerteil gestürzt, wo es einigen Schaden angerichtet hatte. Aufmerksam besahen die beiden Polizisten sich den heller erscheinenden Teil des Abbruchs. Die natürlichen tiefen Risse in der Helvetischen Kreide, die hier den Hauptanteil der geologischen Formation bildete, trugen wohl zu dem großen Abbruch bei. Wanner verstand zwar nicht allzu viel von Geologie, aber es erschien ihm doch merkwürdig, dass ein Blitzeinschlag so eine Wirkung am Felsen verursachen könnte.

Die beiden suchten das Lager ab, von dem wohl ein Drittel zerstört worden war und erst mühsam hergerichtet werden musste, damit es für die Öffentlichkeit wieder begehbar würde. Sie fanden aber nichts, was für sie von Interesse gewesen wäre. Ein paar Splitter von Feuersteinen lagen herum. Wanner steckte einige davon in einen Plastikbeutel und verstaute diesen in seiner Jackentasche.

»Wenn man bedenkt, wie alt diese Feuersteine sind und wie lange sie jetzt hier gelegen haben, zugedeckt von Erde und Geröll, kommt man sich klein und mickrig vor. Sechs- oder siebentausend Jahre! Was für eine ungeheure Zeitspanne! Was bleibt nach weiteren siebentausend Jahren von unseren Werkzeugen, sprich Computern, Autos, Fernsehapparaten oder Windrädern übrig? Nicht einmal der kleinste Schrotthaufen, denn bis dahin ist das Material längst zu Staub zerfallen. Weit hat's die Technik gebracht. Fast könnte man glauben, dass es mit uns abwärts statt aufwärts geht und unsere Nachkommen in x-Generationen wieder auf der Stufe der Steinzeitmenschen leben werden. Dann geht's von vorne los, falls unsere Erde noch im Gleichgewicht ist. Könnte ja doch sein, dass die Mayas recht haben und sich die Erde vorher in feine Partikel auflöst, die irgendwo im Weltraum verglühen und für immer verschwinden.«

»Jawohl, Herr Professor Wanner! Aber jetzt suchen wir erst mal nach irdischen Spuren weiter, schließlich wollen wir einen Mordfall aufklären.« Florian klopfte seinem Freund auf die Schulter und begab sich in der Umgebung des Lagers auf die Suche.

Wanner aber war nicht so schnell aus seinen Gedankengängen herauszubringen. Er sah sich die schräge Felswand an und das nun teilweise zerstörte Lager. Auch als Laie erkannte er die Spuren, die Steinzeitmenschen einmal verursacht hatten, als sie den Platz vor der Wand einzuebnen versuchten. Die Fläche mochte eine durchschnittliche Breite von zwei bis drei Metern haben und war auf ihrer Talseite von ein paar Felsbrocken eingerahmt, die eine mehrfach unterbrochene Linie bildeten.

Durch den Blitzschlag waren abgebrochene Felsentrümmer offenbar über diesen unvollständigen Rand hinweggerollt und lagen unterhalb des Lagers, wo sie durch das Gestrüpp aufgehalten worden waren.

Warum Wanner dort hinuntergestiegen war, um sich die Brocken anzuschauen, konnte er später nicht mehr sagen. Er rutschte einfach durch das Geröll zu den Sträuchern hinab, an denen die abgesprengten Felsbrocken zum Halten gekommen waren. Er besah sich die Teile. Dann fragte er sich verstimmt, was er eigentlich hier unten suchte.

Zwei Kolkraben kamen plötzlich lautlos über die Felswand geflogen und kreisten über dem Lager. Wanner entdeckte sie nur durch Zufall, als er aufsah, um nach

Berger Ausschau zu halten, der abseits in den Büschen und Latschen nach Spuren suchte. Die beiden Vögel setzten sich auf eine von Wind und Wetter gekrümmte Fichte und blickten zu Wanner herunter. Kein Laut war von ihnen zu hören, kein Krächzen erklang. Sie saßen einfach da und schauten den Menschen an, der sich an den Felsbrocken zu schaffen machte.

Dem Hauptkommissar wurde es unangenehm. Das ist ja wie bei Hitchcocks Vögeln, dachte er und wandte sich fast ärgerlich wieder um. Er wollte gerade wieder nach oben steigen, um Florian bei seiner Suche zu helfen, als sein Blick an einem Gegenstand hängen blieb, der unter dem Brocken zu liegen schien, der am weitesten ins Gestrüpp gerollt war. Zuerst glaubte Wanner, dass es ein getrockneter und ausgebleichter Ast von einem der umstehenden Bäume war. Dann sah er näher hin. Die Form war ungewöhnlich, so sah kein Ast aus. Eher ein Knochen. Vielleicht war hier ein Tier zu Tode gekommen, eine Gämse, ein Murmeltier, ein Fuchs? Wanner bog den Strauch etwas auseinander und schaute genauer hin, hielt die Luft an und starrte … auf ein astähnliches Knochenstück, das lose über einem teilweise sichtbaren menschlichen Schädel lag. Daneben steckte ein halb abgebrochener Unterkiefer mit einigen Zähnen im Erdreich. Alle Teile machten einen stark verwitterten Eindruck.

Verwirrt richtete sich Wanner auf. Wen hatte er hier entdeckt? Keinesfalls waren die Skelettteile jüngeren Datums, eher ziemlich alt.

Automatisch hob er den Kopf und sah zu der Wetterfichte hinüber. Ihre Äste waren leer. Genauso lautlos, wie sie gekommen waren, waren die Raben auch wieder verschwunden.

Wanner schüttelte den Kopf. Das alles kam ihm reichlich mysteriös vor.

Dann rief er nach Berger.

11 Bei der Hauptversammlung der Kleinwalsertaler Bergbahnen ging es diesmal hoch her. Wenn sonst bei Kanzelwand und Walmendinger Horn die Diskussionen relativ sanft dahinplätscherten, so war es diesmal anders. Naturschützer sahen nach dem Verkauf der Ifenbahnen endlich die Gelegenheit gekommen, ihre Vorstellungen von Naturschutz in der von den Medien stark beachteten Versammlung in größerem Ausmaß öffentlich zu machen. Selbst das Vorarlberger Fernsehen und zwei Radiosender waren anwesend. Es dauerte auch nicht lange, und die Darlegungen der Bahnmanager wurden immer wieder unterbrochen, so dass man bald mit dem Programmablauf in zeitlichen Verzug geriet. Selbst Rufe nach Ordnung wurden nicht beachtet, und bald waren zaghafte Rufe nach der Polizei zu hören. Aber die Bahnbetreiber wollten keine Polizei, weil sie wussten, dass auch sie Gelegenheit hatten, ihre Standpunkte darzulegen.

Unbestritten schien die Tatsache zu sein, dass die bisherige Doppelsesselbahn im Winter nicht mehr ausreichte, um einen ungehinderten Skibetrieb zu gewährleisten. Was nützte es, so hatten sich Skifahrer beklagt, dass man relativ freie Pisten hatte, wenn man dafür an der Talstation in einem ungeordneten Haufen von Ski- und Snowboardfahrern anstehen musste, die drängelten und sich gegenseitig auf den Wintersportgeräten herumtrampelten. Schließlich musste man auch noch die Fußgänger in Kauf nehmen, die sich an der Bergstation sonnen oder dem Winterwanderweg ins Tal folgen wollten. Ungünstig war auch die Situation im Sommer, wenn diese Sesselbahn überhaupt nicht fuhr, weil große Bedenken bestanden, dass zu viele Wanderer im Naturschutzgebiet Gottesacker Schäden anrichten könnten. Dieser Auffassung traten Gutachten entgegen, die auf Veranlassung der Betreiber angefertigt worden waren. Schließlich wussten unbeteiligte Benutzer nicht mehr, wer recht hatte und wer nicht. Es sah eine Zeitlang danach aus, dass die Kleinwalsertaler Bergbahnen ihre Pläne zum alternativen Neubau einer neuen Sommer-Sesselbahn würden begraben müssen. Doch in den letzten Wochen zeigten ihre eingereichten Proteste Wirkung, und man kam zum wiederholten Male zusammen, um die zukünftige Nutzung zu besprechen. Als Zugeständnis der Bergbahnen wurden schließlich die Pläne für einen Neubau der Hahnenköpflebahn auf unbestimmte Zeit verschoben.

Einer der Hauptgegner der neuen Bahn war jener Horst Brugger gewesen, den man kurz vor der Versammlung auf Schneiderküren ermordet aufgefunden hatte. Wie ein Lauffeuer hatte sich diese Nachricht durch das Kleinwalsertal verbreitet, und hinter manch vorgehaltener Hand wurde getuschelt, und manches Kopfnicken war zu sehen. Die Neuhauser Kathi, eine im ganzen Tal bekannte Verbreiterin von wahren und meist weniger wahren Nachrichten, hatte sich dabei besonders hervorgetan. Für sie und einen harten Kern ähnlich denkender Zeitgenossen stand fest: Die Bahn hatte jemanden gedungen, um einen unbequemen Gegner loszuwerden. Das war doch klar, das lag auf der Hand, und man wunderte sich in diesem Kreis, dass die Polizei noch immer keine Verhaftung vorgenommen hatte. So etwas musste doch schneller gehen, einfach ruck, zuck, bevor noch ein weiterer Mord passierte.

Aber dann geschah etwas, womit selbst Kathi Neuhauser nicht gerechnet hatte: Am Hölloch, so hieß es, habe man fast gleichzeitig eine Tote gefunden, deren Name aber noch nicht bekannt war. Oho, wer war denn da noch derart gegen die neue Bahn, dass ein Mord gerechtfertig erschien? Für eine Weile war Kathi ratlos. Dass man sie mit so wichtigen Informationen im Stich lassen konnte! Wo blieben ihre Zuträger, die doch sonst alles herausbekamen? Und die Tote kannte man noch nicht? Das wäre ja gelacht, man sollte sie ihr doch einfach mal zeigen, schließlich gab es niemanden im Tal, den Kathi nicht kannte.

Sie erinnerte sich an einen Streit bei der vorherigen Versammlung zwischen Horst Brugger und Josef Kandelholz, einem der Bahnmanager. Sie hatten sich sogar dermaßen angeschrien, dass selbst die Handglocke des Vorsitzenden nicht mehr durchgedrungen war. Man hatte beide aus dem Saal verwiesen, wo sie ihre Auseinandersetzung fortsetzten. Brugger hatte in den vergangenen Monaten durch Plakate und Versammlungen immer wieder zum Boykott einer möglichen neuen Bahn aufgerufen und den Teufel an die Wand gemalt, was alles passieren würde, wenn sich riesige Touristenströme über das Gottesackerplateau ergießen oder im Winter ein Gewimmel von Ski- und Snowboardfahrern die Stille des Gottesackers heimsuchen würden.

Kandelholz hatte dagegengehalten, dass es niemals zu einem derartigen Massenandrang kommen würde und es im Sommer jetzt schon Wege gäbe, auf denen die Touristen wandern konnten. Schließlich sei die wunderbare Natur des Kleinwalsertales für sie alle das größte Gut und sie, die Bahngesellschaft, hätte als Allerletzte ein Interesse daran, sie zu stören. Er hatte versucht, Brugger durch die Vorlage von Bauskizzen zu überzeugen, aber dieser dachte nicht daran, von seiner Meinung abzurücken. Für ihn waren die Bahnbetreiber Naturzerstörer, und für das Bahnmanagement war Brugger schließlich nur noch ein Meckerer und kein ernst zu nehmender Gegner. Seine Argumente wiederholten sich gebetsmühlenhaft, und er zeigte keinerlei Einsicht. So ging der in aller Öffentlichkeit ausgetragene Zwist zwischen Brugger und der Bahngesellschaft weiter. Nach einer Verbesserung der Situation sah es nicht aus, auch nicht, nachdem die Gesellschaft angeboten hatte, einen Teil der Pläne zurückzuziehen. Durch Verzögerungen im Genehmigungsverfahren musste die Ifenbahn auch noch mit einer Erhöhung der Baukosten rechnen.

Unversöhnlich standen sich beide Parteien gegenüber. Bis nun Bruggers Tod bekannt wurde. Und plötzlich schien sich das Blatt zugunsten der Ifenbahn zu wenden. Hatte hier eine wundersame Fügung den Gegner aus dem Weg geräumt? Im Tal wurden bald heimliche Wetten darüber abgeschlossen, dass nur Kandelholz der Täter gewesen sein konnte, denn jemand wollte gehört haben, wie er Brugger voller Wut ins Gesicht geschleudert hatte: »Warte bloß, was passiert, wenn du nicht mit dieser Hetze aufhörst!«

Bei der aktuellen Versammlung kam auch bald die Rede auf Bruggers Tod und seine Folgen für eine neue Ifenbahn. Statt Brugger erhob nun Josefine Kohler schwere Vorwürfe gegen die Bahn, indem sie im Prinzip Bruggers Argumente übernahm und die Zerstörung der Natur im Gottesackergebiet immer wieder lauthals herausstrich.

»... und die Natur ist einmalig! Wir können es uns nicht leisten, unseren Kindern und Enkeln nur noch Fragmente davon zu hinterlassen. Es kann nicht angehen, dass wegen ein paar tausend Skifahrern oder Wanderern ein Gebiet zerstört oder nutzlos wird, das in Jahrhunderttausenden entstanden und in seiner Art in Österreich und Deutschland einmalig ist ...«

Hier wurde sie von Kandelholz unterbrochen. »Aber Frau Kohler, niemand von uns will, dass die Natur zerstört oder nutzlos wird. Wir sind auf das Höchste daran interessiert, sie zu erhalten, schließlich leben wir doch alle zu einem Großteil von ihr und mit ihr. Also liegt es in erster Linie auch im Interesse der Ifenbahn, diese wunderbare Natur am Gottesackerplateau zu erhalten, und wir werden alles daran setzen, dass dies geschieht. Es hilft uns auf der heutigen Versammlung bestimmt nicht weiter, wenn wir uns nur die allseits bekannten Vorwürfe vorleiern und nichts wirklich Neues zu hören ist. Ich wiederhole noch einmal: Dem Naturschutzgebiet dort oben wird nichts passieren, wenn wir mal eine verlängerte Bahn aus dem Tal bauen sollten, was zum jetzigen Zeitpunkt ja überhaupt noch nicht beschlossen ist. Dafür verbürgen wir uns, und dieses Versprechen kann ich im Namen der Kleinwalsertaler-Bergbahn-Gesellschaft heute abgeben.«

Doch Josefine Kohler winkte ab. »Nix als leere Versprechungen, das kennt man doch. Ich will lieber auf einen Teil der Touristen verzichten, als auf die Erhaltung der Natur ...«

Da aber erhob sich lautstarker Widerspruch im Saal, vor allem Vermieter und Gastronomen wetterten dagegen, so dass eine Zeitlang niemand mehr ein Wort verstand, weil sich auch Josefine Kohlers Anhänger einmischten.

Am Vorstandstisch läutete der Obmann permanent seine Glocke, aber niemand hörte darauf. Ergeben saßen die Mitglieder des Vorstandes auf ihren Stühlen und sahen kopfschüttelnd auf das Tohuwabohu im Saal. Kandelholz war nahe dran, sich mit dem Finger an die Stirn zu tippen, hielt sich aber rechtzeitig zurück. Das hätte noch mehr Öl ins Feuer gegossen, dachte er und lehnte sich zurück. Seine Gedanken gingen zu Brugger. Mit ihm war tatsächlich der Hauptgegner ausgeschaltet worden. Wer da wohl seine Finger im Spiel hatte? Ein leises Lächeln stahl sich um seine Lippen. Na ja, eben Pech gehabt.

Endlich konnte die Ruhe im Saal wiederhergestellt werden. Der Obmann bat um zivilisiertes Verhalten und eine sachliche Diskussion. Aber an diesem Abend gelang es nicht mehr, die beiden Lager zu einer übereinstimmenden Haltung zu bringen.

Nach Ende der Versammlung gingen einige der Auseinandersetzungen auf den Straßen noch lautstark weiter.

Kandelholz aber fuhr nicht unzufrieden nach Hause.

Ein Hauptgegner war aus dem Weg geräumt.

12 Wegen des Skelettfundes auf Schneiderküren, den er selbst nicht weiterverfolgen konnte, hatte Wanner Eva Lang beauftragt, zur Schule nach Sonthofen zu fahren. Sie sollte dort einiges über Horst Brugger in Erfahrung bringen, dabei aber nicht nur mit dem Schulleiter, sondern auch mit Kolleginnen und Kollegen Bruggers sprechen, um so ein umfassenderes Bild zu erhalten. Ihre Erkenntnisse sollte sie schriftlich zusammenfassen und Wanner dann auf den Schreibtisch legen. Er glaubte zwar nicht, dass er viel zur Lösung des Falles erfahren würde, aber er wollte sicher sein, nichts übersehen zu haben.

Für Riedle blieben Recherchen bezüglich weiterer Ergebnisse der Obduktion und Nachforschungen zur Identität der toten Frau übrig. Wobei er, wie Wanner noch mitteilte, auch unter Zuhilfenahme der Spurensicherung versuchen sollte, das Gesicht der Toten wieder kenntlich machen zu lassen und dann ein Bild davon an die Zeitung weiterzugeben. Ein Aufruf an die Öffentlichkeit würde nicht schaden, sondern konnte, wie bei Kommissar Zufall üblich, durchaus einen Fahndungserfolg herbeiführen.

Wanner rief Berger an. Der hatte inzwischen veranlasst, dass Fachleute im Kleinwalsertal die Ausgrabung der aufgefundenen Knochenreste vornehmen sollten. Sie wussten, worauf es bei einer Ausgrabung ankam und konnten so Fehler vermeiden, wie sie bei dem Freilegen von »Ötzi« passiert waren. Diese Leute hatten bereits bei den Grabungen auf Schneiderküren bewiesen, dass sie professionell vorgehen konnten. Mittlerweile waren sie mit entsprechender Gerätschaft auf dem Weg nach Schneiderküren. Sobald sie Ergebnisse hätten, würden sie Berger verständigen.

»Gut, Florian, dann läuft jetzt zumindest das einmal. Aber du weißt schon, dass wir damit womöglich noch einen dritten Toten haben, der identifiziert werden muss?«

»Ja, des schon, aber i glaub, dass der schon etliche Jahr' zuerst unterm Boden und dann in den Sträuchern gelegen und nix mit unseren zwei Fällen zu tun hat. Sein Alter lassen wir wohl am besten von der zuständigen Stelle an der Uni in Innsbruck feststellen, dann wissen wir's genau. Die Leut' dort kennen sich aus, außerdem waren die damals auch selber dort oben und haben die Ausgrabungen des Jägerlagers vorgenommen. Komisch, dass nicht sie die Knochenreste g'funden haben!«

»Ja, vielleicht. Aber denk, wie zufällig ich sie gefunden habe. Und wärn da nicht der Blitz gewesen und die abgesprengten Felsstücke und auch noch die Raben, dann lägen die heut noch unentdeckt dort. Also, neugierig bin ich schon, wie alt die Reste sind. Beim Heimfahren gestern hab ich mir überlegt, ob sie nicht etwa von einem Menschen aus der Steinzeit stammen? Das wär vielleicht ein Ding! Obwohl, dann müssten die Knochen wohl restlos zerfallen sein. Überleg mal, siebentausend Jahre sind eine verdammt lange Zeit.«

Berger hustete ins Telefon. »Des müssen wir am besten bei dir oder bei mir im Büro besprechen, des isch besser als am Telefon. Aber zuerst sollten wir noch mal zum Hölloch fahren und nach weiteren Spuren suchen. Heut' wär des Wetter gut dazu. Kannst herkommen?«

»Klar, bin gleich unterwegs und fahr nach Innerschwende, von da kannst mich ja dann auf deiner Knattermaschine mit hinaufnehmen. Mein Kollege Alex hat mir gestern noch ein paar Unterlagen über das Hölloch beschafft. Die können wir dort gemeinsam durchsehen. Wir treffen uns in etwa einer Stunde am Weg in Innerschwende. Servus!« Der Hauptkommissar legte auf und wandte sich an Eva.

»Wenn du von der Schule zurückkommst, leg mal auf unserer neuen Magnettafel diese zwei Mordfälle so an, wie sie logisch zusammenhängen könnten. Der Alex soll dir dabei helfen, wenn er mit seiner Aufgabe fertig ist. Wo sind eigentlich die magnetischen Symbole abgeblieben?«

Eva Lang zuckte mit den Schultern. »Ich habe sie weder gebraucht noch gesehen. Die sind seit zwei Tagen verschwunden. Alex weißt du, wo die sein könnten?«

Riedle schüttelte den Kopf. »Keine Ahnung! Aber wir bearbeiten ja einen mysteriösen Fall, da können schon Dinge abhanden kommen«, entgegnete er in einem leicht spöttischen Ton.

Draußen auf dem Gang wurde das Geklapper des Putzwagens hörbar.

»Rette sich, wer kann«, sagte Eva und deutete auf die Tür.

»Ja, am besten, ich warte noch, bis die wilde Jagd vorüber ist«, pflichtete Wanner ihr bei.

Da klopfte es bereits, und die Tür wurde aufgerissen. Camile Cirat stand in im Türrahmen und fragte: »Du heute alle hier? Ich mussen früher heimgehen und Hühnchen kochen, meine Mann hat Geburtstag. Daher ich komme jetzt schon. Geht das?«

Sie trat ins Zimmer. Dabei gab sie den Blick auf den Putzwagen frei.

Wanner wollte gerade etwas erwidern, als sein Blick am Wagen hängen blieb. Ja, was war denn mit dem los? An seinem eisernen Gestänge hingen ringsherum kleine Bäume, Autos, Menschen, Häuser, Pfeile und sonstige Hinweisschilder.

»Wo haben Sie denn das alles her?«, wollte Wanner wissen.

»Oh, sein schön, nicht wahr? In Anatolien immer sind Wagen geschmückt. Ich habe in deine Büro dieses Spielzeug entdeckt und gedacht, du vielleicht nicht mehr spielen, schon zu alt dafür. Habe mitgenommen für meine Enkel, aber das klebt so schön am Wagen, ich lasse es noch hängen, weil es passt.« Sie schaute liebevoll ihren anatolisch geschmückten Putzwagen an und strich über das Gestänge.

Wanner schluckte eine Bemerkung herunter und sagte an Eva und Alex gewandt: »Damit ist meine vorherige Frage gegenstandslos. Macht ihr mal Frau Cirat klar, dass das kein Spielzeug für uns ist, sondern als Hilfsmittel zu unseren Ermittlungen gehört. Dann verwandelt mal diesen anatolischen Putzwagen wieder in einen bayerischen und bringt Frau Cirat höflich bei, dass sie in unserem Büro nicht einfach wegnehmen kann, was ihr gefällt.«

Camile Cirat hatte mitbekommen, dass sie etwas verkehrt gemacht hatte. Sie zog ein weißes Taschentuch heraus, schwenkte es. »Entschuldigung, Entschuldigung! Ich nicht wissen, dass keine Spielzeug.« Und sie begann schleunigst, alle Verzierungen von ihrem Wagen abzunehmen und auf den Schreibtisch vor Riedle zu legen.

»He, was soll ich denn mit dem Zeug!«, rief dieser und schob die Figuren in die Ecke seines Tisches. »Die gehören dorthin, wo man sie hergenommen hat.« Er betonte das *man* sehr stark und schaute Camile streng an. Allerdings konnte er dabei ein feines Lächeln nicht unterdrücken.

Schulterzuckend und einige türkische Ausdrücke verwendend, nahm Camile Cirat die Figuren wieder an sich und legte sie in den dazugehörenden Kasten an der Magnettafel.

»Okay. Von uns aus können Sie schon früher in unserem Büro putzen«, erklärte Eva. »Herr Wanner und ich fahren jetzt sowieso fort, und Herr Riedle kann sich ja solange einen Kaffee im Sozialraum holen. Nicht wahr, Alex?«

Der brummte so etwas wie Zustimmung und erhob sich, wobei er seine Sachen von der Tischplatte in die Schublade sortierte. »Zum Schluss komme ich wieder, und meine Berichte flattern als Fahnen am Putzwagen!«

Wanner verließ lachend das Büro, und Eva folgte ihm.

13 Die beiden Ermittler hatten Funkkontakt mit den Männern aufgenommen, die auf Schneiderküren die Skelettteile freilegten. Bisher hatten diese den oberen Schädelteil, den Unterkiefer, zwei ganze Knochen sowie einige Knochenteile geborgen, die eindeutig menschliche Reste waren. Beim vorsichtigen Weitergraben hatten sie einen Knochen gefunden, der identisch zu einem der bereits Geborgenen war. Sie vermuteten nun, dass möglicherweise ein zweites Skelett oder Teile davon vorhanden sein müssten, denn zwei gleiche Knochen dieser Art hatte kein einzelner Mensch.

»Zwei Tote?«, rief Berger, »ja du liebe Zeit, des wird ja immer schöner!«

»Also, ob es immer schöner wird, möchte ich mal dahingestellt sein lassen«, knurrte Wanner.

»Vielleicht sollten wir noch mal hinauffahren und nachschauen. Erst wenn sich eindeutig herausstellt, dass diese Skelettteile nix mit unserem Fall zu tun haben, weil sie schon zu lange dort liegen, überlassen wir die Bergung ganz den Archäologen und kümmern uns mehr um Brugger und die Unbekannte.«

Berger seufzte. »Was tätst jetzt du ohne mein Motorrad? Ha? So oft kriegst du keinen Hubschrauber, wie du einen brauchst. Aber i bin ja ned so, schließlich haben wir von höchster Stelle den Auftrag zur Zusammenarbeit. Also schwing dich nauf, wir zischen ab! Statt zum Hölloch geht's nach Schneiderküren.«

Dort angekommen, wandten sich die beiden zu den drei Männern, die mit Hacken, Schaufeln und Besen ausgerüstet an der Stelle arbeiteten, wo Wanner den Schädel entdeckt hatte.

Nach der Begrüßung sahen sich Wanner und Berger das bisherige Grabungsergebnis an. Fein säuberlich auf einer Decke ausgebreitet lagen da die erwähnten Teile eines menschlichen Skelettes. Sie waren nur oberflächlich vom gröbsten Schmutz gereinigt, den Rest musste man sorgsam in einem Labor erledigen lassen. Die beiden Polizisten unterhielten sich mit dem Grabungsleiter Wienand, auch Autor des Buches über die Steinzeit im Kleinwalsertal.

»Also, ich möchte zum jetzigen Zeitpunkt natürlich noch sehr vorsichtig mit einer Aussage darüber sein, wie alt diese Knochen sein könnten. Aber wenn es auf tausend Jahre nicht ankommt«, er lachte, »dann würde ich mal schätzen, dass die hier schon seit mindestens drei-, viertausend Jahren geruht haben. Oder noch länger, oder etwas kürzer. Aber mit dem aktuellen Mordfall haben diese menschliche Skelettteile hundertprozentig nichts zu tun.«

»Aber wieso sind diese Knochen nicht zerfallen und verschwunden?«, fragte Wanner neugierig.

»Eine gute Frage! Aber das hängt mit dem Boden hier oben zusammen, der keine Säuren enthält, sondern basisch wirkt. Basen erhalten solche Knochenteile unvergleichlich länger als Säuren. Sehen Sie sich um. Rundherum gibt es Kalkgestein: Helvetische Kreide, also Gesteine, die Kalk enthalten und dadurch stark basisch wirken. Ein Glücksfall für solche Funde. Wir lassen sie heute noch mit einem Boten nach Innsbruck zur Untersuchung bringen. Vielleicht haben wir ja dann bis morgen Mittag schon ein Ergebnis …«

Ein Ruf des Mannes, der in der Zwischenzeit weitergegraben hatte, unterbrach den Leiter. »Mensch! Schaut's her, da liegt no a Schädeltrumm – also doch zwei Skelette! Und – mei, des müsset ihr euch anschauen, da isch no a kleine Figur oder Amulett oder so was dabei.« Er deutete ganz aufgeregt in den Strauch.

Der Grabungsleiter lief hin und beugte sich dann über die angedeutete Stelle. Nach einer kurzen Weile wandte er sich um. »Tatsächlich, zwei Skelette, oder die Reste davon, aber sicher zwei Menschen, die hier gelegen haben.« Er hielt eine kleine Steinscheibe in der Hand und zeigte sie den beiden Polizisten. »Deutlich von Menschenhand bearbeitet, eingeritzte Symbole, die ich jetzt nicht identifizieren kann. Aber eins weiß ich jetzt schon: Solche Ritzungen stammen aus der … Steinzeit, und zwar aus der mittleren. Diesen Amuletten wurde eine magische Kraft zugeschrieben. Wollte man jetzt einen eiligen Schluss ziehen, so könnte man die Skelette dieser Zeit zuordnen. Etwas ganz Unglaubliches! Ein Fund aus der mittleren Steinzeit! Und noch mit teilweise erhaltenen Knochenresten. Phantastisch! Was man da alles für Untersuchungen machen kann. Ich muss sofort den Professor in Innsbruck anrufen …«

Er holte aber erst einmal seinen Fotoapparat und machte einige Aufnahmen von den Skeletten.

Wanner hatte sich still verhalten. Ihm kam das alles äußerst mysteriös vor, und er wollte sich erst auf diesem für ihn neuen Gebiet schlaumachen. Geologie, Helvetische Kreide, basisches Gestein, Steinzeit, Amulette, Ritzungen … Da lagen ein paar schlaflose Nächte vor ihm. Bei einem Seitenblick auf seinen Kollegen merkte er, dass es dem auch nicht anders erging. Berger wirkte ziemlich unschlüssig.

»Ein Gutes hat die Geschichte«, wandte sich der Hauptkommissar an ihn, »wir brauchen uns um die Toten nicht mehr zu kümmern.«

»So schaut's aus«, erwiderte Berger. »He … wer isch des da oben? Jessas, wie schaun denn die aus?«

Wanner wandte sich in die angegebene Richtung. Ein Stückchen weiter oben, etwas undeutlich zu erkennen, sah er eine Frau und einen Mann stehen, die aufmerksam zu ihnen heruntersahen. Sie hatten offensichtlich leichte Wanderkleidung in einer Art Tarnfarbe an, oder waren die Kleider aus Pelz? Man konnte es nicht genau sehen.

Wanner winkte ihnen zu, aber die beiden rührten sich nicht. Er drehte sich zu Berger um und sagte: »Also, die neue Wandermode ist auch nicht mehr das, was sie mal war.«

Aber Berger sah an ihm vorbei und antwortete nur: »Da hast allerdings recht, aber wo send denn die zwei hinkommen?«

Wanner drehte sich um. »Na, dort oben …« Aber es war weit und breit niemand zu sehen.

»Ich glaube jetzt bald selber, dass ich spinn, wie euer alter Pfarrer. Da sind doch gerade zwei Leute gestanden. Also, so was! Ich glaub, das Alter macht sich langsam bemerkbar.«

Sie gingen langsam weiter zur Jagdhütte, wo das Motorrad stand.

»Wenn jetzt noch zwei Raben auftauchen, dann krieg ich einen Schreikrampf«, murmelte Wanner vor sich hin.

Aber es kamen keine schwarzen Vögel, nur weit oben sah man eine Gämse mit ihrem Jungen über die Karstfläche ziehen.

Als sie an der Hütte angekommen waren, sagte Wanner zu Florian: »Komm, lass uns mal in die Jagdhütte reinschauen. Dein Kollege war zwar schon drin und hat nach Spuren gesucht und keine gefunden, aber unsere vier Augen sehen jetzt vielleicht mehr als seine zwei. Ob's noch einen Sinn hat, dass wir außerdem den Wanderweg aufwärts absuchen? Abwärts hat wohl deine Maschine alles umgegraben, so dass du dort Kartoffeln anbauen könntest, da ist es sinnlos zu suchen.«

Als Florian nickte, blickte Wanner auf seine Uhr. »Gut, dass es jetzt noch so lange hell ist, da kann man hier länger arbeiten.«

Sie betraten die Jagdhütte, die aus schweren Holzbalken gezimmert und innen vertäfelt war. In der Stube standen nur eine Eckbank, zwei Stühle, ein altes Sofa und ein eiserner Ofen. In der kleinen Küche befand sich ein zweiflammiger Gaskocher, über dem auf einem Regal Dosen, Putzmittel und sonstiger Kleinkram lagen. Eine Tür führte in eine winzige Toilette.

Die Räumlichkeiten waren schnell durchsucht, es gab kaum ein Versteck, das man nicht in den ersten Minuten schon gefunden hätte. Wanners geübter Blick glitt an den Wänden und der Decke entlang. Es gab keinen Dachbodenraum, denn das Dach war zugleich Decke für Stube und Küche. Auch über der Toilette war kein Lagerraum zu finden. Der Hauptkommissar verließ die Hütte und ging gebückt um sie herum. Man konnte fast unten durchschauen, weil die Hütte am Hang stand und daher talseitig fast einen halben Meter höher herauskam als auf der Bergseite. Wanner wollte gerade wieder zurück in die Hütte, als er stutzte. Auf der Nordseite war die Durchsicht durch einen niedrigen Verschlag unterbrochen. Dorthin aber konnte man nicht von außen gelangen. Er verständigte Berger. Dann suchten die beiden den Platz, der sich mit dem Verschlag darunter decken musste. Ein kleiner, nicht ganz sauberer Flickenteppich lag auf dem Fußboden. Wanner entfernte ihn. Ja, da gab es tatsächlich eine kleine Falltür nach unten. Der Polizist ärgerte sich, dass er vorher nicht schon selbst unter den Teppich geschaut hatte. Anfängerfehler, wie er grimmig feststellte.

Berger half ihm, die Falltür zu öffnen. Ihr Blick fiel auf eine Kiste, die sie dann vorsichtig heraushievten und öffneten. In der Kiste befanden sich zahlreiche Steinwerkzeuge, Steinbeile, Amulette, Feuersteinpfeilspitzen und Dolche, Halsschmuck, Speerspitzen, kugelförmige Hämmer. Alles offensichtlich aus uralter Zeit. Und die eingeritzten Symbole – das wusste Wanner seit dem Gespräch mit dem Archäologen – verrieten ihnen das Herkunftsalter: mittlere Steinzeit, denn sie sahen genauso aus, wie die Ritzung auf dem zuvor gefundenen Stein-amulett.

»Ein Haufen alter Steine«, stellte Berger verblüfft fest.

»Ja, ja. Aber schau dir das an: In dieser Menge und Qualität können solche bearbeiteten uralten Steine bei Sammlern oder in Museen ein beträchtliches Vermögen darstellen. Wo gibt's schon siebentausend Jahre alten Schmuck? Ich hab zwar keine Ahnung, was das ganze Zeug hier wirklich wert ist, aber vielleicht kann uns ja einer der Männer draußen helfen, die sind doch Fachleute.«

Sie riefen nach den Männern, die sofort zur Jagdhütte gestürmt kamen und dann staunend vor dem steinernen Schmuck standen, den Berger aus der Kiste geholt und auf dem Tisch gelegt hatte. Es mussten besondere Steinkünstler gewesen sein, die das hier geschaffen hatten. Die Werkzeuge, die Pfeilspitzen, die runden Steine: Alles war von einer unglaublichen Ebenmäßigkeit, wie man sie auch mit moderner Technik nicht hätte besser schaffen können. Und es war hauptsächlich jadefarbener Radiolarit ohne störende Einschlüsse oder Risse, der da verarbeitet worden war.

Grabungsleiter Wienand nahm ein paar davon in die Hand und blickte verzückt darauf. »Leute, wisst ihr, was des hier für einen Wert hat?«, fragte er heiser. »Sobald man an die richtigen Sammler herankommt, ist eine Million fällig. Wenn das Christies oder Sothebys in die Finger kriegen und eine spezielle Auktion im Internet vorbereiten, bist du danach ein reicher Mann …«

»Und Sie glauben, dass dieser Steinschmuck echt alt ist, also so sechs- bis siebentausend Jahre?«, hakte Wanner nach.

»Ich bin überzeugt davon, aber man müsste ihn natürlich von Fachleuten untersuchen lassen, die bringen das leichter heraus.«

»Und woher mag all dieser Schmuck stammen, und vor allem, wer hat ihn gefunden und wem gehört er zurzeit?«

Florian Berger hatte aufmerksam zugehört. Immer finden andere etwas! Was hatte er schon in seinem Leben gefunden? Er konnte sich nur an einen Geldbeutel erinnern, den er als Kind gefunden und bei der Polizei abgegeben hatte. Der Finderlohn damals betrug siebzig Schillinge, die reichten gerade für zwei Eisbecher und Bauchweh danach.

Wanner seufzte. »So, jetzt hat uns die Steinzeit endgültig eingeholt. Wir haben zwar nix mit den beiden Toten zu tun, aber ich glaube, dass der neue Mord durchaus etwas mit diesem Fund zu tun haben könnte. Also Florian, jetzt stellen wir mal eine Verbindung über siebentausend Jahre her! Ist doch kein Problem, oder?« Wanners Stimme klang sarkastisch.

Die beiden Polizisten schwangen sich wieder auf das Geländebike und ratterten ins Tal hinunter.

Nach der Meldung des Mordes durch August-Werner Jansen hatten sie schon einiges an Ungereimtheiten erwartet, aber das hier, nein, das nicht!

14 Am nächsten Morgen erfuhr Wanner als Erstes, dass die Fundstücke vom Jägerlager, sowohl die Skelettteile als auch die Feuersteinstücke, noch am vorherigen Abend nach Innsbruck geschafft und dort gleich untersucht worden waren. Berger, mit dem er telefonierte, erwartete jeden Augenblick einen Anruf mit dem vorläufigen Ergebnis.

»Prima! Das ging ja schnell. Sobald wir das Ergebnis haben, kommen wir sicher ein Stück weiter. Übrigens: Du hast doch etwas von einer kleinen Figur erwähnt, die in der Tasche des Toten gefunden wurde. Habt ihr die auch untersuchen lassen?«, wollte Wanner von Berger wissen.

»Ach ja, des Ergebnis davon isch gestern Abend eingetrudelt. I hab ja die Figur gleich weiter zur Analyse geschickt. Und stell dir vor: mittlere Steinzeit! Die vorg'fundenen Ritzungen sollten dem Träger, für den die Figur als Amulett ang'fertigt wurde, magische Kräfte verleihen, aber für einen andern bedeutete die Figur den Tod. Übrigens haben wir der Figur einen Namen gegeben: Sie heißt jetzt Küri!«

»Küri? Wie seid ihr denn da drauf gekommen?« Wanner war echt neugierig.

»Einfach so, haben wir aus dem Walser Kürenwald oder Kürental dort oben abgeleitet.«

»Glaubst du, die Magie wirkt auch noch nach siebentausend Jahren?«

Berger lachte. »Keine Ahnung! Vielleicht wissen des die Archäologen im Tal oder der Pfarrer Aniser!«

»Trotz allem, wir müssen noch mal zum Hölloch und dort suchen. Wir haben bisher den Namen der Frau noch nicht ermitteln können. Habt ihr etwas gefunden?«

»Naa, auch ned. Aber wart nur, den haben wir bald!«

»Dein Wort in Gottes Ohr! Bevor wir nicht wissen, wer die Tote ist, kommen wir mit der Aufklärung auch nicht weiter. Wir haben inzwischen ein einigermaßen erträgliches Bild für die Zeitung fertiggebracht und veröffentlichen es morgen. Hoffentlich rührt sich danach jemand, der die Frau kennt.«

Florian schnaufte ins Telefon. »Also, irgendwo muss sie ja vermisst werden! Es sei denn, sie ist Single. Manchmal wissen in der heutigen Zeit ja nicht mal die Nachbarn, wenn jemand verloren geht. Vielleicht war des in der Steinzeit no besser!«

»Ja, vielleicht. Ruf mich bitte gleich an, wenn der Bescheid aus Innsbruck kommt.«

»Klar doch, mach i. Also, pfüet di, bis später!«

Wanner lehnte sich zurück. Ein höchst mysteriöser, zugleich aber interessanter Fall, den ihnen das Schicksal hier zum Knacken gegeben hatte. Spuren bis in die Steinzeit? Nein, das konnte man natürlich nicht so sehen. Die Verbindung dorthin ging zwar sicherlich über die aufgefundenen Feuersteinwerkzeuge und den Steinschmuck, aber nicht über die Toten, deren Skelette schon so viele Tausend Jahre im Boden gelegen hatten, auch wenn Letzteres noch nicht bestätigt war. Wie könnten aber sonst noch, ohne Glauben an das Mystische, Todesfälle über Jahrtausende zusammenhängen? Eine leichte Frage mit einer schwierigen Antwort!

Als Eva ins Büro kam, sah der Hauptkommissar sie neugierig an.

»Hallo! Hat der Schulbesuch etwas ergeben?«

Seine Mitarbeiterin verzog den Mund. »Ach, ich weiß nicht recht. Brugger war als Lehrer unauffällig, hatte weder Feinde noch Freunde, hat seinen Unterricht heruntergespult und ist danach wieder heimgefahren. Jeder von seinen Kollegen wusste von seiner Einstellung zu Natur und Technik, und manchmal hat er auch im Unterricht darauf angespielt, aber nie so ausgiebig, dass der Schulleiter hätte einschreiten müssen. Insgesamt gesehen, war das ein Ausflug in die Kreisstadt Sonthofen, sonst nix!«

Wanner nickte. »Kein Problem. Wenigstens wissen wir jetzt dieses. Und was gibt's bei dir, Alex?«

Riedle sah auf. »Ich hab inzwischen die Magnetfiguren mal auf der Tafel so angeordnet, dass man daraus den neuesten Stand der Ermittlungen ablesen kann. Danach ergibt sich für mich ein zwingender Zusammenhang beider Mordfälle, auch wenn wir den noch nicht gefunden haben. Wir brauchen einfach den Namen der Toten, dann platzt der Knoten. So lange fischen wir im Trüben!«

Wanner wollte schon etwas erwidern, doch da klingelte sein Telefon.

Es war Florian, und er hatte einige Neuigkeiten.

»Also, vorläufiger Bericht der Uni in Innsbruck samt ihrem zuständigen Labor. Erstens: Die Skelettteile sind mit höchster Wahrscheinlichkeit zwischen sechs- und siebentausend Jahre alt. Ihr Erhaltungszustand wurde der basischen Bodenreaktion zugeschrieben, die anhand der mitgeschickten Erde gleich mit ermittelt wurde. Zweitens: Es handelt sich um zwei Skelette, ein männliches und ein weibliches. Dies bestätigt die Uni allerdings erst mit einer Sicherheit von siebzig Prozent. Drittens: Die mitgeschickten Steinwerkzeuge und der beigefügte Steinschmuck haben ziemlich sicher das gleiche Alter wie die Skelette, also sechs- bis siebentausend Jahre. Alle Ritzungen konnten noch nicht entziffert werden, nur scheint festzustehen, dass bei zwei oder drei der Amulette das Todeszeichen für unberechtigte Träger vorhanden ist. Die am Tage zuvor untersuchte Figur, Arbeitsname Küri, kann der gleichen Zeit zugeordnet werden. Im Übrigen sind alle vorgelegten Gegenstände von einer derart hohen Qualität, dass ihr Wert vorläufig auf fast eine Million Euro geschätzt wurde. Abschließend möchte die Uni Innsbruck bei zukünftigen Funden sofort eingeschaltet werden und gerne jetzt schon die Erlaubnis bekommen, auf Schneiderküren weiterzugraben. So weit der vorläufige Bericht, den i grad mit dem Fax kriegt hab. Was sagst jetzt?«

Paul überlegte kurz, dann erwiderte er: »Da sind einige Vermutungen von uns bestätigt worden. Schick mir doch bitte das Fax her, damit ich es mit meinem Team durchgehen kann. Daraus ergeben sich neue Aufgaben für die Mitarbeiter, die sich gleich drübermachen können. Und wir zwei fahren noch mal zum Hölloch! Geht's bei dir?«

»Hab mir's so eing'richt. Treffpunkt Innnerschwende in neunzig Minuten. Passt des?«

»Passt! Also, bis nachher.«

Wanner holte sich einen Kaffee und eine Butterbrezel. Seine Frau Lisa war für zwei Wochen zu ihren Eltern gereist, und Paul musste sich daher selbst versorgen, was ihm allerdings nicht schwerfiel.

Dann fuhr er über die neue B19-Schnellstraße ins Kleinwalsertal. Dort bog er vor Riezlern rechts ab, überquerte die hohe Schwendetobelbrücke und nahm den Weg nach Innerschwende, wo er sein Auto neben einem Bauernhaus parkte.

Berger war noch nicht da, und Paul hatte Zeit, über die Fälle nachzudenken. Wenn er an die angeblichen Zufälle dachte, an das mysteriöse Geschehen, konnte er sich nur zweierlei vorstellen: wirklichen Zufall oder durch fremde Hand gelenktes Schicksal. Mittlerweile hatte ihm Berger von den Andeutungen berichtet, die es im Tal über den Spuk auf Schneiderküren mit den merkwürdigen Erscheinungen und vom Verdacht gab, der über Kandelholz zu schweben begann und dem sie sehr bald würden nachgehen müssen.

»Du meinst, diese zwei Menschen samt Raben, Auerhähnen und Gämsen?«, hatte Wanner gefragt.

»Ja, merkwürdig, des alles«, hatte Berger geantwortet.

»Was ist daran merkwürdig? All das gibt es am Gottesackerplateau oder am Hohen Ifen ja wirklich. Also, wo liegt das Mysteriöse?«

Berger hatte daraufhin nur noch kurz erwidert: »Alle

sind immer spurlos verschwunden, wenn man sich ihnen genähert hat.« Er war ein wenig über Wanners Reaktion verstimmt gewesen.

Der hatte begütigend auf Floris Arm geklopft und gesagt: »Sei mir nicht bös! Aber bisher habe ich darin noch nichts Spukartiges sehen können. Tiere pflegen zu verschwinden, wenn sich ihnen Menschen nähern, was ja auch kein Wunder ist, wenn man bedenkt, was die Menschen schon alles mit ihnen angestellt haben. Und dass manche Menschen in Deckung gehen, kann ja auch damit zu tun haben, dass sie nicht erwischt werden wollen. Du weißt schon: Chef mit Sekretärin, ein verheirateter Mann mit einer anderen Frau und ähnliche Scherze …«

»Ah geh, Schmarren!«, hatte Florian gesagt. »Lauft so ein Chef mit seiner Sekretärin übers Gottesackerplateau? Hast die Kleidung g'sehn, die die beiden ang'habt haben? Wie die Pelztierjäger!«

Paul Wanner wurde von dem Geknatter des Motorrads aus seinen Gedanken gerissen. Florian hielt direkt neben ihm. Er grinste übers ganze Gesicht, wie immer, wenn er mit diesem Gefährt unterwegs war. Offensichtlich machte es ihm mehr Spaß, als im Büro über Schreibarbeiten zu sitzen.

Nach ihrer Begrüßung schwang sich der Hauptkommissar auf den Rücksitz, und Florian kurvte ins Mahdtal los. Immerhin waren es bis zum Hölloch rund vierhundert Höhenmeter, was bei einem Fußmarsch, unter Berücksichtigung der Streckenlänge, etwa eineinhalb Stunden hinauf und eine gute Stunde wieder hinunter in Anspruch genommen hätte. Insofern war Wanner froh, dass die Kleinwalsertaler Polizei solch ein Motorrad hatte, mit dem man praktisch überall bis in Höhen um zweitausend Meter gelangen konnte. Allerdings musste man die Maschine beherrschen, und das tat Berger meisterhaft.

Florian stellte das Motorrad ab, und sie gingen als Erstes zum Hölloch, stiegen vorsichtig über die unzureichende Absperrung und beugten sich über den Rand des tiefsten Loches im Allgäu.

Wanner hatte inzwischen einige Informationen aus dem Internet geholt und erzählte nun Berger, der mit dem Hölloch dienstlich nichts zu tun hatte, da es auf deutschem Boden lag, alles, was er herausgefunden hatte. »Das Mahdtal gehört geologisch wie das Gottesacker-plateau zur Helvetischen Kreide. Durch ewige Wasser-erosion hat sich hier ein Durchbruch durch das Gestein gebildet, der sich zu diesem Schacht erweitert hat. Er ist rund sechsundsiebzig Meter tief, biegt aber nach Zwei-dritteln der Länge etwas aus, so dass man nicht bis auf den Grund sehen kann. Aber hör mal! Man kann deut-lich den Höllochbach da unten rauschen hören. Über zehntausendsiebenhundert Meter der Höhle sind bisher vermessen worden, und noch immer ist das Ende nicht erreicht. Es ist höchst gefährlich, in das Höhlensystem einzudringen, da einige Syphone zu durchtauchen sind. Wenn draußen ein Gewitter einen plötzlichen Regen-guss herunterprasseln lässt, schwillt der Bach in kürzester Zeit an, so dass absolute Lebensgefahr für die Höhlen-forscher besteht. Im Winter ist dieser Schacht stark ver-eist, wobei das Eis bis zum Schachtboden reicht. Die

Wände sind auch in der eisfreien Zeit glatt. Also bitte nicht hineinfallen! Ein zweites Mal den Klebeanker zu erwischen wäre wie ein Sechser im Lotto. Dass die Frau dort hängen geblieben ist, grenzt an ein Wunder! Genützt hat es ihr freilich nichts, und ich glaub auch nicht, dass man so einen Sturz bis zum Anker überleben würde.«

Berger war zwei Schritte zurückgetreten. »Komm weg dort«, sagte er heiser, »und lass uns überlegen, wie wir hier genau vorgehen.«

Sie gingen zum Weg zurück, der nur wenige Meter am Hölloch vorbeiführte. Dann beschlossen sie eine Suchrunde um das Hölloch, um nach Gegenständen Ausschau zu halten, die einen Zusammenhang mit dem Geschehen haben konnten. Sie begannen an der Stelle, wo Wanner das Papiertaschentuch gefunden hatte. Tatsächlich konnte man von dort das Hölloch sehr genau einsehen, das etwa vierzig Meter unterhalb lag. Wenn sich dort jemand aufhielt, konnte man ihn genau sehen. Nach der DNA zu schließen, die man auf dem Hals der Toten, unter ihren Fingernägeln und in dem gefundenen Taschentuch nachweisen konnte, musste diese Person auch hier oben gestanden haben. Wahrscheinlich hatte sie die Frau erwartet, vielleicht sogar gut gekannt. Alles nur Vermutungen bisher, wenn auch logische. Dann muss der Täter oder die Täterin zum Hölloch hinabgestiegen sein, wo es zu einer Auseinandersetzung gekommen war, in deren Verlauf die Frau ins Hölloch gestürzt war. Es ließ sich jedoch nicht feststellen, ob durch eigene oder fremde Schuld, also aus Versehen oder mit Absicht gestoßen. Noch war ein Mord nicht direkt nachweisbar, es könnte sich auch um fahrlässige Tötung handeln.

»Was hältst du von der Sache?«, fragte Wanner seinen Kollegen, als sie die Suche schließlich ergebnislos abgebrochen hatten.

»Also, i mein, dass die Frau ned von selber da reing'fallen isch, sondern von jemand gestoßen wurde. Des kann natürlich auch eine Frau gewesen sein, so groß war die Kraftanstrengung ja ned, wenn sie nahe genug am Loch g'standen haben. Vielleicht haben sie sich auch g'stritten und sind dem Loch dabei zu nahe kommen. Warum soll dafür nur ein Mann in Frage kommen?«

»Ja, genau! Ähnliches ist mir vorhin auch durch den Kopf gegangen. Wir müssen also auch eine Frau in Betracht ziehen. Wenn wir doch bloß endlich wüssten, wer die Tote ist! Es ist zum …«

»Genau! Des hab i mir auch gedacht«, fiel ihm Berger schnell ins Wort. »Morgen sollten erste Hinweise auf das Bild in der Zeitung kommen, wenn überhaupt was kommt.«

Wanner nickte leicht deprimiert vor sich hin. Dass aber auch niemand diese Frau zu vermissen schien!

»Und wenn jemand zum Beispiel gar ned will, dass diese Frau erkannt oder gefunden wird? Soll doch auch vorkommen. Da hocken irgendwo Leute, die sie sehr wohl kennen, aber des aus irgendeinem Grund ned zugeben wollen. Was hältst da davon?«

Paul Wanner sah Florian erstaunt an. »Herrgott, du hast vielleicht Ideen! Und zwar durchaus richtige! Jawohl. Und denken wir gleich weiter: Womöglich hatte die Frau gar keine Aufenthaltsgenehmigung für Deutschland, stammt aus Polen, Serbien, Lettland ...«

Berger sah ihn misstrauisch an. Wurde er schon wieder auf den Arm genommen? Aber Wanner stand da und schaute mit unschuldiger Miene den Berg hinauf.

»Wenn du mich verarschen willst, dann identifizier deine Tote selber!«, erwiderte er ein wenig verärgert.

Doch sein Freund lachte nur. »Im Ernst. Überleg mal, es sind ja deine Gedanken gewesen, die in diese Richtung gegangen sind. Wir geben das Foto sofort auch an die Ausländerbehörde weiter, vielleicht bringt uns das neue Erkenntnisse.«

Sie standen noch eine Weile am Hölloch und unterhielten sich. Spuren waren keine mehr zu finden, die Spusis hatten gute Arbeit geleistet. Die Zeit hatte in tausendfünfhundert Metern Höhe schon das ihre dazu beigetragen, dass eventuell vorhandene Spuren gelöscht worden waren.

Über dem Windecksattel waren inzwischen Wolken aufgezogen. Schatten liefen das Mahdtal entlang und kündigten den Abend an, der jetzt im Herbst schneller hereinbrach. Nur die Spitze des Torecks war noch vergoldet, sie leuchtete wie eine Laterne über dem Ort des grausigen Geschehens.

»Was isch eigentlich in den Aufzeichnungen g'standen, die man im Rucksack der Toten g'funden hat?«, erkundigte sich Florian, als sie zum Motorrad gingen.

»Ich hab sie alle dem Alex Riedle zur Auswertung gegeben. Er wollte mir heute oder morgen darüber berichten. Komischerweise stehen sie offenbar in Verbindung mit einer neuen Ifenbahn. Falls dem so ist, wird die Sache natürlich immer klarer: Zwischen den beiden Toten hat eine Verbindung bestanden, etwas anderes kann nicht sein!«

Paul schwang sich hinter Florian auf den Rücksitz, und sie fuhren vorsichtig nach Innerschwende hinunter.

15 Wanner und Berger hatten noch abgesprochen, sich am nächsten Tag in Kempten in Wanners Büro zu treffen. Dazu sollte Berger Josefine Kohler vorladen, die sie bisher nicht hatten erreichen können. Sie versprachen sich von dem Gespräch mit ihr den einen oder anderen Hinweis auf Brugger, dessen Erbe sie im Kampf gegen die Zerstörung der Natur, oder was sie dafür hielt, angetreten zu haben schien. Die Plakatierungen im Kleinwalsertal gingen weiter und auch Versammlungen wurden nach wie vor angesetzt, um über das Projekt »neue Bahnen« und den Naturschutz im Tal allgemein zu diskutieren. Außerdem war Berger auf Wanners neues Büro neugierig, das er noch nicht kannte. Sie hatten vereinbart, dass Florian in Zivil erscheinen sollte, »damit es nicht zu Gerüchten kam, die österreichische Polizei wolle das Allgäu annektieren«, wie Wanner spöttisch angemerkt hatte. Und nach ihrem Gespräch könnte Berger ja noch ein wenig durch Kempten schlendern, schließlich war die älteste Stadt Deutschlands einen Besuch wert. Und das wollte Berger natürlich nicht in Uniform.

Als Paul am nächsten Morgen sein Büro betrat, waren seine Kollegen noch nicht da. Aber er stellte mit einem

Blick fest, dass an der Magnettafel weitergearbeitet worden war. Er trat vor die Tafel und studierte die darauf angebrachten Symbole. Nach ein paar Minuten kratzte er sich am Hinterkopf und dachte, dass es wohl noch einiger Erklärungen bedurfte, bis man dahinterkam, wie sich Riedle und Eva Lang diesen Aufbau des Falles vorgestellt hatten.

Auf seinem Schreibtisch lagen ein paar Zettel, von denen aber keiner von besonderer Dringlichkeit war. Er schob sie zur Seite und holte sich einen Apfel aus seiner Schublade, die wohl nicht der richtige Lagerort war, denn der Apfel war ziemlich weich und saftlos. Wanner beschloss, die Äpfel zukünftig nur noch stückweise zu kaufen und lieber öfter auf den Markt zu gehen. Dies würde auch seinem Bewegungsdrang entgegenkommen.

Seit er am Morgen ziemlich müde aufgewacht war, hatte er Kopfweh. Es saß mittig im Schädel mit Tendenz zur Stirn, und er schob es auf die Föhnlage, die der Wetterbericht im Radio erwähnt hatte. Auf Föhn hatte er immer schon empfindlich reagiert, bis hin zur Migräne, die er fürchtete. Migräneschmerzen waren mehr als unangenehm, sie setzten bei ihm stets nach einer Erscheinung vor den Augen ein, die aus feurigen Zickzackringen bestand und als letzte Vorwarnung für die nächsten schmerzerfüllten Stunden zu deuten war. Er holte daher vorbeugend eine Schachtel mit speziellen Tabletten aus der unteren Schublade seines Schreibtisches und schluckte eine mit einem halben Glas Wasser. Mit Kopfweh konnte er nicht arbeiten, ganz gleich, woher es stammte. Und vielleicht war Vorbeugen auch besser als

Heilen, obwohl er in diesem speziellen Fall davon noch nicht überzeugt war.

Als Alex und Eva das Büro betraten, fanden sie ihren Chef tief in Gedanken versunken vor. Er hielt sich den Kopf und atmete regelmäßig. Als Alex etwas sagen wollte, stupste Eva ihn an und legte den Zeigefinger auf die Lippen. Dann ging jeder zu seinem Platz und suchte sich die nötigen Unterlagen heraus. Allzu lange durften sie Wanner aber nicht ruhen lassen, obwohl sie ihm dies gegönnt hätten. Seine Überstunden erreichten sicher Dimensionen, die sich keiner von der Dienststelle vorstellen wollte.

Schließlich hustete Eva, gleich darauf noch einmal, diesmal ziemlich laut. Wanner fuhr hoch, strich sich über die Augen und murmelte etwas von »Scheißkopfweh«, dann erst wurde er gewahr, wo er sich befand.

»Morgen!« Er unterdrückte ein Gähnen. Herrgott noch mal, beinahe wäre er eingeschlafen! Das hätte der Meinung von den schlafenden Beamten wieder mal Vorschub geleistet.

Ein schlechtes Bild! Er tat also so, als wäre er gerade aus seinen Gedanken hochgeschreckt und sagte: »Also, nach entsprechendem Nachdenken bin ich zur Meinung gelangt, dass wir … wieso, was ist jetzt wieder los?«, unterbrach er sich und sah verdutzt auf seine beiden Mitarbeiter, die in schallendes Gelächter ausgebrochen waren. Selbst Riedle hatte es sich nicht verkneifen können.

Eva war es schließlich, die ihren Chef darüber aufklärte, dass sie schon eine Viertelstunde im Büro gewesen waren und ihn nicht bei seinem Nachdenken hatten stören wollen.

»Also gut, wenn ihr es nicht anders haben wollt: Jawohl, ich bin eingeschlafen. Wisst ihr überhaupt, wie viele Stunden ich in der letzten Zeit zu Hause im Bett verbracht habe?«

Ohne eine Antwort abzuwarten, stand er auf und streckte sich. »Aber zu eurer Beruhigung: Das hole ich spielend wieder nach!«

»Das glauben wir dir aufs Wort«, pflichtete Alex ihm bei. »Wann kommen denn heute Berger und diese Frau Kohler?«

Paul sah auf die Uhr. »Etwa in einer Stunde. Und wir sollten die Zeit zu einer Bestandsaufnahme nutzen. Bis jetzt haben wir nicht viel Brauchbares, solange wir die tote Frau vom Hölloch nicht identifizieren können. Ich hoffe aber sehr stark, dass heute jemand anruft und sagt: Hallo, klar kenn ich die …«

Sie stellten eine Reihe von Vermutungen auf, und Wanner fasste dann zusammen: »Ein Toter auf Schneiderküren, namentlich bekannt, unbeliebt bei den Bergbahnen, Schädel eingeschlagen, Loch in der Brust, Steinfigur in der Tasche; wertvoller Steinschmuck aus der Steinzeit unter der Hütte. Fast gleichzeitig tote Frau im Hölloch, unbekannt, DNA-Spuren vom vermutlichen Mörder bekannt, technische Unterlagen im Rucksack … oder Alex, so war es doch?«

»Ja, also, ich hab mal alles sorgfältig durchgelesen. Bevor wir uns damit aber an die Kleinwalsertaler Bergbahnen wenden, sollten wir uns darüber unterhalten, ob wir damit nicht warten sollten, bis die Morde aufgeklärt sind. Vielleicht hilft es ja, mit der Bekanntgabe unserer Erkenntnisse so lange hinter dem Berg zu halten, bis es klar ist, dass der oder die Mörder keinen Vorteil mehr daraus ziehen können. Ich glaube nämlich, dass diese Unterlagen nicht für die Öffentlichkeit bestimmt sind, soviel ich davon verstehe. Vermutlich war diese Frau auch nicht berechtigt, sie bei sich zu haben, vor allem nicht auf einer Tour zum Hölloch. Was sollte denn dieser Quatsch! Oder nimmst du dir etwa geheime Unterlagen mit, wenn du bergsteigen willst?«

»Und in dem Notizbuch?«

»Leider keine Namen. Irgendwie scheint es nicht dazuzugehören, denn es war fast leer. Da war bloß eine Zeichnung von einem Gebiss drin, bei dem im Oberkiefer eins dieser neuartigen Implantate einskizziert war, als wollte man jemandem Sitz und Funktion erklären.«

»Hast du wegen Fingerabdrücken nachschauen lassen?«

»Ja, ich habe zwei Blätter und das Notizbuch zur Untersuchung gebracht, ich wollte nicht alle Blätter aus der Hand geben.«

»Sehr gut! Komisch, das Ganze. Hast du dir schon überlegt, warum man vermutlich geheime Unterlagen zum Hölloch mitnimmt? Und sich ein Gebiss zeichnen lässt mit einem Implantat im Oberkiefer?« Er sah Eva Lang an.

»Na ja, Alex hat mir schon davon berichtet«, erwiderte sie nachdenklich. »Es gibt die Möglichkeit, dass die Unterlagen aus irgendeinem Grund noch im Rucksack lagen und versehentlich mitgenommen oder auf Verlangen mitgebracht wurden. Was heißt, dass sie, wie soll ich sagen, vielleicht das Ziel einer Erpressung waren. Aber warum hatte sie der Mörder dann nicht mitgenommen? Hier passt etwas überhaupt nicht zusammen.«

»Diese Unterlagen waren noch im Rucksack?«

»Ja, laut Bericht der Spurensicherer hatten sie diese aus dem Rucksack herausgenommen.«

»Könnte der Mörder aus irgendeinem Grund keine Zeit mehr gehabt haben, den Rucksack zu durchsuchen?«, gab Wanner zu bedenken.

»Oder«, warf Eva ein, »waren diese Papiere gar nicht für ihn bestimmt?«

Bevor sie weiterdiskutieren konnten, klopfte es und auf Evas »Herein« streckte Florian Berger den Kopf zur Tür herein und fragte: »Darf ein Ausländer zu euch reinkommen?«

»Wenn du dich anständig aufführst, bieten wir dir sogar einen Stuhl an«, sagte Wanner lachend.

»Danke, ich kaufe keine Stühle!« Berger begrüßte die Anwesenden.

»Schick schaust du aus, so kenn ich dich ja noch gar nicht. Immer nur in Uniform, wobei ich nicht sagen möchte, dass sie dir nicht auch steht.« Wanner musterte den Kollegen auffällig. Der trug hellblaue Jeans, die noch ziemlich neu aussahen, dazu einen zart gemusterten Rolli und darüber ein dunkelblaues Sakko. Schwarze Halbschuhe mit einer dicken Sohle glänzten frisch poliert.

»Was meint ihr, wolle mir ihn reinlasse?«, wandte Wanner sich an seine beiden Kollegen.

Eva hob die Augenbrauen und tat so, als ob sie intensiv nachdachte. Dann meinte sie zu Alex gewandt: »Also,

ich weiß nicht, was meinst denn du? So saubere Schuh
sind sonst nicht in unserem Büro zu finden.«

Woraufhin Wanner hastig seine Füße unter dem
Schreibtisch versteckte.

Unter allgemeinem Schmunzeln rückte man Berger
einen Stuhl zurecht, auf dem er sich künstlich geziert
niederließ.

Der Hauptkommissar blickte auf seine Uhr. »Wir
haben noch etwa dreißig Minuten Zeit, bis die Kohler
hier aufkreuzt. Lasst uns die Vorgehensweise besprechen. Wie wir herausgefunden haben, ist Frau Kohler
deutsche Staatsbürgerin, deswegen haben wir keine
Schwierigkeiten, sie hier bei uns zu befragen. Also, was
wollen wir von ihr hauptsächlich erfahren?«

Sie besprachen sich und überhörten fast ein Klopfen an
der Tür. Wanner ging hin und öffnete. Josefine Kohler,
in einem grauen Hosenanzug, blieb unschlüssig in der
Tür stehen, als sie Berger erblickte. Sie mochte Mitte
dreißig sein, hatte eine ins Mollige gehende Figur. Die
schulterlangen blonden Haare waren zu einem Pferde-
schwanz zusammengebunden.

»Grüß Gott, Frau Kohler, bitte kommen Sie doch
herein!« Wanner zog die Tür einladend auf und machte
eine Handbewegung zu einem leeren Stuhl vor seinem
Schreibtisch.

Ohne zunächst Eva oder Alex zur Kenntnis zu nehmen, sagte sie zu Berger gewandt: »Was machen Sie
denn hier? Sie sind doch bei der Polizei im Kleinwalsertal. Dürfen Sie denn überhaupt hier sein?«

Bevor Berger etwas antworten konnte, erwiderte Wanner ruhig: »Erstens möchte ich Ihnen danken, dass Sie gekommen sind, zweitens Ihnen meine beiden Kollegen Eva Lang und Alex Riedle vorstellen und drittens: Jawohl, er darf das!«

Josefine Kohler nickte unschlüssig. Dann blickte sie angespannt und, wie es schien auch nervös, auf Wanner.

»Frau Kohler, haben Sie etwas dagegen, wenn wir bei diesem Gespräch ein Band mitlaufen lassen?«, fragte Wanner. »Nein? Danke. Wie Sie inzwischen sicher wissen, die Presse hat ja darüber berichtet, arbeitet die Polizei des Kleinwalsertales und unsere bei der Aufklärung der beiden … Tötungsdelikte eng zusammen. Insofern, als Antwort auf Ihre vorherige Frage, darf Herr Berger bei uns dabei sein, wenn wir dies für notwendig erachten, und umgekehrt natürlich auch. Haben Sie das Bild der Toten vom Hölloch in der Zeitung gesehen?«

»Ja, hab ich.« Die Antwort kam zögernd. Josefine Kohler schien erst überlegen zu müssen, was es bedeuten würde, wenn sie dies verneinte.

»Kennen Sie diese Frau? Haben Sie sie irgendwo schon mal gesehen?«

»Ich dachte, es ginge mehr um Horst Brugger«, entgegnete Frau Kohler und schien verwirrt.

»Das war keine Antwort auf meine Frage«, sagte Wanner ruhig und blickte ihr in die Augen.

Josefine Kohler schüttelte den Kopf. »Nein, noch nie gesehen.«

»Sind Sie sich sicher?«

Die Befragte sah an Wanner vorbei. »Ja. Ich kenne

diese Frau nicht. Natürlich ist das Bild auch nicht gerade gut in der Qualität …«

Eva Lang schob ihr wortlos das in den Unterlagen befindliche Original in Hochglanz zu.

»Hier, schauen Sie bitte noch mal genau hin!«

Frau Kohler warf nur einen flüchtigen Blick darauf. »Nein! Kenn ich nicht.«

»Gut, lassen wir das. Kehren wir zu Horst Brugger, dem Toten von Schneiderküren, zurück. Er war Mitglied beim Naturschutz und Obmann der Naturschützer im Kleinwalsertal, eine mächtige Bewegung im Tal, wie wir festgestellt haben. Sie waren seine Stellvertreterin. Wie war Ihre Zusammenarbeit mit Horst Brugger?«

»Wir haben gut zusammengearbeitet. Schließlich waren wir nicht nur im gleichen Verein, sondern hatten auch das gleiche Ziel, nämlich den Naturschutz in der dortigen Gegend zu stärken. Horst und ich … äh … Herr Brugger und ich haben die Versammlungen organisiert und die Plakate für unsere Aktionen gefertigt. Ziel war es gewesen – und ist es immer noch –, alles zu verhindern, was der Natur dort schaden könnte. Deswegen wird unser Protest, ja unser Kampf, auch weitergehen!«, schloss sie plötzlich leidenschaftlich.

»Wie weit würden Sie denn gehen in Ihrem Kampf?«, schaltete sich Berger ins Gespräch ein.

Josefine Kohler wandte sich ihm zu. »Ich weiß, dass es nicht einfach sein wird, die heutige Technikvernarrtheit zu bremsen. Aber es muss sein! Unsere ersten Schritte galten der Aufklärung der Bevölkerung, im zweiten Schritt werden wir den Beginn der Baumaßnahmen einer neuen Bahn stören …«

»Und wie sieht der dritte Schritt aus?«, hakte Berger nach.

»Man wird sehen! Das kommt darauf an, wie viel Gehör man uns schenken wird.«

»Könnte es sein«, sagte plötzlich Alex Riedle von hinten, »dass Sie den dritten Schritt schon vor dem zweiten getan haben?«

»Was meinen Sie damit?« Frau Kohler sah überrascht aus.

»Nun, vielleicht würde Horst Brugger ja noch leben, wenn die Reihenfolge der Schritte exakt eingehalten worden wäre.«

Josefine Kohler zuckte empört mit den Schultern, antwortete nicht und sah Wanner an.

»Mein Kollege meint, dass es vielleicht keinen Toten auf Schneiderküren gegeben hätte, wenn man es zunächst nur bei Protesten belassen und den dritten Schritt, was immer er hätte sein sollen, später getan hätte. Aber noch mal zu Ihrem Verhältnis zu Horst Brugger. Als Stellvertreterin haben Sie ja ein gewichtiges Wörtchen bei allen Planungen mitzureden ...«

Frau Kohler nickte heftig.

»... sind Sie denn mit diesem Posten für Ihre Aktivitäten immer zufrieden gewesen?«

Der Frau schien das angesprochene Thema sichtlich unangenehm zu sein, und sie schaute im Raum umher.

»Unsere Vorstandschaft wurde demokratisch gewählt, alle haben ihren Posten angenommen, ich auch ...«

»Das war nun nicht direkt meine Frage. Vielmehr sollen Sie uns sagen, ob Sie mit dem Posten als Zweite immer zufrieden waren? Es könnte ja sein, dass Sie nach mehr gestrebt haben. Da war aber einer vor Ihnen, der dies verhinderte. Wo waren Sie denn am vergangenen Freitagnachmittag?«

Es dauerte ein paar Sekunden, bis Josefine Kohler begriff, worauf der Hauptkommissar hinauswollte. Sie bekam einen roten Kopf. »Wollen Sie damit andeuten, dass ich … ich den Brugger wegen seiner Stelle umgebracht habe?«

»Ich will nichts andeuten. Wir müssen jedem im Umfeld von Brugger diese Frage stellen und alle Möglichkeiten, die als Motive für den Mord in Frage kommen, in Erwägung ziehen.«

»Das ist ja eine Unverschämtheit«, rief die Frau schrill, »ich werde mich bei Ihrem Vorgesetzten beschweren. So eine Verleumdung …«

Wanner unterbrach sie mit einer Handbewegung. »Nun regen Sie sich mal bitte nicht auf! Niemand hat Ihnen etwas vorgeworfen, deshalb ist dies auch kein Verhör, sondern eine Befragung. Wir müssen allen Spuren nachgehen, auch solchen, die sich nur vage abzeichnen und sich hinterher – wenn man's sowieso besser weiß – als falsch herausstellen. Aber eins könnten Sie uns noch sagen, müssen Sie aber nicht. Hatten Sie zu Horst Brugger lediglich ein dienstliches Verhältnis?«

Frau Kohler erhob sich abrupt. »Wie Sie schon sagten: Ich muss nicht, also kriegen Sie auch keine Antwort darauf. Meine Privatangelegenheiten gehen niemanden etwas an. Und jetzt würde ich gerne gehen, ich möchte nämlich in Kempten noch einkaufen.«

»Würden Sie uns bitte noch sagen, wo Sie sich zur fraglichen Zeit aufgehalten haben?«

»Ich war zu Hause, und zwar allein.«

Wanner wollte etwas erwidern, überlegte es sich aber und sah seine Kollegen an. Die schüttelten den Kopf oder zuckten mit den Schultern, ein Hinweis, dass sie im Augenblick keine weiteren Fragen hatten.

»Na schön, Frau Kohler. Ich danke Ihnen, dass Sie gekommen sind und ein paar Minuten Zeit für uns hatten.« Wanners Stimme klang ironisch. Er begleitete sie zur Tür und verabschiedete sich.

»Und?«, fragte er, als er ins Büro zurückkam.

Berger blies durch die halbgeöffneten Lippen. »Also, wennst mi fragst, so ganz koscher kommt mir die gute Josefine ned vor. Aber i weiß noch ned recht, wohin i die stecken soll. Am besten wir merken uns mal, was sie g'sagt oder auch ned g'sagt hat.«

Eva Lang sah nachdenklich aus. »Wenn man's genau nimmt, hat sie uns – wenn auch wahrscheinlich ungewollt – mehr gesagt, als sie eigentlich wollte. Das Alibi ist mir reichlich wackelig. Die Privatangelegenheiten, die niemanden was angehen, zeigen mir, dass sie wahrscheinlich ein Verhältnis mit Brugger hatte. Wie Herr Berger schon sagte, wir sollten uns ihre Antworten merken. Der Alex hat ja das Band mitlaufen lassen, wir müssen es bloß abschreiben lassen.«

»Interessant war ja auch die Sache mit den drei Schritten«, warf Alex ein. »Es blieb offen, was der dritte Schritt beinhalten wird. Man könnte sogar eine Bereitschaft zur Gewalt heraushören.«

Bevor Wanner etwas entgegnen konnte, sagte Berger: »Also, übrigens, i bin ned der ›Herr Berger‹, sondern der Florian, damit des klar ist.«

Eva Lang und Alex Riedle beeilten sich, ihre Zustimmung zu der neuen Duzfreundschaft zu geben.

Dann verabschiedeten sich Berger und Wanner, der seinen Kollegen erklärte: »Ich muss den Florian durch die Altstadt von Kempten führen und auf ihn aufpassen. So einen Prachtkerl lassen die Kemptener Damen vielleicht nicht ungeschoren davonkommen. Das heißt natürlich, nur wenn der Florian mit dem Polizeischutz einverstanden ist.«

Florian nickte großmütig.

Freundlich winkend verließen die beiden das Büro.

16 In der Dämmerung dieses Tages pirschte sich eine Person langsam durch den Kürenwald nach Schneiderküren hinauf. Offensichtlich darauf bedacht, nicht gesehen zu werden, sah sie sich öfter aufmerksam um, bereit, jederzeit vom Weg abzuweichen und im Unterholz zu verschwinden. Als sie den Waldsaum erreicht hatte, verharrte sie minutenlang und beobachtete das Gelände vor sich. Der Weg zog sich durch das enge Kürental zum Gottesackerplateau hinauf. Dann ging sie langsam weiter. Sie nutzte den Schutz von Felsvorsprüngen, einzelnen Bäumen und Sträuchern und gelangte schließlich zur Jagdhütte auf Schneiderküren. Sie ging einmal rund um die Hütte, wobei sie angespannt in alle Himmelsrichtungen schaute, und wandte sich dann beruhigt zur Tür. Sie zog einen Schlüssel aus der Tasche des grauen Anoraks. Die Tür sprang auf, und die Person betrat das Innere der Hütte. Auch hier der besorgte Rundblick, aber die Leere der Räume ließ sie aufatmen. Sie zog den kleinen Teppich von der Falltür und öffnete sie.

Entsetzt blickte sie in den leeren Raum darunter. Sie fiel auf die Knie und fingerte darin umher, aber es gab kein Loch, in dem die Kiste hätte verschwunden sein

können. Fieberhaft begann sie, die Hütte zu durch-
wühlen, ohne Rücksicht darauf, Spuren zu hinterlassen.
Die Kiste blieb verschwunden. Sie rannte vor die Tür
und blickte unter den Hüttenboden, aber auch dort war
lediglich der gemauerte Raum zu sehen, in dem sich die
Kiste befunden hatte.

Sie fluchte vor sich hin. Wer hatte das Versteck entdeckt, und wohin war die Kiste mit dem wertvollen
Schmuck und dem Werkzeug aus der Steinzeit gebracht
worden? Sollte ihr Gang hier herauf umsonst gewesen
sein?

Nach einem letzten Rundblick stieg die geheimnis-
volle Person zur Lagerstelle der Steinzeitmenschen hinüber und begann sich umzusehen. Aber auch dort war
nichts zu entdecken. Sie schimpfte in Gedanken vor sich
hin, wandte sich schließlich um und begann den Rückweg ins Tal.

Mit kräftigem Flügelschlag rauschten zwei Raben über
ihren Kopf und ließen sich unweit auf einem Ast nieder.
Fast unsichtbar stand eine Gämse an einer Felsenspalte
und äugte aufmerksam den Weg entlang, auf dem sich
der Mensch entfernte.

17 Ein herbstlicher Hauch lag an diesem Tag über der Landschaft. Zarte Silberfäden schwebten durch die Luft und verfingen sich in den spitzen grauen Felsen der Helvetischen Kreide. Über der Allgäuer Hauptkette zogen vom Süden her flache, fein gefächerte Wolken auf und drängten den blauen Himmel langsam nach Norden. Böiger Wind, sanft im Tal, heftig auf den Bergen, kam aus südwestlicher Richtung heran und ließ den Föhn erahnen, der sich behutsam aufbaute.

Paul Wanner und Eva Lang waren unterwegs nach Riezlern. Sie wollten zusammen mit Florian Berger versuchen, ein Gespräch mit Pfarrer Aniser zu führen. Berger hatte ihn bereits vorsichtig auf ihr Kommen vorbereitet. Alles andere musste sich aus dem Gespräch ergeben. Es galt zu versuchen, mit Hilfe des alten Mannes und seines reichhaltigen Wissens über das Tal, einen Zusammenhang aller mystischen Vorfälle herzustellen, die ihnen bisher bei ihren Recherchen begegnet waren. Außerdem erhoffte sich Wanner, Genaueres über die Begebenheiten im Tal zu erfahren. Aniser, so glaubte er, musste mehr über die Menschen wissen, als es den Anschein hatte. Es war jedenfalls einen Versuch wert.

Eva war mitgekommen, da Wanner auf ihren Instinkt im Umgang mit schwierigen Menschen vertraute. Ihre ruhige Art im Gespräch hatte schon bei so mancher Befragung zum Erfolg geführt.

Sie fuhren über die vierspurige B19 nach Süden. Wanner erinnerte sich an den Zustand der Straße zwischen Immenstadt und Kempten, als es noch durch alle Dörfer, unzählige Kurven und über Hügel ging. Jetzt war es schnell und einfach, von der Allgäuer Metropole nach Sonthofen zu kommen, wo die Straße wieder in eine zweispurige überging. Der Grünten schaute mit seiner typischen dreigefalteten Silhouette auf das Illertal herab. Wanner dachte an den Mord, der sich damals dort oben zugetragen hatte. Er überlegte, was Menschen immer wieder zu Verbrechern werden ließ. Sie müssten sich doch sagen, dass sie früher oder später gefasst, verurteilt und eingesperrt würden. War es ihre Einstellung, dass man sie nicht erwischte? Hat ein Mensch im Augenblick seiner Tat überhaupt eine klare Vorstellung von deren Folgen?

Eva Lang sah ihren Chef von der Seite an. Wenn er so stur geradeaus blickte und keinen Mucks von sich gab, war er sicher in philosophische Gedanken versunken, dachte sie.

Als sie Immenstadt passiert und Sonthofen erreicht hatten und die Schnellstraße wieder zweispurig wurde, unterbrach sie Wanners Gedankengänge. »So still? Hast du den Fall etwa schon gelöst?«

Wanner sah kurz zu ihr hinüber. »Entschuldige! Ich war etwas weggetreten. Bei so vielen Verbrechen, mit denen wir zu tun haben, kommt man immer mal ins Grübeln, ob die Menschen denn nie gescheiter werden, niemals aus der Vergangenheit lernen. Sie würden ja sonst nicht Dinge tun, die es schon seit Jahrhunderten, was sage ich, Jahrtausenden gegeben hat und von denen man weiß, wie sinnlos sie waren. Für mich ist die Geschichte mit ihren dauernden Schlachten unfassbar. Immer Kriege, immer Kampf, immer Gewalt, und was ist dabei herausgekommen? Leid, Hunger, Tod und Elend, Zerstörung und vernichtete Kulturgüter, die unersetzlich sind. Aber hat sich etwas geändert? Nein! Nichts! Die Menschen sind noch genauso blöde, wie sie einst am Anfang waren, als sie sich das Paradies verscherzten ...«

Eva nickte. »Ja, du hast recht! Aber was hilft es, darüber nachzudenken? Es wird sich niemals etwas daran ändern, so lange Menschen auf der Welt sind ...«

»Schöne Aussichten für unsere Nachkommen«, knurrte Wanner und bog am Oberstdorfer Kreisel Richtung Kleinwalsertal ab. »Wie schön und friedlich ist so ein herbstlich angehauchter Tag wie heute. Und was machen wir? Statt einer Bergtour müssen wir Leute suchen, die andere umgebracht haben.«

»Und mit einem Pfarrer sprechen, der komisch zu sein scheint und von dem wir noch nicht wissen, ob er uns überhaupt empfängt.«

Wanner schwieg bis Hirschegg, wo er den Wagen vor der Polizeiinspektion parkte. Dann betraten sie das Gebäude. Wanner nannte seinen Namen, und sie wurden in Bergers Büro geführt, wo sie herzlich begrüßt wurden.

»Also, nehmt's Platz«, bat er sie und schob Eva einen Stuhl hin. Wanner angelte sich selbst einen heran.

In der nächsten halben Stunde besprachen sie ihre Vorgehensweise bei Aniser. Dann fuhren sie zu dem alten Walser Holzhaus, in dem der ehemalige Pfarrer wohnte.

Es lag hübsch an einem Südost-Hang unterhalb des riesigen Gottesackergebietes, das sich hier aus einer Höhe von eintausendneunhundert Metern in einem bewaldeten Bogen ins Tal absenkte. Mit der Zeit waren die Balken dunkel geworden, die kleinen Fenster mit den Sprossen machten einen freundlichen Eindruck. An jedem Fenster hing ein Blumenkasten, in dem verschiedenfarbige Geranien wuchsen. Vor dem Haus fasste ein Staketenzaun einen kleinen Garten ein. Herbstblumen und Kräuter blühten darin unkrautfrei um die Wette und zeugten von einer fleißigen Hand. Einige Salatköpfe, zwei Tomatenstauden, abgeerntete Erdbeerpflanzen, Grünkohl, Kürbisse und ein paar Stangenbohnen deuteten auf teilweise Selbstversorgung des Hausherrn hin. Von der Straße führte ein Plattenweg zum Haus, der seitlich mit Büschen bepflanzt war und an der alten, mit Kassetten verzierten Haustür endete. Der nächste Nachbar wohnte ein ganzes Stück weit weg. Aniser hatte also eine schöne Aussicht auf Kanzelwand und Fellhorn.

Wanner sah diese Idylle und stellte fest, dass der Pfarrer nicht nur einen guten Geschmack hatte, sondern auch Ordnung liebte und ein zufriedenes Leben führte.

Sie öffneten das Staketentürchen und gingen zur Haustür. Bevor Berger läuten konnte, wurde die Tür geöffnet, und Gotthelf Aniser trat heraus.

»Gott zum Gruß den Friedlichen, die kommen, den Müden, die verweilen, und den Besänftigten, die gehen!«, sagte er mit einer überraschend klaren Stimme. Er mochte etwas über achtzig Jahre alt sein. Sein weißes Haar umrahmte das hagere Gesicht, in dem sich Furchen eingegraben hatten. Er trug eine schwarze Hose und einen ebensolchen Pullover, an dessen Ellbogen Lederherzen aufgenäht waren. Um den Hals hing eine Brille an einem schmalen Band, und beim näheren Hinschauen entdeckte Wanner ein Hörgerät im rechten Ohr. Berger fiel auf, dass er dieses Mal keinen Stock beim Laufen verwendete.

Aniser richtete seine dunklen, scharf blickenden Augen auf die Ankömmlinge, von denen ihm nur Berger bekannt war. Misstrauen war zu erkennen. Er stellte sich in die offene Haustür, gleichsam als Wächter seines Lebensbereiches.

»Ich weiß, warum ihr kommt, Herr Berger hat es angedeutet«, fuhr er nach der Begrüßung fort. »Und ich hoffe, dass euer Weg nicht umsonst war!« Wanner und Eva sahen sich verblüfft an. Sie hatten nicht erwartet, dass der allseits als unzugänglich verschriene Pfarrer ihnen mit dieser Offenheit begegnete.

Aniser trat ins Haus zurück, die drei folgten ihm. Ein getäfelter Gang durchschnitt die Breite des Hauses in der Mitte. An den Wänden hingen einige Bilder mit religiösen Motiven, im Hintergrund führte eine Holztreppe mit einem geschwungenen Ansatz zum ersten Stock. Über einer Holztruhe mit alter Bemalung hing ein großes Kruzifix. Die Steinplatten des Weges zur Haustür setzten sich im Gang fort, der teilweise von einem einfachen bunten Läufer bedeckt wurde. Alles machte einen sauberen, geordneten Eindruck.

Der Pfarrer öffnete eine Tür auf der rechten Seite und trat mit einer auffordernden Handbewegung ein. Offensichtlich war dies seine Wohnstube. Hinter der Tür befand sich ein Kachelofen mit hellbraunen Schüsselkacheln. Der Tür gegenüber standen ein behäbiger Tisch mit Fußleisten und zwei Stühle mit geschnitzten Lehnen. An der Wandseite verlief eine Bank ums Eck. Den Herrgottswinkel zierten künstlerisch gestaltete Figuren: ein Kruzifix, eine Madonna mit Kind und zwei Engelsköpfe. Ein Sofa stand an der linken Wandseite, ein alter Schreibtisch an der rechten, darüber war ein Regal angebracht. Geblümte Vorhänge gaben dem Raum ein freundliches Aussehen, das von der schräg einfallenden Sonne noch verstärkt wurde.

Aniser zog einen Stuhl heran und wandte sich an Berger. »Nehmen Sie hier Platz, und Sie beide auf der Eckbank, dies ist mein Stuhl.« Er setzte sich auf den zweiten Stuhl, so dass er die drei Kriminalbeamten gut im Blick hatte.

»Berger kenne ich. Verraten Sie mir, wer Sie beide sind«, bat er, an Wanner und Eva gewandt.

Mit wenigen Worten schilderte Wanner seinen und Evas Arbeitsbereich. Als Aniser schwieg, fuhr er gleich fort: »Wir sind zu Ihnen gekommen, weil Sie uns vielleicht bei der Suche nach dem Mörder, oder der Mörderin von Horst Brugger und der unbekannten Frau vom Hölloch behilflich sein könnten.« Er berichtete vom bisherigen Geschehen.

Der Pfarrer hörte zu, ohne ihn ein einziges Mal zu unterbrechen.

»Wir würden von Ihnen als ehemaligem Seelenhirten dieser Gemeinde gerne erfahren, was es mit diesem Mysterium am Ifen auf sich hat. Natürlich ist es schwer zu glauben, dass es dort oben spukt oder wie immer man das Erscheinen von Raben, Gämsen, Auerhähnen oder altertümlich gekleideten Menschen bezeichnen mag. Ich muss aber gestehen, dass mir die Geschichte sonderbar, ja unheimlich vorkommt, schließlich habe ich auf Schneiderküren und am Hölloch selbst solche Erscheinungen erlebt. Alles Zufälle? Können Sie uns etwas erzählen, was uns eventuell einen Zusammenhang zwischen den Mordfällen erklären könnte, vielleicht sogar in die Geschichte der Steinzeit zurückreicht?« Wanner hüstelte verlegen. »Denn wie wir gehört haben, sollen die beiden Gestalten in Fell oder Ähnliches gekleidet sein. Oder gibt es in Riezlern ein Modegeschäft, das solche Kleidung verleiht?«

Wanner machte den lahmen Versuch eines Scherzes. Ihm war es sichtbar unangenehm, Realität und Erscheinungen unter einen Hut bringen zu müssen. Schließlich wollte er sich nicht auslachen lassen, wenn er zugab, an diesen Spuk zu glauben. Und es war ihm nicht mehr möglich, in die scharfen Augen des alten Pfarrers zu blicken, der ihn unverwandt angestarrt hatte.

Einen Augenblick war es still in der Stube. Eva und Florian schauten abwechselnd Aniser und Wanner an. Dann erhob sich Aniser und trat an das Regal, auf dem einige Flaschen standen. Er nahm eine davon, holte vier kleine Gläser und stellte sie auf den Tisch. Dann goss er vorsichtig ein.

»Selbstangesetzter Likör aus einheimischen Kräutern. Ist ausgesprochen gut für die Gesundheit. Und der Herr hat nichts davon gesagt, dass man die Kräuter dieser Welt nicht auch flüssig genießen darf.« Er lachte leise vor sich hin. »Sie können ihn ruhig probieren, er schadet nicht, und mit dem Auto kann man nach einem Gläschen auch noch fahren.« Er nahm sein Glas und hielt es seinen Gästen entgegen, dann trank er es aus. Wohl oder übel folgten ihm die Polizisten und stellten dann die Gläser zurück auf den Tisch.

Der Pfarrer fuhr sich mit der Hand über die Augen, dann sagte er: »Niemand braucht sich zu schämen, der etwas glaubt, was er nicht versteht. Darauf sind alle Religionen dieser Welt aufgebaut, denn Gott zu begreifen ist nicht möglich. Nur der Glaube an ihn!« Er blickte in den Herrgottswinkel. »Spuk auf Schneiderküren? Spuk am Hölloch? Es gibt keinen Spuk, aber die Erscheinungen, von denen die Menschen hier im Tal sprechen, ja, die gibt es. Ich habe sie mit eigenen Augen gesehen. Jawohl, Schneiderküren ist ein mystischer Ort, an dem vor langer Zeit etwas geschehen sein muss, was zu diesen Erscheinungen geführt hat. Was, wissen wir nicht, das ist zu lange her. Und das Hölloch, der Herr verzeihe diesen Namen, steht in Verbindung damit. Sie haben erwähnt, dass Sie auf Schneiderküren zwei uralte Skelette gefunden haben? Vielleicht ist das schon die Lösung des Rätsels. Zwei Menschen wurden dort der Erde übergeben, wir wissen nicht von wem und was geschehen war. Sind sie eines natürlichen Todes gestorben, wurden sie ermordet oder von wilden Tieren zerrissen? Es gibt für mich nur eine Antwort.« Aniser hielt kurz inne und schnäuzte sich in ein kariertes Taschentuch. »Sie wurden ermordet!«

Er sah jedem seiner Gäste herausfordernd in die Augen. Seine Miene war hart geworden, der Ausdruck seiner Augen hatte sich verändert. Ein wildes Flackern war jetzt darin zu erkennen. Dann fuhr er fort: »Jawohl, ermordet! Wie anders sind diese Erscheinungen zu erklären, als dass sie mit einem gewaltsamen Tod in Verbindung stehen? Was sagen Sie? Nach so langer Zeit? Gott kennt keine Zeit, und die Seele eines Menschen bleibt ewig bestehen. Gewaltsamer Tod? Es sind die Seelen der Ermordeten, die sich dort oben am Ifen immer wieder in einer anderen Gestalt zeigen. Sie möchten uns damit hinweisen, dass sie keine Ruhe gefunden haben. Ich werde die Skelettteile herausfordern und in geweihter Erde begraben lassen. Und Ihre Aufgabe ist es, dieses neue Gewaltverbrechen an gleicher Stelle aufzuklären. Es muss eine Verbindung zur Vergangenheit geben, anders sind die Erscheinungen nicht zu erklären. Was ist dort oben in der Steinzeit geschehen? Niemand weiß es, und niemand wird es je wissen. Aber wenn sich bei den genaueren forensischen Untersuchungen herausstellen sollte, dass ein Gewaltverbrechen an Mann und Frau vorlag, dann haben Beziehungen zu ihrem Mörder bestanden. Wie nennt man das heute? Eine Beziehungstat.«

Der alte Mann sah aus dem Fenster. Er hatte sich in Rage geredet, jetzt beruhigte er sich wieder. Ohne seine Gesprächspartner anzuschauen, erzählte er weiter. »Die Rache ist nicht unsere Aufgabe, wir können nur nach dem Gesetz strafen.« Plötzlich wandte er sich ruckartig an Wanner, der erschreckt den Rest seines Glases verschüttete. Aniser deutete auf ihn und rief: »Suchen Sie den Mörder und denken Sie an meine Worte, sie werden Ihnen helfen, denn, wie schon Lukas sagte: Nichts ist verborgen, was nicht offenbar, und nichts geheim, was nicht bekannt werden wird.« Dann stand er auf und erklärte: »Mehr weiß ich leider nicht. Grüß Gott!«

Das war unmissverständlich. Wanner verständigte sich durch einem schnellen Blick mit seinen Kollegen, dann stand er auf und sie folgten ihm. Beim Hinausgehen streckte der Hauptkommissar dem Pfarrer seine Hand hin. »Vielen Dank und auf Wiedersehen. Dürfen wir noch einmal vorbeikommen, wenn es nötig sein sollte?«

Doch Aniser übersah die Hand. Er trat vor die Haustür und schaute zum Ifen. »Wir werden sehen«, murmelte er und hinkte ins Haus zurück. Berger speicherte das Hinken, das er an diesem Tag bei Aniser noch nicht gesehen hatte, in seinem Gedächtnis.

Sie fuhren zurück nach Hirschegg und folgten Florian in dessen Büro. Sie setzten sich um den kleinen runden Tisch, der für die Besucher des Abteilungsinspektors gedacht war.

Berger ergriff als Erster das Wort. »Des also war unser alter Pfarrer Aniser! A bitzle komisch, wohl, aber was meint's ihr zu seiner Theorie?«

Eva Lang, bisher zurückhaltend, weil sie keine Gelegenheit gefunden hatte, etwas zu sagen, setzte sich nach einem kurzen Blickwechsel mit ihrem Chef aufrecht hin. »Lasst uns mal das Fleisch von den Knochen trennen! Was uns Aniser geboten hat, ist seine Meinung, dass in grauer Vorzeit dort oben ein Doppelmord passiert ist, dessen Opfer keine Ruhe gefunden haben. Nach Anisers Meinung war es eine Beziehungstat. Vielleicht hat es auch in der mittleren Steinzeit schon Eifersucht gegeben?«

»Und jetzt?« Wanner kratzte sich am Hinterkopf.

»Und jetzt? Jetzt ist dort an gleicher Stelle wieder ein Mord passiert, der, wie auch immer, mit dem der Steinzeit in Verbindung stehen soll. Wenn wir den aufklären wollen, sollten wir, nach Anisers Meinung, als Motiv ebenso eine Beziehungstat annehmen, was eine Reihe von anderen Motiven ausschließen würde. Und jetzt sage ich etwas, über das ihr fürchterlich lachen werdet: Entweder ist der Mörder oder der ermordete Brugger in irgendeiner Weise mit den Menschen von damals verwandt, vielleicht zeigt das sogar die DNA … Ja, ich hab doch gesagt, dass ihr lachen werdet.«

Nachdem Wanner und Berger ironisch zu grinsen begonnen hatten, lehnte sich Eva halb beleidigt wieder zurück, zuckte mit den Schultern und schob noch nach: »Habt ihr was Besseres zu bieten?«

Berger schüttelte den Kopf. »Na, bis jetzt nix. Wir müssten also nach deiner Meinung einen eifersüchtigen Mann oder eine solche Frau suchen, die vermutlich im Umfeld von Brugger zu finden wären?«

Bevor Eva antworten konnte, sagte Wanner: »Ich glaub, das ist gar nicht so verkehrt. Wenn wir auch zwischen die Sätze des Pfarrers gehört haben, so hat er uns dort genau das Motiv angegeben. Wir könnten den Mord vielleicht aufklären, wenn wir uns seine Überlegungen zu eigen machten. An die Öffentlichkeit dürfen wir mit solchen Gedanken natürlich nicht gehen, sonst machen wir uns lächerlich. Doch unter uns könnten wir mal näher darüber nachdenken.«

Berger nickte. »Mein i auch! Suchen wir also nach eifersüchtigen Personen, es gibt ja so wenige«, setzte er bissig dazu.

»Und was ist mit dem Steinzeitschmuck und den Steinwerkzeugen? Wie hängen die damit zusammen? Wäre es nicht viel richtiger, an einen Raubmord zu denken, bei dem einer dem anderen diesen Schatz abnehmen wollte und ihn dann nicht fand, oder wie auch immer?«

Wanner wollte unbedingt ein zweites Motiv mit einbeziehen. Ihm war bei dem Gedanken, sich allein auf Anisers Aussage und Empfehlung zu stützen, nicht wohl in seiner Haut. Wenn er seinem Chef, der ein ausgeprägter Pragmatiker war, erzählte, der alte Pfarrer von Riezlern habe ihnen weisgemacht, er kenne den Grund für einen Doppelmord in der mittleren Steinzeit und habe eine Beziehung zum jetzigen Mord hergestellt, hörte er jetzt schon die Antwort: »Verdammt noch mal, sind Sie noch bei Trost? Ermitteln Sie gefälligst nach der klassischen Methode und halten Sie sich nicht mit solchen Hirngespinsten auf!«

Also gut! Man könnte aber doch beiden Gedankengängen nachgehen, sie parallel weiterentwickeln und dem jeweils neuesten Stand der Ermittlungen anpassen.

»Eva«, wandte er sich an seine Kollegin, »du legst Hauptaugenmerk auf das, was uns der alte Pfarrer erzählt hat – oder auch nicht. Der Flori und ich ziehen einen ganz einfachen und unkomplizierten Raubmord in Betracht, der nix mit der Steinzeit, sondern mit dem sündteuren Steinschmuck und den uralten Werkzeugen zu tun hat. Ich glaube, dass es zu parallelen Ermittlungen kommen wird, von deren Ergebnissen wir uns gegenseitig sofort informieren. Und jetzt, Teufel noch mal, will ich endlich wissen, wer die Frau vom Hölloch ist!«

Bevor jemand darauf etwas erwidern konnte, klopfte es an die Tür. Ein junger Polizist kam herein.

»Die E-Mail ist grad aus Innsbruck reinkommen, vorab als Information, Näheres soll folgen.« Er legte das Blatt vor Berger auf den Tisch und verließ wieder den Raum.

Flori nahm mit einer entschuldigenden Geste die Mail und las sie schnell durch. Seiner Miene war nichts zu entnehmen. Dann pfiff er leise durch die Zähne und wandte sich an seine beiden Kollegen.

»Die Uni Innsbruck hat jetzt mit hoher Wahrscheinlichkeit herausg'funden, dass die Skelettteile von einem Mann und einer Frau stammen. Außerdem haben's irgendwelche Spuren entdecken können, aus denen hervorgeht, dass der Schädel des Mannes wohl a größere Verletzung erlitten hat. Also entweder ist der Steinzeitmensch damals gegen die Felswand g'laufen, oder er hat ein paar saubere Hiebe abkriegt. Des besagt, dass der Aniser recht haben könnt: Mord auf Schneiderküren in der mittleren Steinzeit, also ned zu glauben!«

Wanner sah Eva an. »Na schön, auch wenn es Mord war, uns geht's – Gott sei Dank – nix mehr an. Wir haben genug zu tun, um den neuen aufzuklären. Wie zum Kuckuck wollen wir denn eine Verbindung zwischen diesen beiden Geschehnissen herstellen? Da liegen ja bloß ein paar tausend Jahre dazwischen.«

Eva Lang malte seit einigen Minuten Männchen auf ihren Schreibblock. Untrügliches Zeichen dafür, dass sie angestrengt nachdachte. Dann blickte sie zum Fenster hinaus und erwiderte: »Die einzige Verbindung, die ich mir denken kann, ist eine, die der Pfarrer angedeutet hat. Es muss, wenn wir mal den Faden von vorhin weiterspinnen, über die DNS eine über Jahrtausende reichende Verwandtschaft vorhanden sein. Jetzt lacht's doch nicht schon wieder, Herrgott noch mal! Und der ›Mörder‹ von damals hat quasi in anderer Gestalt wieder zugeschlagen. Wenn wir diesen Mord an Brugger aufklären und den Mörder zur Rechenschaft ziehen, wird gleichzeitig der Doppelmord von damals gesühnt. Und ich wette, wenn das der Fall sein wird, dann verschwinden Raben, Gämsen, Auerhähne und pelzgekleidete Menschen für immer.«

»Was habt's ihr denn immer mal mit DNS? I denk, des heißt DNA? Was stimmt jetzt eigentlich?« Berger war leicht angekratzt.

Wanner schielte zu Eva, die den Kopf leicht einzog und sagte: »Also, nun ja, das ist doch ganz klar, die DNS … ich meine die DNA … also die braucht man, um Tests durchzuführen, und dann kann man sehen, wie zwei Dinge oder Menschen oder so verwandt sind oder nicht …«

Eva begann zu lachen und konnte sich gar nicht mehr beruhigen. »Genau, du sagst es! So weit bin ich auch immer gekommen, wenn es um die DNA ging. Wir wissen alle drei, was gemeint ist, aber wie soll man's erklären?«

Berger stand auf und ging ins Nachbarbüro. Über die Schulter zurück rief er: »Jetzt lass i einfach nachschauen, irgendwo muss ja was darüber drinstehen.« Er rief einem Kollegen etwas zu und kam dann zurück. »Bin i vielleicht beruhigt! Ihr wisst's auch ned mehr als i. Haha!«

Nach einiger Zeit kam der Kollege mit einem Buch

herein. »I hab gleich die Enzo… Enzy… Klo… also des ganze Buch mitgebracht.«

Er schlug das Buch an einer eingeknickten Seite auf und wollte vorlesen, aber Berger unterbrach ihn sofort und rief: »Um Gottes willen, hör bloß mit der Wissenschaft auf! Sag des mit eigenen Worten, was da steht.«

»Also auf die Schnelle: DNA und DNS sind des Gleiche, bloß ist DNA die englische Abkürzung. Heißen tut's …«, er sah genauer hin, »Desoxyribonukleinsäure, Abkürzung in Deutsch DNS, auf Englisch heißt Säure Acid, daher DNA. Es handelt sich um ein Makromolekül, in dem genetische Informationen einer jeden Spezies festgehalten sind. Seine vier Bausteine werden abgekürzt als A, T, G und C bezeichnet. Sie sind bei allen Lebewesen gleich, nur ihre Reihenfolge ist verschieden. Zum Beispiel: Der Baustein G eines Menschen ist gleich dem Baustein G einer Schnecke …«

Er wurde von Berger unterbrochen, der vor sich hin murmelte: »Jetzt wird mir klar, warum du immer so lange brauchst. Des liegt also am Baustein G!«

Der Kollege bekam einen roten Kopf, las aber weiter vor: »DNA/DNS-Analysen werden verwendet, um verschiedene Rückschlüsse auf ein Individuum ziehen zu können. Sie werden auch durchgeführt, um mit dem genetischen Fingerabdruck, also der Übereinstimmung der ermittelten Daten, Identitäts- und Verwandtschaftsfragen abzuklären. Bei menschlichen Überresten in der Lichtensteinhöhle hat man ein Verwandtschaftssystem rekonstruiert, das etwa dreitausend Jahre alt war …«

»Stopp, des reicht!«, rief Florian und sah Wanner an. »Oder willst du noch mehr wissen?«

Der blickte zu Eva, die schnell den Kopf schüttelte. »Nein, danke, wir sind bestens informiert. Vielen Dank dafür!«

Der junge Polizist verließ wieder den Raum, wobei er Berger einen ärgerlichen Blick zuwarf. Die Geschichte mit der Schnecke war noch nicht ausgestanden.

Eva Lang räusperte sich. »Also, für mich war besonders der letzte Satz interessant. Vielleicht gibt es ja eine Möglichkeit, auch die DNA aus noch älteren Verwandtschaften festzustellen und diese mit solchen aus der Jetztzeit zu vergleichen. Wenn das gelänge, könnte man feststellen, wer von den in Frage kommenden Personen unserer Fälle über eine endlose Kette von Nachkommen mit den beiden aufgefundenen Toten aus der Steinzeit verwandt sein könnte. Vielleicht hat dann der Mörder oder die Mörderin gleichsam unter einer Art von Zwang gehandelt und den damaligen Mord gerächt. Bevor ihr wieder zu lachen beginnt: Mir ist selbst klar, dass das unendlich weit hergeholt ist. Aber zu einem neuzeitlichen Motiv könnte dieser innere Zwang doch einen kleinen Teil beigetragen haben …, oder?« Eva sah etwas kläglich drein, als ihr bewusst wurde, wohin sie sich nun verrannt hatte.

Wanner und Berger blickten sich an. Dann schüttelten beide heftig den Kopf, und Florian sagte: »Also, jetzt geh aber! Des isch wirklich sehr herg'holt! Wenn's auch logisch aufgebaut ist. Aber … naa, des kann ned sein, oder Paul?«

Der verzog das Gesicht. »Allmählich glaub ich alles, vor allem Sachen, über die ich noch vor kurzem lauthals gelacht hätte. Selbst wenn es so wäre, nützen würde uns diese Erkenntnis nicht viel bei der Aufklärung, denn einem Richter dürften wir mit diesen Überlegungen nicht kommen. Der würde daraufhin jeden Angeklagten sofort freisprechen. Nein, lassen wir mal die beiden Skelette beiseite. Das Einzige, was uns im Augenblick noch an der Steinzeit interessieren sollte, sind die teuren Schmuck- und Steinwerkzeugfunde. Wer hat die Sachen versteckt? Ich gehe davon aus, dass der Mord auf Schneiderküren damit zusammenhängt. Suchen wir also nach weiteren Verdächtigen. Frau Kohler steht ja schon mal auf der Liste. Ihr Auftreten bisher hat nicht dazu beigetragen, das Gegenteil anzunehmen. Ich würde vorschlagen, dass Eva sich ihrer annimmt und über sie und ihr Umfeld ermittelt. Du, Florian, und ich suchen nach weiteren Personen, die ein Motiv gehabt hätten, Brugger zu töten ... Entschuldigung ...«, setzte er hinzu, als sein Handy klingelte. »Ja?«

Er lauschte, dann antwortete er: »Danke dir! Wir fahren gleich hier weg.«

Dann seufzte er erleichtert auf. »Endlich ...«

18

Der Hauptkommissar legte das Handy zur Seite und wandte sich an Eva und Florian.

»Der Alex Riedle hat mir gerade mitgeteilt, dass die Frau vom Hölloch so gut wie identifiziert ist. Ein gewisser Dr. Zick, Zahnarzt in Oberstdorf, hat eine Vermisstenmeldung aufgegeben. Seine Frau, die ihre Mutter besuchen wollte, sei dort nie angekommen und habe sich auch seitdem nicht mehr gemeldet. Ihr Name ist Marion Zick, zweiundvierzig Jahre alt, wohnhaft in Oberstdorf, Ludwigstraße 2a. Ihr Mann hat dort eine Zahnarztpraxis, im ersten Stock liegt die Wohnung. Wir sollten auf der Heimfahrt mal dort vorbeischauen und mit Zick sprechen. So weit die Informationen. Nun wird vielleicht auch klar, warum sich bisher niemand gemeldet hat, der die Frau vermisste. Dr. Zick war vermutlich der Meinung, dass seine Frau bei ihrer Mutter war, und hat sich deswegen nicht weiter gekümmert. Flori, willst du mitkommen?«

Der schüttelte den Kopf. »Des könnt's ihr zwei auch allein. Erst wenn sich herausgestellt hat, dass es wirklich Marion Zick ist, die ihr aus dem Hölloch geholt habt, kann ich mich ja vielleicht einschalten.«

»Gut, ist okay. Du könntest ja in der Zwischenzeit

noch mal zu der Vermieterin von Brugger gehen und ihr ein paar Fragen stellen. Sie gehört zu seinem näheren Umfeld, vielleicht weiß sie doch mehr, als sie zugibt.«

Nachdem Berger dies zugesagt hatte, verabschiedeten sich Wanner und Eva Lang und fuhren nach Oberstdorf. Dank eines großen Hinweisschildes fanden sie die Zahnarztpraxis ziemlich schnell. Das Haus lag in einem Garten, der zur Straße hin mit Büschen und zwei Bäumen bewachsen war. Auf einem weiteren Schild neben der Haustür stand: Dr. Rolf Zick – Zahnarzt – Implantationen.

Wanner läutete, sogleich ertönte der Summer, und die Haustür sprang auf. Sie gingen die drei Stufen nach oben und standen vor einer weißen Tür, die nur angelehnt war. Wanner klopfte, und sie betraten auf ein »Herein« den Patientenwarteraum. Hinter einer halbhohen, weiß gestrichenen Trennwand saß eine junge Frau vor einem Bildschirm. Sie schob die Brille hoch und blickte auf. »Ja, bitte?«

Wanner hielt seinen Dienstausweis über die Abtrennung. »Wanner, Kripo Kempten, und das ist meine Kollegin Lang«, stellte er sie vor und setzte hinzu: »Könnten wir Herrn Dr. Zick sprechen?« Er konnte auf ihrem Namensschild Gudrun Abel, MTA, entziffern.

Sie sah unschlüssig aus. »Worum handelt es sich denn? Um seine Frau? Der Chef ist mitten in einer Behandlung.«

»Was wissen Sie von seiner Frau?« Eva Lang hatte die Frage gestellt, während sich Wanner schnell im Raum umschaute.

»Ich weiß nur, dass sie verschwunden sein soll und der Chef die Polizei benachrichtigt hat. Ihr ist doch hoffentlich nichts passiert?«

»Das wissen wir noch nicht. Wie lange dauert die Behandlung noch? Könnten Sie das bitte Ihren Chef mal fragen?«

Gudrun Abel stand auf und ging in einen Nebenraum, aus dem das Geräusch eines Bohrers zu hören war. Als Eva dies hörte, griff sie unwillkürlich an ihre linke Wange. Seit einigen Tagen hatte sie Anzeichen von Zahnschmerzen gespürt. Schon der Gedanke an den Bohrer machte sie nervös.

»Die Behandlung dauert noch etwa eine halbe Stunde, dann steht Ihnen der Chef zur Verfügung«, teilte ihnen Frau Abel mit, als sie wieder in den Warteraum kam.

Wanner blickte auf die Uhr. »Gut, wir gehen noch ein bisschen spazieren und kommen rechtzeitig zurück.«

Die beiden verließen das Haus und wandten sich auf der Lorettostraße in südliche Richtung. Die Oberstdorfer Berge zogen automatisch ihre Blicke auf sich. Himmelsschrofen, Schattenberg und Rubihorn grenzten unmittelbar an den Ort, dahinter die Hochalpen. Jenseits des Ortes waren die Sprungschanzen zu erkennen, wo nach Weihnachten die Vier-Schanzen-Tournee begann.

»Also, wir machen uns nur ein erstes Bild von dem Mann. Sein Umfeld zu erkunden wäre die nächste Aufgabe. Wir müssen feststellen, ob er selbst ein Motiv gehabt hätte, seine Frau oder Brugger oder beide zu beseitigen. Das sind unsere Routinefragen, die wir allen

Beteiligten stellen müssen. Aussortieren können wir dann immer noch. Wir wollen aber den Zahnarzt nicht gleich verprellen. Die Fragen werden sich aus dem Gespräch ergeben.«

Eva blieb plötzlich abrupt stehen. »Erinnerst du dich an das Notizbuch, das die Spusi aus dem Rucksack der Toten geholt hat? Da war doch eine Zeichnung drin von einem Gebiss und der Lage eines Zahnimplantates. Merkst du etwas? Hier Zahnarzt, dort Zeichnung vom Gebiss der Toten. Ist das ein Zufall?«

Wanner, der gerade die viergipfelige Höfats betrachtet hatte, war ebenfalls stehen geblieben. »Du hast recht! Zu viel Zufall, oder?«

»Sollen wir den Zick damit konfrontieren? Ich habe zwar das Notizbuch nicht mit, es liegt bei uns im Büro, aber man könnte ja mal …«

Wanner wiegte den Kopf. »Ich weiß nicht, vielleicht warten wir noch mal und sprechen wieder vor, wenn wir das Büchle dabeihaben.«

Eine halbe Stunde später kehrten sie in die Zahnarztpraxis zurück. Dr. Zick hatte seine Behandlung beendet und sprach gerade mit Frau Abel. Er wandte sich um und begrüßte die beiden kurz. Dann bat er sie in sein Büro nebenan. Der Zahnarzt mochte Anfang fünfzig sein. Er war schlank, hatte aber ein rundliches Gesicht. Der weiße Arztkittel ließ von seiner Kleidung lediglich eine blau-weiß gemusterte Krawatte zu einem weißen Hemd und dunkle Hosenbeine sehen. Ein untrüglicher Haarausfall ließ ihn älter erscheinen, als er tatsächlich war. Seine grauen Augen waren mit Neugier, aber auch Misstrauen auf die beiden Polizisten gerichtet.

»Kommen Sie wegen meiner Frau? Hat man sie schon … erreichen können?« Er vermied deutlich das Wort »gefunden«.

»Haben Sie noch nichts von ihr gehört?«, fragte Wanner zurück.

Dr. Zick schüttelte den Kopf. Seine Blicke irrten zwischen den beiden Besuchern hin und her. »Nein, schon seit ein paar Tagen nicht. Ich dachte nämlich, sie sei bei ihrer Mutter, wo sie hinwollte, und habe mich nicht weiter gekümmert. Doch jetzt habe ich meine Schwiegermutter in Illertissen angerufen. Sie sagte mir, dass Marion nicht gekommen sei. Das beunruhigt mich sehr. Wo sollte sie sein?«

»Haben Sie vielleicht ein Foto von Ihrer Frau?«, fragte Eva.

»Ja, warten Sie mal.« Der Zahnarzt holte aus einer Vitrine ein Foto in Postkartenformat heraus und reichte es Eva. Man sah darauf eine dunkelhaarige Frau neben Dr. Zick, der seinen Arm um sie gelegt hatte. Das Lächeln der beiden sah etwas gekünstelt aus.

Wortlos gab Eva Lang das Foto an Wanner weiter und schaute ihn bedeutungsvoll an.

Wanner erkannte auf den ersten Blick die Tote vom Hölloch. »Meinst du auch?«, wandte er sich an Eva, die nickte. »Sicher.«

»Also, Herr Dr. Zick, da haben wir Ihnen leider eine ganz schlechte Nachricht zu überbringen. Vor drei Tagen haben wir eine tote Frau aus dem Hölloch im Kleinwalsertal geborgen. Nach diesem Foto hier ist die Tote mit großer Wahrscheinlichkeit Ihre Frau …« Er hielt inne.

Dr. Zick sah ihn mit vor Schreck geweiteten Augen an und schluckte. »Meine Frau ist tot?«

Wanner reichte ihm das Foto der Toten, das auch in der Zeitung erschienen war.

»Sehen Sie sich das Bild bitte genau an. Außerdem müssten wir Sie gegebenenfalls bitten, die Tote zu identifizieren.«

Der Zahnarzt nahm das Foto und schaute lange darauf. Dann gab er es zurück und erklärte heiser: »Das ist zweifellos meine Frau.«

»Das tut uns sehr leid! Sind Sie trotzdem in der Lage, uns einige Fragen zu beantworten?«

Dr. Zick nickte stumm.

»Wann haben Sie Ihre Frau das letzte Mal gesehen?«

»Das war … am letzten Donnerstag. Da hat sie mir beim Frühstück mitgeteilt, dass sie zu ihrer Mutter fahren und dort ein paar Tage bleiben möchte. Danach bin ich wie immer in meine Praxis gegangen. Seither habe ich Marion nicht mehr gesehen.«

»Hat es Streit zwischen Ihnen gegeben?«

»Wieso Streit, wie kommen Sie denn darauf?« Die Augen des Zahnarztes begannen zu flackern.

»Bitte antworten Sie nur auf meine Fragen. Also, gab es Streit?«

Dr. Zick schüttelte den Kopf. »Nein.«

»Hat Ihnen Ihre Frau erst am Morgen beim Frühstück gesagt, dass sie verreisen wolle? Ist das nicht ungewöhnlich? So was bespricht man doch schon ein paar Tage vorher.«

»Meine Frau hat immer schnelle Entschlüsse gefasst, insofern hat mich das nicht überrascht.«

»Haben Sie bei Ihrer Frau in der letzten Zeit etwas Ungewöhnliches bemerkt? War sie nervös?«

»Marion war immer nervös. Aber sonst ist mir nichts aufgefallen.«

»Hatte Ihre Frau Feinde?«

»Nicht, dass ich wüsste …«

»Entschuldigung, aber ich muss das fragen: Hatte Ihre Frau vielleicht einen anderen Mann kennengelernt?«

Dr. Zick hob einen Augenblick die Brauen, dann antwortete er unsicher: »Das hätte ich gewusst, nein, das glaube ich nicht!«

»Wo waren Sie zum fraglichen Zeitpunkt, also am vergangenen Freitag?«

»Ich muss schon bitten! Verdächtigen Sie etwa mich, meine Frau umgebracht zu haben?« Der Zahnarzt blickte zornig auf.

»Nur eine Routinefrage! Also, wo waren Sie?«

»Das ist leicht zu beantworten: Ich habe an einem Zahnärztekongress in Kempten teilgenommen. Sie können das leicht nachprüfen. Erstens stehe ich auf der Teilnehmerliste, und zweitens haben mich genug Kollegen gesehen.«

»Gut, wir werden das nachprüfen. Wie gesagt, alles nur Routinefragen. Denken Sie daran: Wir müssen ein Gewaltverbrechen aufklären.«

Dr. Zick nickte, ohne Wanner anzublicken. »Ja, ist mir schon klar. Hoffentlich kriegen Sie den Täter bald.«

»Wir geben uns alle Mühe. Sagt Ihnen der Name Horst Brugger etwas? Der Mann wohnte in Riezlern.«

Der Zahnarzt sah Wanner an. »Brugger? Nein … kenn ich nicht.«

»Danke, das war's dann schon … für heute. Haben Sie vor, in der nächsten Zeit zu verreisen? Nein? Gut, dann wünschen wir Ihnen viel Kraft, um diesen Schicksalsschlag zu ertragen. Bitte kommen Sie zur Identifizierung Ihrer Frau. Mein Kollege macht mit Ihnen einen Termin aus und begleitet Sie. Wir können Ihnen das leider nicht ersparen.«

Dr. Zick nickte und begleitete sie bis zur Tür. »Auf Wiedersehen!« Dann drehte er sich abrupt um und ging zu seinem Schreibtisch.

Auf der Heimfahrt nach Kempten war Paul Wanner ungewöhnlich redselig. Sie gingen das Gespräch mit dem Zahnarzt noch einmal durch.

»Wenn ich gefragt würde«, sagte Eva und wandte sich Wanner zu, »dann würde ich sagen: An diesem Dr. Zick ist so manches unklar, sowohl an seinem Verhalten als auch an seinen Antworten auf deine Fragen. Und das Alibi, na ja, ich weiß nicht. Die Teilnehmerliste kannst du vergessen, denn die Listen werden immer nach den Anmeldungen zusammengestellt, und anmelden kann sich auch einer, der dann nicht kommt. Und dass ihn Teilnehmer gesehen hätten, das kann schon sein. Wenn jemand etwas anstellen und unerkannt bleiben möchte, kann er zum Beginn einer Veranstaltung dort sein, verschwinden, dann wieder erscheinen und nebenbei seinen Kollegen erzählen, ihm wäre übel gewesen, weil er am Abend vorher etwas Schlechtes gegessen hätte. Also …« Eva verstummte.

»Du bist ganz schön in Fahrt, um diesen Zick zu überführen. Aber so weit sind wir noch nicht. Zuerst müssen wir versuchen, die Zusammenhänge zwischen den Morden herzustellen, dann können wir zuschlagen. Mach dir bitte, wenn wir wieder im Büro sind, ein paar Notizen von dem Gespräch und füge deine Gedanken von vorhin dazu. Die sind nämlich durchaus brauchbar.« Wanner lächelte vor sich hin.

»Und was machen wir mit Pfarrer Aniser?«

»Auch notieren. Je mehr Puzzleteile wir haben, umso schneller kann die Falle zuschnappen.«

»Sollen wir nicht erst mal getrennt ermitteln, Schneiderküren und Aniser sowie Hölloch und Dr. Zick?«, schlug Eva vor.

»Wir machen es so, wie wir es besprochen haben. Jetzt kommt natürlich noch der Zahnarzt dazu. Da muss uns der Alex im Büro die Arbeit dort abnehmen, damit wir zwei zeitlich ungebunden handeln können. Ich glaube, es wird sich von selbst eine Brücke zwischen den beiden Fällen ergeben, das hab ich so im Gespür.«

Mit einem »Na schön!« lehnte sich Eva im Sitz zurück und schloss die Augen. Wenn es der Chef so haben wollte, dann eben so.

Kurze Zeit später war sie eingeschlafen, ihr Kopf rutschte hin und her. Wanner verlangsamte das Tempo und ging vorsichtiger in die Kurven. Er wusste, wie mächtig einen die Müdigkeit überfallen konnte, wenn die größte Anspannung nachgelassen hatte.

Und sie mussten jetzt erst mal diesen Tag aufarbeiten.

19 Florian Berger war noch am gleichen Nachmittag zu Sonja Stark gefahren. Sie bewohnte in einem Vierfamilienhaus die Erdgeschosswohnung. Auf sein Läuten dauerte es etwas, bevor sich die Tür öffnete. Die Vermieterin von Horst Brugger machte einen unausgeschlafenen Eindruck, was Berger mit einigem Erstaunen feststellte. Schließlich war es schon Nachmittag.

»Grüß Sie, Frau Stark! Haben Sie ein paar Minuten Zeit für mich? Ich hätte da noch einige Fragen an Sie.«

Sonja Stark zögerte etwas. Dann trat sie zur Seite. »Kommen Sie rein! Aber sehen Sie sich nicht zu genau um. Ich habe heute noch nicht aufgeräumt, weil ich eine Bergtour gemacht habe.«

»Ah, Sie sind Bergsteigerin? Wo sind Sie denn gewesen?«

»Ich bin mit der Kanzelwandbahn raufgefahren und dann zur Hammerspitze gelaufen …«

»Tüchtig, tüchtig! Das gibt Kondition, nicht wahr?«

Frau Stark gähnte verhalten, dann nickte sie. »Ja, außerdem muss man ja auch was für die Figur tun.«

»Aber Sie doch nicht«, erwiderte Berger und ließ seinen Blick über den Körper von Sonja Stark gleiten.

»Sie sind doch bestimmt nicht wegen einer Bergtour oder meiner Figur hier? Also, was kann ich für Sie tun?«

Sie waren inzwischen ins Wohnzimmer gegangen, wo Berger sich in einem Sessel niederließ, dessen Federung so weich war, dass der Polizist mit einigem Bangen dem Aufstehen entgegensah.

Sonja Stark setzte sich ihm gegenüber auf die Couch und sah ihn an. »Also?«

»Sie sind Masseurin, stimmt's?«, begann Berger vorsichtig. Er führte die Befragung in Hochdeutsch.

»Ja, seit beinahe fünfzehn Jahren. Warum?«

»Nun, für Ihren Beruf braucht man sicher starke Arme und gelenkige Finger. Trainieren Sie manchmal auch mit Hanteln?«

»Ich kapier Ihre Frage nicht! Was soll das werden?«

»Gehen Sie einfach auf meine Fragen ein, bitte!«

»Klar kriegt man starke Arme, und die Muskulatur am Oberkörper nimmt zu, das ergibt sich von selbst. Dazu brauche ich keine Hanteln.«

»Ich muss Sie, wie die anderen auch, fragen, wo sie zum Tatzeitpunkt, also am letzten Freitag, waren?«

»Es kommt noch so weit und Sie verdächtigen mich, Horst Brugger getötet zu haben … Ja, ja, ich weiß, ich soll Ihre Frage beantworten.«

Täuschte sich Berger, oder machte sich Unsicherheit bei Sonja Stark bemerkbar?

»Also, ich habe auch da eine Bergtour gemacht, und zwar zum Hehlekopf. Über den Gerachsattel. Das Herbstwetter ist gerade so günstig«, setzte sie noch hinzu.

»Sie sind nicht zufällig nebenan am Ifen gewesen und

bei der Rückkehr über das Gottesackerplateau und das Kürental abgestiegen?« Berger behielt sie scharf im Auge.

Ein nervöser Blick traf ihn. »Nein, sondern über die Schwarzwasserhütte, vielleicht erinnert sich dort jemand an mich.«

»Sind Sie auch beim Naturschutz aktiv? Ja? Wie soll es jetzt dort weitergehen? Brugger ist tot, kommt die Josefine Kohler als Stellvertreterin automatisch an die Spitze?«

»Ja, bis zur nächsten Neuwahl. Die wird Ende des kommenden Jahres sein. Wir werden auch unter ihrer Führung den Schutz der Natur vorantreiben und alle Bauten zu verhindern suchen, die nicht unbedingt notwendig sind.«

»Na ja, das ist die eine Sache. Eine andere wäre, den Ausgleich zwischen Ökonomie und Ökologie zu suchen, ohne Kompromisse geht es nicht, glaub ich.«

»Da könnte man jetzt stundenlang diskutieren …«

Berger unterbrach sie. »Um Gottes willen, nein! Ich hab wirklich anderes zu tun. Noch mal zurück. War Ihr Verhältnis zu Horst Brugger rein geschäftlicher Natur?«

Sonja Starks Augen schlossen sich etwas. Sie drehte den Kopf und betrachtete ein Bild, das den Hohen Ifen vom Walmendinger Horn aus zeigte. Dann erwiderte sie, wobei sie sich räuspern musste: »Wenn man zusammenarbeitet und die gleichen Interessen verfolgt, kommt man sich natürlich näher. Das wird Ihnen auch so gehen, denken Sie mal an Ihre Kollegen bei der Polizei! … Es gibt im Leben nicht nur ein Schwarz oder Weiß, ein Ja oder Nein, sondern viele Modalitäten dazwischen. So zum Beispiel …«

»Sie weichen mir aus. Es genügt, wenn Sie mir meine Frage tatsächlich nur mit Ja oder Nein beantworten.«

Berger hatte das deutliche Gefühl, dass ihm Sonja Stark dieses Ja oder Nein verweigern wollte und zog seine Schlüsse daraus.

Die Frau erhob sich. »Tut mir leid, ich habe jetzt gleich noch einen Termin.«

Als Berger wieder auf der Straße stand, überlegte er sich den nächsten Schritt. Die Zeit würde für ein weiteres Gespräch ausreichen. Er schaute zum Fenster von Sonjas Wohnung. Täuschte er sich, oder hatte sich der Vorhang dort bewegt?

Er wollte das angegebene Alibi gleich überprüfen und fuhr zur Talstation der Kanzelwandbahn. Vielleicht erinnerte sich ja jemand an Sonja Stark. Er wunderte sich schon bei der Einfahrt zum Parkplatz, dass dort kaum ein Auto stand. An der Kasse hing ein Zettel, auf dem stand: »Kanzelwandbahn wegen technischer Überprüfung vom 23. bis 25. September geschlossen.«

Und heute war der 24. 9., also konnte Sonja Stark gar nicht auf die Kanzelwand gefahren und von dort zur Hammerspitze gelaufen sein. Das war ja interessant! Warum log ihn die Frau an?

Florian ging, einer Eingebung folgend, hinüber zum Rathaus und suchte seinen Freund Andreas Sommer auf, der für das Meldewesen im Kleinwalsertal zuständig war. Vielleicht wusste der etwas über die Stark.

Er musste kurz warten, dann holte ihn Andreas in sein Büro. Der Freund war im gleichen Alter wie Berger, sie kannten sich seit der Schulzeit. Gelegentlich trafen sie sich, zusammen mit dem Schwager von Andreas, zu einem zünftigen Skat, bei dem Berger regelmäßig den Kürzeren zog.

Sommer fuhr sich mit den Fingern durch seinen dichten schwarzen Haarschopf und bot Florian einen Stuhl an. »Setz dich, Flori. Schön, dass du mich mal besuchen kommst. Und, was führt dich hierher? Willst du den nächsten Skatabend ausmachen?« Er lachte und nahm ebenfalls Platz.

»Na, heut ned! Aber i hätt a Frage, bei der du mir vielleicht behilflich sein könntscht.«

»Also schieß los. Wo brennt's?«

»Kennst du eine Sonja Stark, wohnt hier in Riezlern, Egg vierundzwanzig?«

»Die Masseurin? Ja, so flüchtig. Lebt allein, wenigstens mehr oder weniger.« Er lachte verhalten.

»Was meinst damit? Hat sie Freunde oder so?«

»Eher oder so. Sie soll ja mit deinem Toten von Schneiderküren auch ein Techtelmechtel gehabt haben …«

»Mit dem Horst Brugger?«, fiel Berger ihm ins Wort.

»Ja, so hieß er. Sie wohnten ja im gleichen Haus und wurden öfters draußen zusammen gesehen. Du weißt, hier im Tal bleibt nix verborgen!«

Florian starrte Andreas an. »Bist du sicher? Des isch für mich äußerst wichtig. Es wär wieder ein Puzzleteil für unsre Ermittlungen.«

Andreas Sommer stutzte ein wenig, dann antwortete er: »Na ja, dabei war ich nie. Aber diese Beobachtungen stammen nicht von mir allein, ich weiß es auch von meinem Schwager. Und die dir ebenfalls bekannte Tratsche

Neuhauser Kathi hat diese Neuigkeiten schon seit langem herumerzählt. Und was die auf diesem Gebiet sagt, das stimmt auch, meistens.«

Berger begann zu überlegen. Da hatte er jetzt vielleicht dem Kollegen Wanner etwas voraus, der in Kempten saß und im Büro Puzzleteile suchte.

»Wenn die Stark was mit ihrem Mieter Brugger hatte, dieser jetzt tot isch … na ja, da könnt's doch was mit dem Mord zu tun g'habt haben …«

Andreas schaute seinen Freund an. »Meinst wirklich? Des wär ja ein Ding, Menschenskind!«

»Wo wohnt denn diese Neuhauser Kathi? Hat die vielleicht sogar ein Telefon, oder b'sorgt sie sich ihr Wissen nur aus persönlich Zusammengetragenem?«

»Warum? Was willst denn von ihr wissen? Ich möchte natürlich nicht, dass es morgen im ganzen Tal heißt, im Meldeamt der Gemeinde sitzt ein Klatschmaul namens Andreas Sommer.«

»Kei Angscht! Wir send ziemlich verschwiegen. Also, wenn man die Kathi anrufen und sie fragen könnt, ob sie ned in einem Mordfall eine wichtige Aussage machen tät, könnt sie vielleicht anbeißen. Solche Tratschen send immer stolz, wenn man ihnen des Gefühl gibt, man sei auf ihre Kunst ang'wiesen. Hab's selber schon ein paar Mal erlebt, dass die dann gar nimmer aufhören zu reden. Danach muss man halt aussortieren, was in der Aussag' Kunst und was Krempel war.«

»Ich mach dir einen Vorschlag. Ich ruf die Neuhauser an, hab grad im Telefonbuch ihren Namen entdeckt, und sag ihr, dass bald ein Ermittlungsbeamter der österreichischen Kripo vorbeikommt, weil er gehört hat, dass sie über gewisse Vorgänge im Tal genau Bescheid weiß und ihm sicher bei seinem Ermittlungen behilflich sein könnte. Vielleicht sollte man ihr noch sagen, dass es ohne ihr Zutun gar nicht möglich wäre, diesen Fall zu lösen …«

»Also, jetzt hörscht aber auf! So dick brauchst auch wieder ned aufzutragen. Aber probier's und gib mir dann ihre Nummer zwecks Termin.«

Sommer wählte die Nummer von Kathi Neuhauser. Sie war nicht zu Hause, bat aber, auf den Anrufbeantworter zu sprechen. Andreas informierte sie kurz: »Herr Berger wird Sie demnächst anrufen. Es wäre für die Polizei sehr wichtig, wenn Sie ihn empfangen könnten. Auf Wiederhören.« Mit einem ironischen Lächeln legte er dann auf.

»I bin dir was schuldig«, meinte Berger und erhob sich.

»Kannst ja beim nächsten Skat wieder den Letzten machen.« Sommer lachte und verabschiedete sich von seinem Freund, der ihm mit dem Finger drohte. »Und es werden Zeiten kommen, da werdet ihr vor mir zittern, wenn ich nicht der dritte, sondern der erste Mann in eurer Skatrunde bin.«

»Da musst aber noch fest üben!« Andreas Sommer winkte ihm zum Abschied zu und schloss grinsend die Tür.

20 Paul Wanner berief eine Konferenz ein, bei der die bisherigen Ergebnisse besprochen werden sollten. Neben Eva Lang und Alex Riedle waren noch Staatsanwalt Max Riegert, Kripochef Jürgen Mollberg, Hans Kern von der Spurensicherung und Florian Berger geladen. Sie versammelten sich zur angegebenen Zeit im Konferenzzimmer.

Wanner trat vor die Magnettafel und begann mit seiner Zusammenfassung. Er schilderte die bisherigen Schritte zur Lösung der beiden Mordfälle, die er für zusammenhängend befand und sie deshalb auch parallel darstellte. Dann ging er auf die gute Zusammenarbeit mit der Polizei in Hirschegg ein und lobte Berger als klugen Mitarbeiter mit viel Erfahrung, worauf dieser einen roten Kopf bekam und abwinkte.

Bisher, so Wanner, habe sich herausgestellt, dass es vier Verdächtige gab: Josef Kandelholz, sein Motiv: Streit mit Drohungen um Bahnbau. Josefine Kohler, ihr Motiv: Ehrgeiz. Sonja Stark, ihr Motiv: Eifersucht, und Dr. Rolf Zick, sein Motiv: noch nicht geklärt. Als Verbindung könnte sich die Tatsache erweisen, dass Marion Zick geheime Papiere bei sich hatte, die vermutlich mit Horst Brugger in Zusammenhang gebracht werden könnten.

Außerdem hatte Berger von seinem Besuch bei Andreas Sommer berichtet und von der Verbindung Sonja Stark/Horst Brugger.

»Na ja«, meldete sich der Staatsanwalt anschließend zu Wort, »hin oder her gesehen, viel ist das ja nun noch nicht. Ich glaube, wir müssen die Ermittlungen intensivieren, um ans Ziel zu kommen, bevor die Zeit verrinnt und Spuren verloren gehen ...«

Der Kripochef hob unwirsch den Kopf. »Wir tun, was machbar ist, Herr Staatsanwalt. Wenn wir die Gedankengänge, die Herr Wanner vorgetragen und die er mit seinem Team und Herrn Berger entwickelt hat, in Betracht ziehen, ergeben sich für mich doch schon deutliche Hinweise, die zum Täter oder zu den Tätern führen könnten. Natürlich bleiben wir intensiv an der Aufklärung dran, das ist doch selbstverständlich. Aber ich möchte bei dieser Gelegenheit darauf aufmerksam machen, dass wir zurzeit nicht mehr Leute zur Verfügung haben. Auch möchte ich mich bei Herrn Berger von der Polizei Kleinwalsertal für seine Kooperation herzlich bedanken.«

Wanner unterdrückte mühsam ein Grinsen. Das hatte der Riegert jetzt davon! Zack, und Mollberg hatte es ihm zurückgegeben. Prima, der Chef nahm sie in Schutz, wie es sich gehörte. Leider war das nicht überall so, wie er von anderen Kollegen zu hören bekam.

Der Staatsanwalt ging nicht näher auf die Äußerungen ein, sondern wandte sich an Kern. »Können Sie uns ergänzend zum bisher Gesagten ein genaueres Bild von Ihren Untersuchungsergebnissen geben?«

Hans Kern schielte zu Paul Wanner hinüber, dann

räusperte er sich. »Fangen wir mit dem Mord auf Schneiderküren an. Dort hat es sich herausgestellt, dass Brugger mit einem großen Stein und einem Feuersteindolch getötet wurde. Die Figur in seiner Tasche, jetzt Küri genannt, stammt mit größter Wahrscheinlichkeit aus dem später aufgefundenen ›Schatz‹, bestehend aus Schmuck und Steinwerkzeugen. Möglicherweise wurde als Tatwaffe sogar eins dieser Steinwerkzeuge benutzt. Daran arbeiten aber noch die Kollegen in Innsbruck. Unweit des Tatortes aufgefundene Skelettteile haben sich als steinzeitlich erwiesen und konnten einem Mann und einer Frau sicher zugeordnet werden. Sie haben aber keine Verbindung zu dem neuen Todesfall, auch wenn sie aufgrund der noch erkennbaren Verletzungen seinerzeit ebenfalls ermordet worden sein dürften.

Bei der Toten am Hölloch, Marion Zick, konnten wir keine verwertbaren Spuren sicherstellen. Herr Wanner hat aber an einer Stelle in der Nähe des Höllochs ein Papiertaschentuch gefunden, in dem wir Spuren festgestellt haben, die bei einem DNA-Abgleich herangezogen werden können. Allerdings brauchen wir dazu eine Vergleichsperson. Die Verletzungen der Frau waren sehr schwer, dennoch ließen sich Spuren am Hals der Toten und an ihren Händen feststellen, die auf gewaltsame Einwirkung vor dem Sturz schließen lassen. Die DNA von Gewebeteilen unter ihren Fingernägeln war identisch mit der aus dem aufgefundenen Taschentuch. Dies lässt darauf schließen, dass wir mit großer Sicherheit die DNA des Mörders sichergestellt haben.«

»Na gut, das ist ja schon mal etwas!« Der Staatsanwalt bemühte sich um Schadensbegrenzung.

In der nachfolgenden Diskussion ging es hauptsächlich um die weiteren Schritte.

Die Besprechung dauerte fast zwei Stunden. Wanner sah öfter auf die Uhr, ihm brannte die Zeit auf den Nägeln. Er wollte schließlich mit seinen Ermittlungen fortfahren. Berger beobachtete ihn amüsiert, schaltete sich aber meist nur nach Aufforderung ins Gespräch ein.

Nach abschließenden und zugleich aufmunternden Worten von Kripochef Mollberg wurde die Konferenz beendet und einige der Teilnehmer verließen den Raum.

Berger blieb bei den drei Kommissaren. »Da geht's aber preußisch zu bei eurem Staatsanwalt. Es tut doch eh jeder, was er kann, oder?«

Eva und Alex stimmen ihm nickend zu.

Wanner zuckte mit den Schultern. Er war es gewöhnt, dass den »Oberen« immer alles zu langsam ging. Dabei hatten sie, bis auf wenige Ausnahmen, keine Ahnung, was Ermittlungsarbeit wirklich bedeutete. Wie viel öde Klein- und Kleinstarbeit wirklich dahintersteckte, wussten nur diejenigen, die diese Arbeiten erledigen mussten. Aber was soll's, dachte er, wir machen einfach weiter, wie wir es gelernt haben und wie es bisher immer zum Erfolg geführt hat.

»Als Nächstes gehen wir zwei«, er wandte sich an Berger, »zur Kathi Neuhauser und befragen sie. Ihr«, er deutete auf Eva und Alex, »nehmt's euch mal das Umfeld dieses Zahnarztes vor. Großes Programm! Alle seine Verbindungen, alle Informationen über das Zusammenleben mit seiner Frau, et cetera, et cetera.«

Berger blickte nun seinerseits auf die Uhr. »Also, wir

könnten heut noch zu der Neuhauser und sie befragen. Ich hab ihr schon mal eine Nachricht hinterlassen. Wie ich die kenn', ist die so neugierig, dass sie den ganzen Tag auf uns wartet und wahrscheinlich sogar ihr bestes Kleid dazu angezogen hat!« Er lachte vor sich hin.

Berger und Wanner verabschiedeten sich von den Kollegen und fuhren, jeder mit seinem PKW, nach Riezlern. Beide dachten über die Konferenz und die dazugehörigen Aussagen nach, und beide kamen unabhängig voneinander zum gleichen Schluss: Sie waren auf der richtigen Spur und sollten ihre Ermittlungen in der bisherigen Art fortsetzen.

Wanner hatte kaum einen Blick für den Grünten übrig, der sich eine Wolkenhaube aufgesetzt hatte. Auch die Allgäuer Hauptkette war bereits im Dunst verschwunden. Das Wetter würde wohl umschlagen. Gut, dass es bisher gehalten hatte und sie ihre Ermittlungen in der freien Natur ungestört hatten vornehmen können. Ein Abstieg ins Hölloch bei Regen – nein danke, das wäre lebensgefährlich. Ein Aufstieg nach Schneiderküren, wenn einem das Wasser den Rücken hinunterlief? Ebenfalls danke, es gab da wohl Besseres!

21 Katharina Neuhauser, genannt Kathi, wohnte in der gleichen Straße wie Sonja Stark. Sie konnte leicht bis zu deren Haus sehen und Fenster und Tür ins Visier nehmen. Insofern wären ihre Aussagen vielleicht doch recht brauchbar, sagte sich Wanner, als er dies mitbekam.

Sie wohnte in einem Dreifamilienhaus, dessen Vorgarten nicht so gepflegt war wie der von Pfarrer Aniser. Zur Straße hin war lediglich Gras zu sehen, Rasen konnte man dieses Stück beim besten Willen nicht nennen, dazu war es zu hoch gewachsen. Eine kümmerliche Kiefer fristete im Schatten des Hauses ihr Dasein. Mit einiger Phantasie war noch ein Beet auszumachen, in dem vermutlich Rosen hätten wachsen sollen, was aber im jetzigen Zustand nur noch zu erahnen war. Auf dem Weg zur Haustür hatte Wanner diesen Vorgarten mit einem schnellen Blick erfasst. Na ja, wer ratscht und tratscht, hat keine Zeit für Gartenarbeiten, dachte er amüsiert.

Er läutete, und Kathi Neuhauser öffnete. Wie Berger vorhergesagt hatte, trug die Frau ein für einen Werktag viel zu gutes Kleid, das ihre kleine und ziemlich gedrungene Figur hautnah nachzeichnete und bedenkliche Wülste sehen ließ. Ihr mittelblondes Haar war hochgesteckt, wie bei kleineren Frauen öfters zu beobachten war. Sie mochte Anfang fünfzig sein, hatte aber dank des dicklichen Gesichtes keine Falten. Zu dem guten Kleid passten die Filzpantoffel weniger, die sie anhatte und die ihr offensichtlich zu groß waren, denn sie schlurfte nach der Begrüßung der beiden Polizisten ziemlich laut in die Wohnung voraus.

Berger und Wanner wurden ins Wohnzimmer gebeten, wo sie sich auf den Stühlen niederließen, die ihnen Kathi Neuhauser wortlos hinschob. Der Raum machte von seiner Einrichtung her einen etwas antiquierten Eindruck, der Stil der Möbel erinnerte stark an die sechziger Jahre. Modern waren nur ein Flachbildfernseher und ein PC, der auf einem kleinen Tisch neben dem Fenster stand.

Die Frau dachte gar nicht daran, das Gespräch zu eröffnen. Sie schwieg und sah die beiden aufmunternd an.

Diesmal übernahm Berger die Befragung. »Danke, Frau Neuhauser, dass Sie ein paar Minuten für uns übrig haben«, begann er ernsthaft und blickte die Frau treuherzig an. »Wir wollen Sie auch nicht allzu lange aufhalten, denn wir wissen selbst, wie wertvoll die Zeit ist.«

Kathi Neuhauser nickte gnädig.

»Wie Sie ja sicher schon wissen, haben sich unlängst zwei Todesfälle ereignet, die beide das Tal berühren, auch wenn das Hölloch schon in Bayern liegt«, fuhr Berger fort.

Wieder nickte die Frau.

»Nun haben sich bei unseren Ermittlungen, Herr

Wanner und ich bearbeiten die beiden Fälle gemeinsam, Umstände ergeben, mit denen wir nicht so einfach klarkommen. Wir möchten uns daher jetzt mit einer Bitte an Sie wenden. Als Einheimische wissen Sie ja doch sehr gut Bescheid und könnten uns mit Ihrem großen Wissen weiterhelfen.«

Kathi Neuhauser hatte bei den letzten Worten die Schultern gestrafft. Sie saß nun kerzengerade in ihrem Sessel und bemühte sich, ihr Kleid, das über die Knie hochgerutscht war, wieder nach unten zu ziehen. Dadurch erhielten allerdings die beiden Männer einen unvermeidbaren Einblick in den Ausschnitt des Oberteils von Frau Neuhauser. Sie zog den Ausschnitt nach oben, dabei rutschte das Kleid unten wieder hoch. Im Folgenden war dies ein dauernder Kampf mit der Tücke des Objekts. Kathi war sich durchaus bewusst, dass sie noch manches zu bieten hatte. Nachdem sie Kleid und Ausschnitt etwa in der Mitte ausbalanciert hatte, fragte sie die beiden Polizisten: »Darf ich Ihnen etwas zu trinken anbieten? Ich hätte da einen sanften Roten aus Südtirol oder einen echten Allgäuer Gebirgsenzian ...«

Beide lehnten sowohl den Sanften als auch den Echten dankend ab.

»Sie haben dann doch sicher nichts dagegen, wenn ich mir ein Gläschen einschenke?«, meinte die Gastgeberin und goss sich, ohne auf eine Antwort zu warten, ein großes Glas Rotwein ein. Dann holte sie die Enzianflasche und füllte ein kleines Schnapsglas damit. Zufrieden sagte sie dann: »Also, wenn Sie nichts trinken wollen ... oder doch wenigstens ein Wasser? Nein? Na gut. Dann lassen Sie mal Ihre Fragen hören. Ich kann Ihnen da sicher behilflich sein, was die Klärung Ihrer Fälle angeht. Zum Wohl!« Sie trank die Hälfte vom Wein aus und stellte das Glas mit einem lauten »Ahhh« wieder auf den Tisch.

Berger wechselte mit Wanner einen schnellen Blick, doch der sah todernst in die Luft. Nur wer ihn kannte, wusste, dass er bei dieser Pose vor Lachen kaum noch an sich halten konnte.

Schnell wandte sich Berger wieder der Frau zu, die erneut das Spielchen mit Kleid und Ausschnitt trieb.

»Also, Frau Neuhauser, wir haben gehört, dass Sie Frau Stark von hier schräg gegenüber kennen. Sicher haben Sie schon oft mit ihr gesprochen und können uns etwas über sie erzählen. Wissen Sie, wenn wir Frau Stark selbst befragen, würden wir sicher keine objektive Antwort erhalten. Sie aber können uns mit Ihrer Objektivität da aushelfen.«

Er betonte die Objektivität so stark, dass Wanner schnell ein Taschentuch hervorzog und künstlich hineinschnäuzte, weil er sich nicht mehr beherrschen konnte. Der Flori, der Schlori, dachte er. Tut immer so, als wenn er nicht bis drei zählen könnte, und dann wickelt er diese Tratsche so ein, dass sie gar nicht mehr anders kann, als zu antworten.

Kathi setzte sich wieder zurecht. »Frau Stark? Ja, die kenn' ich. War schon paar Mal zum Massieren bei ihr. Macht sie übrigens gut! Wissen Sie, ich leide schon seit …«

Berger räusperte sich laut.

»Ja, ja, also, na ja, wie soll ich sagen? Die Sonja ist kein Kind von Traurigkeit, wenn Sie wissen, was ich meine.«

Sie beugte sich vor und blinzelte Berger an. Der machte wenigstens den Versuch, an ihr vorbeizuschauen, was ihm nicht ganz gelang. Das Kleid bedeckte mittlerweile wieder die Knie.

»Man sagt, sie hätte schon öfter Männerbekanntschaften gehabt, so mit Übernachten und so … Auch von ihrem Mieter Horst Brugger darf man gewisse Intemi… Imtim…täten sehr stark annehmen.«

»Haben Sie Grund zu dieser Annahme, ich meine, haben Sie mal etwas gesehen?«, fragte Wanner dazwischen.

Kathi kippte den Enzian in einem Zug hinunter. »Klar, hab ich! Die haben mal vergessen den Vorhang zuzuziehen, und ich konnte von meinem Badezimmerfenster aus direkt hinübersehen … na ja, und da haben die beiden, also Sie wissen schon!« Sie drehte sich etwas mehr Richtung Wanner.

»Ach, und da haben Sie dann zugeschaut?«

»Also, was glauben Sie von mir? Ich musste nur weiter aus dem Fenster sehen, weil ich auf meine Freundin gewartet habe.«

»Hm, na lassen wir das. Wie lange ging das mit den beiden?«, schaltete sich Berger wieder ein.

»Na, so zwei Stunden schon …«

»Nein, nein, das meinte ich nicht. Sondern über welchen Zeitraum hat sich deren ›Bekanntschaft‹ nach Ihren Erkenntnissen hingezogen?«

»Ich denke, mindestens ein halbes Jahr. Aber plötzlich war Schluss, und die beiden sahen sich kaum mehr an. Da muss was vorgefallen sein«, setzte sie fast flüsternd hinzu. Dann füllte sie sich einen zweiten Enzian nach.

»Das haben Sie doch inzwischen sicher herausgefunden?«

»Also, ich spionier doch nicht … hick … den Leuten nach, was glauben Sie … hick … denn von mir?«

Ohne ein weiteres Wort trank Kathi den Rest ihres Rotweinglases leer und füllte es wieder nach.

Wanner sah misstrauisch auf die Frau, die langsam glasige Augen bekam. Du meine Güte! Gut, dass sie beide auf extra Stühlen und nicht alle auf einem Sofa saßen, dachte er, man wüsste sonst wirklich nicht mehr, wohin man ausweichen sollte.

»Nein, nein, das wollen wir doch nicht annehmen«, schaltete er sich wieder ein. »Aber man sieht und hört doch so manches, nicht wahr?«

»Ja … wohl, das … tut … man, … hick … 'tschuldigung, muss mal schnell hinaus in die Küche …« Sie erhob sich leicht schwankend und ging mit unsicheren Schritten hinaus.

»Herrgott noch mal, da haben wir uns ja was eingebrockt!«, meinte Berger und blies die Luft durch die Zähne. »Nur gut, dass wir zu zweit hier send, sonst wär vielleicht noch ein Unglück g'schehn! Dieser Frau trau i ja alles zu!«

Wanner nickte und grinste. »Aber wenigstens wissen wir jetzt, dass zwischen der Stark und dem Brugger was gelaufen ist. Jetzt noch, warum die Trennung kam, dann gehen wir hochzufrieden heim und lassen eine Person voll offensichtlicher Sehnsucht zurück.«

»Du kannscht ja bleiben, i jedenfalls fahr heim, so lang's no geht.«

»Nein, danke! Ich komm mit.«

Kathi Neuhauser kam ins Zimmer zurück und setzte sich wieder hin. Ihr Haar war leicht zerzaust und der Lippenstift verschmiert. Wahrscheinlich hatte sie sich übergeben müssen oder Wasser getrunken. Ihre Augen blickten wieder etwas klarer.

»Wo waren wir stehengeblieben?«, fragte sie und fuhr gleich selbst fort: »So viel ich gehört habe, muss da was mit einer anderen Frau gelaufen sein, die sich der Brugger angelacht hat. Ja, es soll sogar eine Schülerin von ihm gewesen sein. Stellen Sie sich das mal vor! Aber da weiß ich wirklich nichts Näheres, tut mir leid.« Kathi kippte den zweiten Enzian hinunter.

Mit einem schnellen Blick verständigten sich die beiden Polizisten und erhoben sich gleichzeitig.

»Vielen Dank, Frau Neuhauser, Sie haben uns wirklich weitergeholfen. Selbstverständlich bleibt dieses Gespräch unter uns.«

Sie verabschiedeten sich. Und als sie hinausgingen, blieb Kathi Neuhauser sitzen und dachte an die vielen verpassten Gelegenheiten in ihrem Leben.

Wortlos fuhren Paul und Florian dahin zurück, wo Paul sein Auto abgestellt hatte. »Mein Gott, was haben wir doch für einen gefährlichen Beruf«, sagte er dann und meinte es auch so.

»Ja, das war knapp«, ließ sich Wanner vernehmen, dann brachen beide wie auf Kommando in schallendes Gelächter aus.

Sie vereinbarten noch, dass Berger weitere Recherchen bezüglich Kandelholz, Stark und Kohler anstellen sollte, und verabschiedeten sich.

Wanner musste sich mit dem Schuldirektor in Sonthofen in Verbindung setzen. Wenn Brugger etwas mit einer Schülerin gehabt hatte, dann musste der Schulleiter eigentlich Kenntnis davon haben, wenn schon Kathi Neuhauser es wusste. Aber was bedeutete ein Verhältnis zwischen Brugger und einer Schülerin für die Auflösung ihrer Mordfälle? Wenn Brugger seine Verbindung mit der Vermieterin aufgelöst und diese von seiner neuen erfahren hatte, dann ergab sich durchaus ein Mordmotiv. Eine so stark enttäuschte Frau konnte zu vielem fähig sein. Aber auch zu einem Mord? Er erinnerte sich, dass ihm Flori von seiner Befragung der Sonja Stark erzählt und auch erwähnt hatte, dass er sie nach starken Armen und Muskeln gefragt hatte. Das war eigentlich nur eine Eingangsfrage gewesen, ohne größeren Hintergedanken. Jetzt aber stellte sich heraus, dass die Frage durchaus berechtigt war. Eine Masseurin konnte sehr gut einen harten Schlag ausführen. Aber wie waren sie und Brugger nach Schneiderküren hinaufgekommen, und warum?

Wanner beschloss, den Schulleiter umgehend zu befragen. Er sah auf seine Uhr. Vielleicht war der Direktor ja auch am Nachmittag noch in seinem Büro. Seine Arbeitszeit war sicher mit Schulschluss nicht zu Ende.

Er fuhr nach Sonthofen und fragte sich zur Schule durch. Schulleiter Eichmüller war tatsächlich noch da. Als er von Wanner den Grund des Besuches erfuhr, bat er ihn sogleich in sein Büro und schloss sorgfältig die Tür.

»Nehmen Sie Platz, Herr Wanner«, bat er dann. Eine gewisse Unruhe an ihm war nicht zu übersehen.

Wanner informierte ihn kurz über die Vorgänge, wobei er sorgsam darauf achtete, nur Erkenntnisse verlauten zu lassen, die allgemein bekannt waren. Als er schließlich auf Brugger und sein mögliches Verhältnis zu einer Schülerin zu sprechen kam, wurde Eichmüller nervös.

»Wie haben Sie das erfahren?«, wollte er von Wanner wissen. Der registrierte die Fragestellung sofort und dachte sich: Treffer!

»Das darf ich zum gegenwärtigen Zeitpunkt nicht sagen. Ich gehe aber davon aus, dass meine Vermutung stimmt und Herr Brugger etwas mit einer Schülerin angefangen hat, oder irre ich mich?«

Der Schulleiter rutschte unruhig in seinem Sessel hin und her. »Na ja, eigentlich darf ...«

Wanner unterbrach ihn sofort. »Herr Eichmüller, ich habe ein Gewaltverbrechen aufzuklären, da gibt es keine Rücksichten auf irgendetwas. Bitte sagen Sie mir alles, was Sie wissen. Ich müsste Sie anderenfalls bitten, nach Kempten aufs Präsidium zu kommen.«

Eichmüller stand auf und begann im Zimmer auf und ab zu gehen. »Also gut, ich sage Ihnen, was ich weiß. Horst Brugger war ein gutaussehender Mann. Er war geschieden, aber den Frauen allgemein sehr zugetan, wie man mir von verschiedenen Seiten geflüstert hat. In seiner Klasse gibt es sechzig Prozent Mädchen, darunter einige, die für ihre fünfzehn, sechzehn Jahre schon ziemlich reif aussehen. Ein schwieriges Alter, das jeden Lehrer zum Schwitzen bringen kann. Eine Schülerin darunter ist schwarzhaarig und schon voll entwickelt. Sie heißt Radja Palić und stammt irgendwo vom Balkan, aus Serbien oder so. Wenn Sie Genaueres wissen möchten, müsste ich in der Schülerakte nachsehen.«

Wanner beeilte sich zu versichern, dass es damit noch Zeit habe.

»Mit ihr hat Brugger vermutlich … etwas angefangen und offenbar geschickt verstanden, das Verhältnis geheim zu halten. Er wusste sehr wohl, dass er aus dem Schuldienst fliegen würde, wenn es herauskäme. Das ging wohl so einige Zeit, bis ich eines Tages einen anonymen Anruf von einer Frau bekam, die mich auf das Verhältnis aufmerksam machte, aber gleich darauf wieder auflegte. Ich war wie vor den Kopf gestoßen und habe Brugger zur Rede gestellt. Der hat aber alles abgestritten wie auch Radja Palić, die ich getrennt befragt habe. Was konnte ich weiter machen? Ich deutete den beiden an, dass sie von der Schule fliegen würden, wenn sich die Anschuldigung als wahr herausstellen sollte. Seitdem hatte ich nichts mehr in dieser Richtung gehört. Bis kurz vor Bruggers Tod der Vater von Radja, Radomir Palić, zu mir kam und wüste Drohungen gegen Brugger ausstieß. Sie wissen ja, diese Serben oder Kroaten können sehr gefährlich werden und sind mit dem Messer schnell zur Hand. Woher er von dem Verhältnis seiner Tochter wusste, hat er mir nicht gesagt. Aber er setzte auch mich unter Druck und brachte mich dadurch in eine peinliche Lage. Was hätte ich jetzt tun sollen? Der Palić rief mir noch, bevor er ging, wutentbrannt zu: ›Sie werden sehen, was ich mache mit Horst Brugger! Meine Tochter verführen, das ist Verbrechen!‹ Damit war er zur Tür hinaus, und ich saß ziemlich belämmert da.«

»Warum sagen Sie mir das erst jetzt? Und nachdem ich Sie danach gefragt habe?« Wanner war wütend. So ein Heini! Sie hätten mit ihren Ermittlungen schon viel weiter sein können, wenn Eichmüller das beim letzten Mal schon Eva erzählt hätte!

Der Schulleiter senkte schuldbewusst den Kopf. »Ja, ich weiß, ich hätte das von mir aus sagen müssen. Aber vielleicht können Sie mich verstehen: Erstens war ich nicht sicher, ob diese Anschuldigung stimmte, und zweitens wäre das ein gefundenes Fressen für die Presse gewesen, und Sie kennen ja deren Berichterstattung. Dass der Vater Bescheid wusste, kann nur von seiner Tochter selbst stammen. Warum die aber ihren Mund nicht gehalten hat, verstehe ich nicht. Schließlich hatte ich sie gewarnt.«

»Kennen Sie den Vater näher? Was macht er, wo wohnt er?« Wanner war immer noch wütend.

»Näher kenne ich ihn nicht. Ich weiß nur, dass er als Vertreter arbeitet. Er wohnt mit der Tochter zusammen in Blaichach. Nähere Einzelheiten müsste ich Ihnen erst heraussuchen lassen.«

»Ja, bitte! Ich brauche die genaue Adresse samt Telefonnummer. Dieser Palić hätte damit doch ein echtes Motiv gehabt. Zu blöd, dass Sie das nicht schon früher gesagt haben.«

Eichmüller gab die entsprechenden Anweisungen über die Sprechanlage an seine Sekretärin weiter und schwieg. Offensichtlich war er auf die letzte Bemerkung von Wanner hin eingeschnappt. Wenn sich herausstellen sollte, dass Palić der Täter war, musste man dem Schulleiter den Vorwurf machen, dass er an Bruggers Tod mitschuldig war, überlegte der Hauptkommissar.

Die Sekretärin brachte einen Zettel mit der Adresse

der Familie Palić und sagte: »Der Palić ist geschieden. Seine Frau wohnt hier in Sonthofen. Brauchen Sie auch deren Anschrift?«

Wanner überlegte, dann antwortete er: »Es kann ja nicht schaden, wenn Sie sie mir aufschreiben würden. Danke.«

Dann wandte er sich wieder an Eichmüller. »Haben Sie von Radomir Palić noch mal was gehört oder gesehen?«

»Nein, nichts mehr«, erwiderte er kurz.

»Ihnen ist doch klar, dass ich diesen Palić jetzt in das Netz unserer Ermittlungen einbeziehen muss? Das bedeutet, dass ich Ihnen keine Diskretion zusagen kann, will aber sehen, wie weit wir bei der Aufklärung gehen müssen.«

Der Schulleiter biss sich auf die Lippe. »Nach allem, was Sie mir gesagt haben, ist das schon klar. Falls sich herausstellen sollte, dass Palić mit dem Mord etwas zu tun hat, muss ich mir ernsthafte Vorwürfe machen, Ihnen nicht früher davon erzählt zu haben. So oder ähnlich denken Sie doch?«

Wanner nickte. »Das war nicht schwer herauszufinden, Herr Eichmüller.«

Der Schulleiter zuckte mit den Schultern. »Jetzt ist es eh zu spät. Ich hoffe, Sie finden den Mörder bald, damit diese Ungewissheit ein Ende hat.«

»Geht Radja Palić noch hier zur Schule?«

»Ja, natürlich.«

»Ist Ihnen in ihrem Verhalten etwas aufgefallen? Hat sie sich seit Bruggers Tod verändert?«

»Nein. Mir ist nichts aufgefallen. Ich könnte aber mal

die Klassenlehrerin fragen, vielleicht kann die mehr dazu sagen.«

»Ach, lassen wir das erst mal. Ich muss jetzt umgehend mit Palić sprechen. Danke für Ihre Zeit! Sollte ich Sie noch einmal brauchen, was durchaus sein kann, rufe ich Sie an.«

Eichmüller nickte und begleitete Wanner vor die Tür. Dann kehrte er in sein Büro zurück und starrte geistesabwesend zum Fenster hinaus.

Der Hauptkommissar blickte auf seine Uhr. Es war bereits später Nachmittag, vielleicht war Palić schon zu Hause. Er wollte hinfahren, der Umweg über Blaichach war nicht groß.

Er fand die Heinrich-Gyr-Straße ziemlich schnell. Vor der angegebenen Hausnummer eines Mehrfamilienhauses stellte er seinen Wagen ab und sah die Namensschilder der Klingeln durch. Ja, hier stand: R. Palić. Er läutete. Über eine Sprechanlage hörte er eine kratzige Stimme: »Ja, wer ist da?«

»Wanner von der Kripo Kempten. Könnte ich mal mit Ihnen sprechen?«

Der Türöffner summte, und die Haustür sprang auf. Über ein gefliestes Treppenhaus, in dem es nach Heizöl roch, stieg Wanner in den zweiten Stock hinauf. Radomir Palić stand bereits in der Wohnungstür und blickte ihm misstrauisch entgegen. Er mochte Mitte vierzig sein, hatte kurze schwarze Haare und ein scharf geschnittenes Gesicht mit einer spitzen Nase. Er trug blaue Kordhosen und einen leichten Pullover. Seine schwarzen Augen sahen Wanner durchdringend an.

»Ja, was wollen Sie?«, fragte er mit einem typisch slawischen Akzent.

»Das möchte ich nicht unbedingt hier im Treppenhaus besprechen. Darf ich hereinkommen?«

Widerwillig trat Palić zur Seite und ließ den Hauptkommissar eintreten. Die Wohnung bestand, so schätzte Wanner an Hand der Anzahl der Türen, wohl aus drei Zimmern, Bad und Küche. Im schmalen Flur hingen einige Mäntel an einer Garderobe. Das Wohnzimmer war spärlich eingerichtet, ein Sofa, drei Sessel, ein Fernseher und ein Sideboard mit einem Regal darüber. An der Wand stand ein Ofen, der, dem Geruch nach zu urteilen, mit Öl zu beheizen war.

Palić deutete auf einen Sessel, und Wanner nahm Platz. Palić ließ sich auf dem Sofa nieder.

»Herr Palić, verstehen Sie so gut Deutsch, dass Sie meinen Fragen folgen können?«, begann Wanner.

»Ja, ich bin seit sieben Jahren hier«, antwortete er.

»Gut! Falls etwas unverständlich sein sollte, dann sagen Sie es mir bitte sofort.«

Palić nickte stumm.

»Herr Palić, ich ermittle im Fall des ermordeten Horst Brugger, den Sie, wie ich hörte, ebenfalls gekannt haben.«

Die Augen von Radomir Palić verengten sich zu Schlitzen. »Ja, und?«

»Sie sollen kurz vor Bruggers Tod Drohungen gegen ihn vorgebracht haben, weil dieser mit Ihrer Tochter … etwas angefangen haben soll?«

»Dieser Gangster«, stieß Palić zwischen den Zähnen hervor. »Als ich davon erfahren habe, hätte ich ihn umbringen können.«

»Und, haben Sie es getan?«, hakte Wanner schnell nach.

»Nein, ich habe mit dem Mord nichts zu tun. Ein anderer hat mir die Arbeit abgenommen.«

»Wer denn, Ihrer Meinung nach?«

»Das weiß ich leider nicht, sonst hätte ich mich bei ihm bedankt.«

»Na, na, schließlich ist ein Mensch ums Leben gekommen. Darf ich fragen, wo Sie an jenem Freitag waren?« Wanner nannte ihm Datum und Uhrzeit.

»Ich war krankgemeldet, weil ich eine fiebrige Erkältung hatte. Ich dachte schon, es wäre die Schweinegrippe.«

»Und wo war Ihre Tochter zu diesem Zeitpunkt?«

»In der Schule, wo sonst?«

»Wann verlässt sie üblicherweise das Haus, und wann kommt sie wieder zurück?«

»Früh gegen sieben, die Rückkehr hängt vom Unterricht ab, mal gegen vierzehn, dann wieder erst um sechzehn Uhr.« Die Antworten Radomirs klangen unfreundlich.

»Woher haben Sie gewusst, dass Ihre Tochter mit Herrn Brugger … ein Verhältnis angefangen hat?«

»Woher? Woher?« Seine Stimme klang gereizt. »Natürlich von ihr selbst. Ich habe in ihrem Zimmer eine Schachtel mit Anti-Baby-Pillen gefunden und meine Tochter zur Rede gestellt.«

»Ist das üblich bei Ihnen, dass Sie das Zimmer Ihrer Tochter durchsuchen?«

»Das geht Sie einen Dreck an«, fauchte Palić wütend.

»Na schön, wenn Sie meinen. Eine Frage noch: Kennen Sie Sonja Stark? Sie ist die Vermieterin von Horst Brugger im Kleinwalsertal.«

»Nein, woher auch.«

»Sagt Ihnen der Name Josefine Kohler etwas?«, fragte Wanner weiter.

»Nein, woher auch.«

»… oder Josef Kandelholz?«

»Nein, woher auch.«

Paul Wanner verlor langsam die Geduld. Wenn der Mann hier glaubte, er könnte sein Spielchen mit ihm treiben, sollte er sich aber getäuscht haben. Er überlegte kurz. Dann stand er auf. »Danke, das war's fürs Erste. Halten Sie sich zur Verfügung, bis der Fall abgeschlossen ist. Das bedeutet, dass Sie nicht verreisen dürfen, ohne sich vorher bei der Kripo zu melden.«

Radomir Palić schaute ihn finster an. »Ich habe mit diesem Mord nichts zu tun. Was soll also diese Einschränkung meiner Freiheit?«

Auf einer Konsole im Flur sah Wanner beim Vorbeigehen einen Brief liegen. Ihm fiel der gedruckte Absender ins Auge: Zahnarztpraxis Dr. Zick, 87561 Oberstdorf. Also wandte er sich noch einmal zu Palić und fragte wie nebenbei: »Ah, Sie sind auch bei Dr. Zick in Behandlung? Ein guter Zahnarzt, nicht wahr?«

Irgendwie schien Palić diese Frage unangenehm zu sein. Er schaute erst den Brief, dann Paul Wanner an. »Ja, guter Zahnarzt.« Dabei konnte der Hauptkommissar ein höhnisches Lächeln ausmachen, das über Radomirs Gesicht glitt, aber sofort wieder verschwand.

Einer Eingebung folgend, fragte Wanner: »Kennen Sie auch seine Frau Marion?«

Palić wurde blass, schüttelte aber den Kopf. »Ich gehe nur zu ihm in Behandlung. Warum, ist sie auch Zahnärztin?«

»Nein. Danke und auf Wiedersehen.« Paul verließ die Wohnung, stieg die Treppe hinunter und ging zu seinem Wagen.

Auf der Heimfahrt nach Kempten überdachte Wanner den Tag. Ich muss schnellstens Klarheit in die bisherigen Informationen kriegen und dabei brauche ich die Kollegen, sagte er sich. Der Einzige, der wohl nicht als Täter in Frage kam, war der Schulleiter, aber sonst hatte jeder ein Motiv. Einmal für Bruggers Tod und einmal … ja, wer mochte Marion Zick auf dem Gewissen haben? Ihr Mord fiel aus dem Zusammenhang, wie er sich bei Brugger abzuzeichnen begann. Dieser Radomir ist auch nicht ganz sauber, überlegte Wanner weiter. Er hatte das Blasswerden des Mannes deutlich gesehen und auch das höhnische Grinsen, als er den Zahnarzt erwähnt hatte. Gab es hier eine Verbindung? In Marions Rucksack fand sich diese Zeichnung eines Implantates. Was hatte sie zu bedeuten? Stand sie in Zusammenhang mit dem Zahnarztbrief in der Wohnung von Palić? Der hatte ja zugegeben, dass er in Behandlung war. Ließ er sich ein Implantat machen, und wenn, was hatte dann die Zeichnung in Marions Rucksack zu suchen?

Wanner war dem Zufall dankbar, dass er den Brief bei Palić bemerkt hatte. Es musste eine Verbindung zwischen dem Zahnarzt, seiner Frau und Palić geben, die aus dem Rahmen Arzt/Patient fiel. Und das höhnische Grinsen bei der Erwähnung des Zahnarztes, was hatte das zu bedeuten? Gleich morgen würde er in der Zahnarztpraxis anrufen und nach der Behandlung von Radomir Palić fragen, dann wusste er vielleicht mehr.

Die Sonne war hinter den Wolken verschwunden. Das abgeerntete Grünland ließ den Herbst deutlich werden. Vereinzelt war noch Jungvieh auf der Weide, die Temperaturen sanken auch nachts nicht stark ab, so dass das Vieh noch draußen bleiben konnte. Die Blätter der Bäume und Sträucher begannen sich stärker zu färben, ein Zeichen, so meinte eine alte Bauernregel, dass es einen frühen Winter geben würde. Aber wie Wanner diese Regeln kannte, stimmten sie nicht immer. Ihm fiel ein boshafter Spruch dazu ein: »Kräht der Hahn gern auf dem Mist – ändert sich's Wetter oder s'bleibt, wie es ist.«
Klar, der stimmte natürlich immer!

22 Als Paul an diesem Abend nach Hause kam, erlebte er eine angenehme Überraschung: Lisa war von ihrer Mutter zurückgekehrt und hatte bereits den Tisch fürs Abendessen gedeckt. Nach einer herzlichen Begrüßung half Paul beim Auftragen seiner Lieblingsbrotzeit, die aus Holzofen-Schwarzbrot, Griebenschmalz, Südtiroler Speck, Rindersalami und verschiedenen Käsesorten wie Emmentaler, Antons Liebe oder Fiori bestand. Dazu liebte er kleine saure Gurken, Minitomaten und natürlich ein Pils, das es aber nur aus der Flasche gab. Sie konnten sich ja nicht ein ganzes Fass davon ins Haus stellen. Im Gasthaus verlangte er aber stets Pils vom Fass.

Immer wieder sah Wanner seine Frau an, mit der er seit über zwanzig Jahren verheiratet war, und zwar, bis auf ein paar Ausnahmen, ziemlich glücklich. Sie war hübsch anzusehen, sehr modebewusst, ohne zu übertreiben. Mit sicherem Geschmack suchte sie Kleidung und Schuhe aus und war stets, selbst in der Küchenschürze, eine Augenweide.

Lisa war bald Mitte vierzig, trug die dunkelblonden Haare schulterlang und passte von der Größe her gut zu ihm. Beim Lachen ließen zwei Grübchen ihr schmales

Gesicht noch liebenswerter erscheinen. An der Figur war nichts auszusetzen, da gab es weder Pfunde zu viel noch zu wenig. Paul fand dies bemerkenswert gut.

Lisa erzählte von ihrer gesundheitlich angeschlagenen Mutter. Sie glaubte daher, dass sie wohl in nächster Zeit wieder nach ihr schauen müsste. Nach der Brotzeit holte sie eine Flasche Rosé, und Paul füllte die Gläser. Dann setzten sie sich auf die Couch und prosteten sich zu.

Es war bereits dunkler geworden, die Sonne längst hinter dem Buchenberg verschwunden.

Ihr Haus am Vicariweg glich einem Schmuckkästchen, was Lisa zu verdanken war. Paul gab dies auch unumwunden zu. So genau er bei seinen Ermittlungen sein konnte, bei Garten- oder Hausarbeit genügte ihm eine Genauigkeit von achtzig Prozent. Immerhin hatte er keine zwei linken Hände und war, wie Lisa spitzbübisch meinte, durchaus auch in Haus und Garten zu gebrauchen. Selbst kleinere Reparaturen führte er zu ihrer Zufriedenheit aus.

Nachdem Lisa ihre Erzählung beendet hatte, forderte sie Wanner auf, von seiner Arbeit zu berichten. Es hatte vor einiger Zeit eine Krise in ihrer Ehe gegeben, weil sich jeder zu wenig informiert oder sogar vernachlässigt vorgekommen war. Sie hatten nach einer kurzen Trennung, während der Lisa zu ihren Eltern gezogen war, wieder zusammengefunden und sich gegenseitig versprochen, mehr auf einander einzugehen. Das hatten sie dann strikt eingehalten, und ihre Ehe war wieder in Ordnung gekommen.

Wanner berichtete ausführlich von den neuen Mordfällen, ohne jedoch vertrauliche Dinge preiszugeben. Er wusste, dass Lisa gute Theorien entwickeln konnte, was sie schon in früheren Fällen bewiesen hatte. Vielleicht hatte sie als Außenstehende ja auch zu den neuen Fällen einen unvoreingenommenen Rat?

»Und du meinst, dass die beiden Mordfälle unbedingt zusammenhängen?«, fragte sie nachdenklich. Wanner zuckte mit den Schultern und bestätigte dies.

»Aber die Verbindung scheint mir recht dünn zu sein. Auf der einen Seite hast du den toten Brugger und einige Verdächtige mit Motiven, auf der anderen Seite die Tote vom Hölloch – wie heißt sie gleich noch mal? – ja, Marion Zick. Und zwei Verdächtige, die bloß entfernt einen Zusammenhang erahnen lassen. Es sind eigentlich nur die geheimen Unterlagen über einen möglichen Bergbahnneubau am Ifen. Kann das nicht auch Zufall sein?«

»Ja, aber wie kam Marion Zick zu diesen Unterlagen?«

»Da müsste man mal ihren Mann genauer unter die Lupe nehmen, vielleicht hat er ja auch was mit der Bergbahn zu tun?«

Wanner nahm nachdenklich einen Schluck aus seinem Glas. Der Wein schmeckte ihm noch besser als ein Roter. Da auch Lisa seiner Meinung war, waren sie inzwischen von Rot auf Rosé umgestiegen.

»Wenn das der Fall wäre«, dachte Wanner laut vor sich hin, »dann könnten die Papiere von ihm stammen. Seine Frau hat sie in die Finger gekriegt und mit zum Hölloch genommen, weil sie dazu von dritter Seite aufgefordert oder sogar erpresst worden war. Aber wer hatte dazu eine Veranlassung und wer einen Grund, Marion zu erpressen?«

Lisa rückte näher an Wanner heran und stellte ihr Glas auf den Tisch. Sie sah ihren Mann verliebt an und meinte: »Ich glaube, für heute reicht es mit ungelösten Mordfällen. Wie wäre es, wenn wir bald ins Bett gingen? Aber nicht, dass du glaubst, ich sei müde …«, fügte sie verschmitzt hinzu.

Paul grinste. »Nachtigall, ich hör dir trapsen! Aber ich hör das gerne.«

Sie räumten den Tisch ab und sortierten das Geschirr in die Spülmaschine ein.

Dann machte Paul seine abendliche Runde durch das Haus, während Lisa ins Bad ging. Als er zurückkam, sprang Lisa bereits über den Flur und verschwand im Schlafzimmer, wobei der Hauch eines durchsichtigen Nachthemdes hinter ihr her wehte.

Am nächsten Morgen nahm sich Paul dienstfrei und ging mit Lisa in die Stadt. Er hatte noch am vergangenen Abend versprochen, ihr bei der Suche nach einem neuen Kleid behilflich zu sein. Seine Frau hatte ihn so lange umschmeichelt, bis er zugesagt hatte.

Aufmerksam studierte Lisa die Schaufensterpuppen in der Auslage eines Modegeschäftes im Zentrum der Stadt. Dann schüttelte sie den Kopf. »Also, wo soll man denn diesen Firlefanz anziehen? Oben ausgeschnitten bis zum Nabel, unten weit überm Knie zu Ende, und was dazwischen noch Textil ist, kostet zweihundertsechzig Euro? Nein, das ist es nicht! Ich such was Solides.«

Paul hatte inzwischen alle ausgestellten Kleider gemustert. »Na, so übel sind die nun auch wieder nicht! Schließlich hast du die Figur dazu, dass nicht gleich alles aus dem Ausschnitt fällt, und deine Knie kannst du ruhig zeigen.«

»Ach, Quatsch! Wann gibt's denn bei uns so ein Wetter, dass man sich derart leicht anziehen kann? Da müsste man ja nach Ägypten fahren!«

»Ah, die dort wären sicher dankbar, wenn sie mal was zu sehen bekämen.«

»Hör bloß auf! Allein schon der Gedanke, dort unten dann eingesperrt zu werden, verursacht mir Grausen.«

Sie bummelten weiter, obwohl Wanner vorgeschlagen hatte, im Geschäft nachzusehen, ob es dort auch noch andere Kleider gäbe. Aber Lisa wollte erst einmal weitere Schaufenster anschauen.

Paul sah verstohlen auf seine Uhr. Das konnte ja noch heiter werden. Im nächsten Geschäft waren Kleider der Größen vierzig bis achtundvierzig ausgestellt.

»Komm bloß weiter«, sagte Paul, »um die anzuziehen, müsstest du ja noch Arabisch lernen!«

Lisa sah ihn von der Seite an. »Dass du überhaupt denken kannst, ich könnte so was anziehen. Schäm dich!« Sie überquerte plötzlich die Straße und steuerte auf ein Schuhgeschäft zu. Wanner folgte ihr. Auch das noch!, dachte er kopfschüttelnd und betrat das Geschäft.

Lisa war bereits am Suchen. Im Nu standen mehrere Schachteln um sie herum, aus denen eine Verkäuferin geduldig die Schuhe herausnahm, die Lisa anprobierte.

Nebenan saß eine etwas ältere Dame, deren Körperfülle wohl kräftiges Schuhwerk verlangte. Sie probierte jedoch nur elegant-leichte Schuhe mit feinen Riemchen und hohen Absätzen an. Inmitten ihrer Schachteln sit-

185

zend, rief sie plötzlich: »Der hier ist mir aber viel zu groß!«

Paul sah hinüber und murmelte: »Sie steht ja auch im Schuhkarton!«

So laut, dass Paul mithören musste, wandte sich die Dame an den neben ihr sitzenden Mann, der gegen sie wie eine halbe Portion wirkte und geduldig beim Probieren zusah. »Alfred, ich brauche unbedingt zu meiner Abendeinladung diese Schuhe. Hoffentlich kommen nicht zu viele Gäste, sonst kostet mich das ein Vermögen ...«

Alfred sah mit Dackelaugen ergeben drein und antwortete: »Schreib einfach in die Einladung, dass du selber kochst, dann kommen bestimmt weniger.«

Die Dame überhörte den Rat ihres Mannes, stellte sich vor einen Bodenspiegel und betrachtete kopfschüttelnd ihre Beine in den zarten Schuhen.

Lisa stieß Paul an. »Wie gefallen dir denn diese hier?«

Er sah ein Paar Schuhe mit dünnen Sohlen und winzigen roten Riemen. Der Absatz erinnerte Wanner daran, dass er schon seit Tagen eine Mine für seinen Kugelschreiber kaufen wollte.

»Wozu möchtest du die denn anziehen?«, erkundigte er sich vorsichtig.

»Also, die passen prima zu dem Kleid mit den kurzen Ärmeln und dem runden Ausschnitt«, erwiderte Lisa.

»Zu welchem Kleid?«

»Na ja, zu dem, das ich mir noch kaufen möchte«, sagte sie.

»Wie weißt du denn, ob dieser Hauch von Schuhen dazu passt?«

»Man muss nur suchen. Also Geduld! Ich weiß da noch zwei weitere Geschäfte, in denen so was bestimmt zu finden ist.« Lisa war sich ihrer Sache sicher. »Solange lass ich mir diese Schuhe hier zurücklegen.« Erst jetzt nahm sie den Karton in die Hand und sah nach dem Preis. »Oh«, meinte sie und zog den Kopf ein, »im letzten Jahr waren die noch nicht so teuer.« Sie war einen Moment unschlüssig, dann drückte sie Schuhe samt Karton der Verkäuferin in die Hand. »Also, ich muss doch noch mal mein Kleid ansehen. Ich komme wieder!« Damit zog sie Paul aus dem Laden.

»Und jetzt?«, fragte Wanner.

»Jetzt gehen wir dort drüben in die kleine Boutique. Da finde ich ganz bestimmt was für mich.«

Ergeben trottete Paul hinter ihr her. Die Boutique, das wusste sogar er, hatte den Ruf, die teuerste in Kempten zu sein. Hoffentlich fand Lisa dort nichts Passendes.

Doch er täuschte sich. Seine Frau probierte fünf exquisit aussehende französische Modelle an, von denen sie drei schweren Herzens wieder weglegte. Dann wandte sie sich an ihren Mann. »Schau mal, welches von den beiden soll ich denn nun nehmen, das Blaue hier oder das Gestreifte?« Sie hielt sich beide Kleider vor den Körper und drehte sich hin und her.

»Also mir gefällt das Blaue ganz gut«, meinte Paul.

Lisa sah das Blaue an. »Warum gefällt dir das Gestreifte nicht?«

»Also das Gestreifte ist auch ganz schön«, murmelte Wanner.

»Ist das Gestreifte so schön, dass ich es nehmen sollte?« Seine Frau schien unschlüssig.

»Ja, das würde ich.«

»Warum gefällt dir dann das Blaue nicht so?«

»Es gefällt mir ja auch …«

»Aber du hast ja gerade gesagt, ich soll das Gestreifte nehmen.«

»Ja, das steht dir auch gut …«

»Also, was denn nun, soll ich das Gestreifte oder das Blaue nehmen? Du bist ja fürchterlich unentschlossen.«

Wanner rang nach Luft. »Wie wäre es, wenn du einfach das nimmst, was dir gefällt!«

»Jetzt wirst du auch noch grantig. Du kannst dich einfach nicht entschließen. Weißt du was? Ich habe jetzt genug. Die Schuhe haben dir nicht gefallen, von den fünf Kleidern hier ist nicht eins dabei, zu dem du dich entschließen kannst. Ich geh jetzt ins Café und gönne mir ein Stückchen Sahnetorte. Und dann lerne ich Arabisch … tschüs!«

O Allah, dachte Wanner, nimm doch den Ehefrauen einmal das letzte Wort!

Er ging gedankenverloren zu seiner Dienststelle.

Eine halbe Stunde später besprachen Wanner und seine beiden Kollegen die Ermittlungen vom Vortag. Zunächst berichtete er von seinen Gesprächen mit Kathi Neuhauser, dem Schulleiter und Radomir Palić.

Dann war Eva an der Reihe. »Ich habe herausgefunden, dass der Zahnarzt nebenbei noch im Vorstand der Kleinwalsertaler Bergbahnen sitzt und daher über alles genau Bescheid weiß, was mit den Bahnen zusammenhängt … Ja, was ist?«, fragte sie irritiert, nachdem Wanner plötzlich zu lachen begann.

»Ach nichts, entschuldige. Ich musste nur an gestern Abend denken, da hat schon jemand auf so eine Möglichkeit hingewiesen. Bitte fahr fort.«

»Genau genommen ist er ein Geheimnisträger und darf natürlich über die Sitzungen des Vorstandes nichts verlauten lassen. Wir müssen jetzt herausfinden, wie seine Frau an die Unterlagen gekommen ist. Zweitens ist festzustellen, dass die beiden Eheleute Zick keine harmonische Ehe geführt haben, wobei man, nach meinen Erkenntnissen, nicht genau sagen kann, wer daran schuld war. Zum einen wurde Marion Zick mit einem nicht näher beschriebenen Mann gesehen, zum anderen scheint der Zahnarzt von seiner MTA mehr zu erwarten als das Absaugen von Patientenspeichel oder das Tippen von Kostenvoranschlägen. Und noch etwas …« Eva beugte sich geheimnisvoll vor. »In der Familie Zick hat die Frau das Geld mit in die Ehe gebracht. Es soll einen Ehevertrag und ein Testament geben. Beide müssen wir einsehen.«

Wanner hatte sich Notizen gemacht. Dann sah er Alex Riedle an. »Und was gibt's bei dir?«

Der räusperte sich erst einmal, dann berichtete er: »Der Kandelholz ist gewissermaßen ein Vorstandskollege von Dr. Zick bei der Bergbahn. Sie kennen sich sehr gut. Dr. Zick weiß also, dass der Kleinwalsertaler Naturschutz dem Projekt einer eventuell geplanten neuen Ifenbahn skeptisch gegenübersteht. Zicks Einstellung dazu ist nicht klar umrissen. Irgendwie scheint er sich nicht schlüssig zu sein, wie er sich verhalten soll. Sein Alibi habe ich überprüft. Es stimmt, er war bei diesem Zahnärztekongress. Der war übrigens sehr gut besucht, weil's da um die neuartige Zahnimplantation ging. Also hat wohl nicht jeder jeden gesehen, aber ein paar der dort gewesenen Zahnärzte haben mir die Anwesenheit von Zick bestätigt.«

Ohne zunächst weiter darauf einzugehen, rief Wanner die Praxis von Dr. Zick an und fragte nach der Behandlung von Palić. Zuerst sträubte sich die MTA, ihm das mitzuteilen, dann aber, nachdem Wanner mit einem richterlichen Beschluss gedroht hatte, gab sie zu, dass Palić sich ein Implantat hatte einsetzen lassen. Allerdings sei dieses wohl nicht richtig eingewachsen, so dass er des Öfteren wieder in die Praxis hatte kommen müssen. Er sei auf Dr. Zick deswegen ziemlich wütend gewesen.

»Wissen Sie, ob Dr. Zick dem Palić vorher erklärt hatte, vielleicht sogar anhand einer Zeichnung, wie so ein Implantat eingesetzt wird?«

»Soviel ich weiß, hatte Dr. Zick eine Zeichnung gemacht und ihm in einem Notizbuch mitgegeben.«

»Gut, vielen Dank!« Wanner legte auf. Dann wandte er sich wieder Eva und Alex zu. »Entschuldigt, dass ich den Bericht von Alex so schnell unterbrochen habe, aber ich musste die Praxis anrufen, bevor ich's vergessen hätte. Also, mit dem Implantat kommen wir wahrscheinlich nicht weiter, scheint eine Sackgasse zu sein. Stellt sich die Frage: Wie kam das Notizbuch in Marion Zicks Rucksack, wenn es doch der Palić mitgenommen hatte? War etwa Palić auch am Hölloch? Vielleicht führt uns diese Implantatzeichnung doch weiter, denn irgendwie muss sie ja von Palić in Marion Zicks Rucksack gekommen sein.«

Riedle ließ einen Pfiff hören, dann sagte er: »Wenn der Palić auch dort war, muss ja nicht unbedingt der

Ehemann die Frau ermordet haben, noch dazu, wo sein Alibi hieb- und stichfest zu sein scheint.«

»Aber wie kamen dann der Palić und die Marion Zick zum Hölloch? Und zwar gleichzeitig. Was könnte da der Grund gewesen sein?«, fragte Eva und begann Männchen zu malen.

»Alex, mach dich mal auf die Socken und schau nach, was in dem Ehevertrag und in dem Testament von Marion Zick steht. Wäre sehr wichtig!«

Alex Riedle erhob sich. »Okay, Chef, wird gleich erledigt!«

Als Wanner mit Eva Lang allein war, sagte er: »Manchmal kommen mir doch Zweifel, ob die beiden Fälle zusammenhängen. Es gibt zwar gewisse Hinweise, aber die haben sich bisher noch nicht erhärtet. Sollten wir nicht doch getrennt ermitteln?«

Eva sah ihn erstaunt an. »So kenne ich dich ja noch gar nicht. Du bist doch bisher immer sicher in deiner Vorgehensweise und in deiner Einschätzung gewesen. Warum plagen dich heute plötzlich Zweifel?«

Paul stand auf und trat ans Fenster. Draußen war es trüb, der Verkehrslärm drang durch die neuen Fenster herein, wenn auch schwach. Trotzdem, schalldicht waren sie nicht! Aber was soll's, in ein paar Wochen hörte man gar nicht mehr hin, und der Lärm verlor sich in Alltagsgeräuschen. Ein Bekannter hatte ihm einmal erzählt, dass er in eine Wohnung gezogen sei, die an einem Bahnübergang lag. Die erste Woche war er jedes Mal hochgeschreckt, wenn die Schranke unter dem typischen Bimmeln geschlossen wurde. Zwei Monate später hörte er nichts mehr, obwohl das Gebimmel und das anschließende Dröhnen des durchfahrenden Zuges weitergingen. Also bestand Hoffnung, dass es ihnen ähnlich gehen würde, denn an schalldichte Fenster glaubte Wanner nicht mehr.

Er wandte sich zu Eva um. »Das passiert immer wieder mal während des Recherchierens! Solange man nicht sicher sein kann, dass eine gewonnene Erkenntnis als richtig zu betrachten ist, bleibt immer ein leiser Zweifel zurück. Und was haben wir bisher an sicheren Erkenntnissen gewonnen? Dass die Stark ein Verhältnis mit ihrem Mieter und der Brugger eins mit seiner Schülerin hatte. Feine Sachen sind das. Wir wissen aber noch nicht einmal, wer diesen Steinschmuck unter der Jagdhütte versteckt hat und woher er stammt. Ich sehe da keinen Zusammenhang mit Zick oder seiner Frau. Das scheint wirklich eine Sache zu sein, die hauptsächlich mit den Leuten im Kleinwalsertal zusammenhängt. Hatte Brugger etwas damit zu tun oder Josefine Kohler? Oder Sonja Stark oder der Kandelholz …?«

»… oder die Neuhauser Kathi, oder gar der Pfarrer Aniser?«, ergänzte Eva ironisch.

Während sie noch diskutierten, klingelte das Telefon. Wanner hob ab, es war Alex.

»Große Neuigkeit! War beim Notar, der hat mir die Unterlagen zum Lesen gegeben. Also, Marion Zick hat zum Zeitpunkt der Hochzeit mit Dr. Zick ein Vermögen von etwa einer Million mit in die Ehe gebracht, und das war rund das Zehnfache, was Zick beigesteuert hat. Sie haben sich daher in einem Ehe- und Erbvertrag darauf geeinigt, dass jeder diesen eingebrachten Anteil bei einer eventuellen Scheidung wieder herausbekommen sollte.

Sollte einer der beiden Ehepartner versterben, solange die Ehe noch besteht, würde der überlebende Partner dessen ganzen Teil erben. Auf unseren Fall bezogen, würde also Dr. Zick jetzt der Erbe von Marions Vermögen sein. Und jetzt kommt's noch dicker: Der Notar zeigte mir ein Testament von Marion Zick, das diese nachträglich über den geschlossenen Vertrag hinaus gemacht hatte. Darin hat Marion zugunsten ihres Mannes über einen weiteren Vermögensteil, der bei Eheschließung noch nicht bekannt war und auf einer Erbschaft beruhte, verfügt. Höhe: circa eine halbe Million. Und jetzt kommt's: Vor etwa vierzehn Tagen rief Marion Zick beim Notar an und bat ihn, ihr Testament in diesem Punkt zu ändern, und zwar dergestalt, dass nicht mehr ihr Mann die begünstigte Person sein sollte. Sie wollte demnächst vorbeikommen und das neue Testament unterschreiben. Die neue begünstigte Person hat sie am Telefon nicht erwähnt, so dass das offen ist. Das wär's erst mal. Komme jetzt zurück.«

Wanner hatte das Telefon auf »Laut« gestellt, so dass Eva hatte mithören können. Er legte auf und sah Eva überrascht an. Blitzartig war ihm klar geworden, was dieser Anruf Riedles für ihre weiteren Ermittlungen bedeutete.

»Na schön, dann wissen wir dieses«, meinte Eva. »Jetzt haben wir ein dickes Motiv für Dr. Zick, es besteht aus anderthalb Millionen! Hätte Marion ihr Testament noch ändern können, wären ihm fünfhunderttausend Euro durch die Lappen gegangen. Den Ehe- und Erbvertrag als solchen konnte sie ohne Einverständnis ihres Mannes nicht mehr ändern, vielleicht hätte sie das sonst auch noch vorgehabt …«

»… und«, fiel Wanner ihr ins Wort, »falls er davon Wind bekommen hat, wäre das natürlich ein entscheidendes Motiv, aufgrund dessen wir ihn gleich festnehmen könnten. Aber da ist noch sein Alibi beim Kongress. Alex hat das ja überprüft, es scheint hundertprozentig zu stehen.«

»Ja, da hast du recht!« Eva war voll bei der Sache. »Aber wir sollten dieses Alibi nochmals akribisch unter die Lupe nehmen, jetzt, wo wir wissen, wie die Sache gelaufen sein könnte.«

»Mach ich selber! Nicht dass Alex beleidigt ist. Ich schaue heute noch beim Veranstalter des Kongresses vorbei und spreche mit ihm.«

Eva dachte angestrengt nach. »Bliebe dann natürlich immer noch offen, wie die beiden zum Hölloch gekommen sind, und warum ausgerechnet dorthin? Was macht das für einen Sinn? Sie mussten ja einen Fußmarsch von eineinhalb Stunden in Kauf nehmen, also ich weiß nicht …«

»Meinst du, der Zick hat irgendwas mitgekriegt? Ich meine, was die Änderung des Testaments angeht?«

»Tja, vielleicht. Mich interessiert auch brennend die Frage, warum Marion das Testament hat ändern wollen und wer der neue Begünstigte war. Kinder sind ja keine vorhanden. Ob sie wohl einen Geliebten hatte?«

Riedle kam zurück ins Büro und ließ sich hinter seinem Schreibtisch nieder.

»Da hast du uns ja was Schönes eingebrockt«, knurrte Wanner. Riedle, zuerst erschrocken, was er denn falsch gemacht habe, sah den Schalk in Wanners Augen und grinste. »Wer mich zur Arbeit schickt, muss damit rechnen, dass ich auch mit solcher zurückkomme«, sagte er dann philosophisch.

Sie diskutierten noch eine Weile, dann rief Wanner Berger an und teilte ihm die Neuigkeiten mit.

»Starkes Team«, lobte dieser ihn und fügte hinzu: »Willst hören, was i derweil zuwege gebracht hab?«

»Natürlich, ich brenn schon drauf!«

Florian berichtete ihm von seinen Recherchen. Über Josefine Kohler habe er erfahren, dass sie wirklich scharf auf den Posten von Brugger gewesen sei und auch Andeutungen gemacht habe, dass sie ihn lieber heute als morgen beerben würde. Für ihn stand fest, dass dies ein ausreichendes Motiv gewesen sein könnte. Auch die Drohungen des Josef Kandelholz gegen Brugger habe er noch mal überprüft. Sie schienen ernst gewesen zu sein. Ob er sie aber wahr gemacht hatte, konnte man ihm nicht nachweisen. Und Sonja Stark habe wohl, da sie ja offensichtlich vom Verhältnis Bruggers zu Radja Palić gewusst hatte, ein starkes gefühlsmäßiges Motiv gehabt. Nicht weitergekommen war er in Sachen Steinzeitschmuck. Zum Schluss ihres Gespräches fragte Berger fast nebenbei: »Habt ihr schon einen Verdächtigen mit dem man die DNS-Analyse vom Hölloch-Taschentuch vergleichen könnte?«

»Na, du bist gut! Dann wäre dieser Fall ja aufgeklärt«, sagte Wanner.

»Hab ja bloß mal gefragt«, antwortete Florian, »hätt ja sein können.«

Nachdem sie ein nächstes Treffen vereinbart hatten, beendeten sie das Gespräch.

Das Telefon läutete sofort wieder. Diesmal ging Eva dran. Es war ihr oberster Chef Gottlich, der wissen wollte, wie weit sie denn nun schon vorangekommen wären. Die Presse, auch die Vorarlberger, würde ungeduldig auf neues Material warten und wollte Informationen haben, ob diese beiden Mordfälle nun zusammenhingen oder nicht.

Eva warf Paul einen fragenden Blick zu, doch der schüttelte heftig den Kopf und bedeutete ihr, dass er nicht da sei.

»Herr Polizeipräsident«, antwortete Eva förmlich, »wir stecken noch mitten in den Ermittlungen. Es zeichnen sich ein paar Fakten ab, die uns Hoffnung auf eine baldige Aufklärung der Verbrechen machen. Jedoch ist der Umstand, dass hier gleich zwei Länder einbezogen werden müssen, auch wenn es keine Grenzen im früheren Sinne mehr gibt, nicht dazu angetan, die Fälle schnell zu lösen. Vielmehr muss in guter Zusammenarbeit mit dem Hirschegger Kollegen das Bindeglied gefunden werden, das noch fehlt. Wir sind aber dran und arbeiten auf vollen Touren.«

Wanner grinste über die gestelzte Ausdrucksweise und hob anerkennend den Daumen. Das hätte er nicht besser sagen können!

Gottlich stellte noch ein paar Fragen und erklärte abschließend, dass er noch dem Kollegen Moosbrugger in Bregenz Bescheid geben müsse wegen der internationalen Zusammenarbeit und eines Treffens in Heimenkirch. Dann legte er auf.

Ja, ja, dachte Eva und lächelte vor sich hin, dort gibt's gutes Essen und einen noch besseren Wein.

23

Wanner und Berger saßen im Büro in Hirschegg und berieten über die weitere Vorgehensweise. Wieder und wieder gingen sie die bisherigen Ergebnisse durch. Sie einigten sich schließlich darauf, alle Verdächtigen, auch Radomir Palić, nochmals zu befragen. Er war zwar als Letzter ins Visier der Ermittler geraten, doch schien hinter seiner Person ein größeres Geheimnis zu stecken, als sie bisher vermutet hatten.

In Abänderung seines Planes, beim Zahnärztekongress selbst noch mal wegen Dr. Zick nachzufragen, hatte Wanner sich entschlossen, dies doch Riedle zu überlassen. Wanner hatte ihm erklärt, wie besonders wichtig eine genaue Untersuchung der Angaben Zicks in Bezug auf sein Alibi wären, da dadurch entweder eine Beteiligung Zicks am Tod seiner Frau definitiv ausgeschlossen werden konnte, oder aber der Tatverdacht sich erhärten würde.

Mittlerweile hatte sich Wanner in Geschichte und Geologie des Ifen- und Gottesackergebietes eingearbeitet. Dabei hatte er auch einschlägige Sagen gelesen, eigentlich mehr zur Information. Besonderes Augenmerk legte er aber auf das Gottesackergebiet in geologischer Hinsicht, da er sich davon irgendeinen Hinweis auf mögliche Verstecke oder einst bewohnbare Plätze versprach.

Der Name Ifen, so hatte Wanner gelesen, ließ eine Sprachdeutung aus dem germanischen Sprachgut zu. Bemerkenswert war die Verwandtschaft des Wortes mit dem schwedischen »Nipa«, was so viel wie »steiler Berg, hohe Bergspitze« bedeutete, und mit dem isländischen »gnipa«, für »überhängender Fels«. Damit ließ sich auch die Übereinstimmung des Namens mit der Gestalt des Hohen Ifen herstellen. Schon 1471 wurde der Berg als Hohen Nifer schriftlich erwähnt. Das nördlich vorgelagerte Gottesackerplateau, rund zehn Quadratkilometer groß, lag etwa zu einem Drittel in Vorarlberg, der Rest in Bayern. Es war eine einmalige Karstlandschaft zwischen tausendfünfhundert und zweitausend Metern Höhe, bestehend aus Schrattenkalk der Helvetischen Kreide. Die Niederschläge von Jahrmillionen hatten unzählige Risse und Dolinen, Höhlen, Senken, Löcher, Schratten und Karren geschaffen. Das durchlässige Kalkgestein ließ das Niederschlagswasser in mehreren Höhlensystemen abfließen, teilweise über das Schwarzwassertal auf der Südseite des Berges, teilweise durch das Küren- und das Mahdtal auf der Nordseite. Hier gab es auch einige sehr versteckt liegende Höhlen.

Paul Wanner hatte lange darüber nachgedacht, was er aus dieser Beschreibung für seine Fälle herauslesen konnte. Eins schien klar zu sein: Das Gebiet war insgesamt völlig unübersichtlich. Es konnte sich dort eine Reihe von Verstecken befinden oder befunden haben, die als Lagerplatz von steinzeitlichem Schmuck und Werkzeugen in Frage kämen. Wohl oder übel würden sie ihre

Ermittlungen in dieser Hinsicht auch auf das Gottesackerplateau ausdehnen müssen. Ein Übergang von Schneiderküren zum Hölloch im Mahdtal war durchaus denkbar und dauerte nicht mal besonders lange.

Berger und Wanner fuhren an diesem Tag noch zur Wohnung von Radomir Palić in Blaichach. Da der kein Telefon hatte oder die Nummer nicht im Telefonbuch stand, waren sie auf den Zufall angewiesen, ob er zu Hause war.

Wanner läutete, aber keiner öffnete. Berger, der automatisch die Hausfront abgesucht hatte, sah aber, wie sich hinter einem Fenster der Vorhang ruckartig bewegte. Er beschrieb die Lage des Fensters, und Wanner erwiderte: »Ja, das ist die Wohnung von Palić. Also ist er zu Hause und möchte nicht öffnen. Komisch genug, nicht wahr? Wenn er nichts ausgefressen hat, braucht er auch die Polizei nicht zu fürchten. Das heißt im Klartext, wir müssen rein.« Er läutete noch mal, doch diesmal hielt er den Finger länger auf dem Klingelknopf.

Wieder ohne Erfolg.

Die Haustür ging auf, und eine Frau in einem langen Mantel mit einem alles verdeckenden Kopftuch verließ mit einer Einkauftasche das Haus. Bevor die Tür wieder zufallen konnte, hatte Wanner schnell seinen Fuß dazwischengestellt und winkte Berger heran.

Sie stiegen zur Wohnung von Palić hinauf. Wanner klopfte zuerst, dann donnerte er mit den Fäusten gegen die Tür und rief: »Herr Palić, hier ist die Polizei! Bitte öffnen Sie sofort, wir wissen, dass Sie zu Hause sind!«

Es rührte sich nichts.

Wanner holte sein Spezialwerkzeug für solche Fälle heraus und öffnete die Tür. Bei Gefahr im Verzug brauchte er dazu keine richterliche Erlaubnis. Sie liefen schnell durch die Wohnung, aber niemand war da.

»Zum Kuckuck! Ich dachte, er wäre zu Hause«, sagte Wanner zu Berger.

Der schlug sich an den Kopf. »Heiderblitz no amal! Kannst dich an die Frau erinnern, die grad aus der Tür kam? Des war sicher der Palić, der sich als Türkin verkleidet hat!«

»Kruzitürken«, fluchte Wanner. »Du hast recht. Aber wart nur, den erwischen wir schon noch. Und dann bin ich auf seine Erklärungen gespannt.«

»Und jetzt?«, fragte Berger. »Wenn wir doch scho mal herin send …«

Wanner nickte zustimmend. »Vielleicht findet sich ja was für unsere Ermittlungen.«

Sie durchsuchten schnell und ohne Spuren zu hinterlassen Zimmer, Küche und Bad, selbst ins WC schaute Berger. Im Bad lag eine Haarbürste. Schnell nahm Wanner ein paar Haare und steckte sie in eine Plastiktüte. »Für alle Fälle«, sagte er zu Berger gewandt, der mit einem Wasserglas vor ihm stand.

»Da muss er grad draus trunken haben, vielleicht finden wir auch noch Fingerabdrücke.« Sie wickelten das Glas vorsichtig in eine weitere Plastiktüte, dann verließen sie die Wohnung und sperrten die Tür wieder zu.

»So, und jetzt?«, fragte Berger.

»Ich lass ihn sicherheitshalber zur Fahndung ausschreiben. Wer sich so blöd benimmt, der hat was zu verheimlichen, und das hätte ich gerne gewusst. Wir haben heute noch Zeit, und könnten uns den Kandelholz vornehmen. Der hat für den Mord an Brugger auch ein Motiv, das für einen dringenden Verdacht ausreichend wäre. Denk an den verbalen Schlagabtausch zwischen Brugger und Kandelholz und an dessen Drohung. Wer sagt uns, dass der Palić nicht nur ein kleiner Fisch ist und der Kandelholz, oder die Stark oder die Kohler den Brugger umgebracht haben?«

»Genau des werd'n wir rausfinden, und ich hab des Gefühl, dass es gar nimmer lange dauern wird. Wir kriegen sie alle«, setzte Berger verschmitzt hinzu.

»Zum Beispiel?« Wanner sah ihn fragend an.

»Na ja, es können ja auch mehrere sein, oder?«

»Ich hab bloß so fragend geschaut, weil ich nicht das Gefühl habe, dass es schnell gehen wird. Wir müssen wie ein Angler, der einen großen Fisch am Haken hat, die Schnur langsam einziehen, damit er nicht abhauen kann.«

»Na, dann Petri Heil!«

»Lass uns erst noch mal zum Pfarrer Aniser gehen. Ich glaube, der könnte uns einen weiteren Tipp geben. Das ist so ein Bauchgefühl.«

»Na schön, wenn du mit dem Bauch fühlst, machen wir des«, war Berger einverstanden, und die beiden fuhren nach Riezlern zurück.

Der alte Pfarrer stand am Fenster seiner Stube und blickte auf den Vorgarten hinaus. Dieser war seine ganze Freude, und er hegte und pflegte ihn. Seit die drei Polizisten bei ihm gewesen waren, hatte er oft an das Gespräch mit ihnen denken müssen. Ja, ich wüsste noch manches, was ihnen nützlich sein könnte, dachte er, und ein flüchtiges Lächeln huschte über sein faltiges Gesicht. Aber sie sollten noch mal von sich aus kommen, wenn sie etwas wissen wollten. Er wandte sich zum Herrgottswinkel und faltete die Hände. »Herr«, betete er laut, »gib diesen Polizisten Deinen Geist ein, und lass sie Erfolg haben! So möge endlich auch auf Schneiderküren Frieden einkehren und die armen Seelen ihre Ruhe finden. Ich werde die Gebeine der beiden Steinzeitmenschen der geweihten Erde und damit Dir übergeben, in Deinen ewigen Frieden empfehle ich sie bis zum Jüngsten Tag. Nimm alle Seelen im Himmel auf, besonders jene, die Deiner Barmherzigkeit am meisten bedürfen. Amen.«

Er bekreuzigte sich und nahm dann das Buch »Vorgeschichte in Vorarlberg« in die Hand und öffnete es an einer markierten Stelle. Er las im Kapitel »Steinzeit« weiter, das er bereits am Vortag angefangen hatte. Es beschrieb die neuesten Erkenntnisse über das Leben vor siebentausend Jahren. Demnach waren die damaligen Menschen keine Wilden, die sich nur gegenseitig das Essen mit dem Knüppel streitig gemacht hatten, sondern sie wiesen bereits eine erstaunliche Kulturstufe auf. Verschiedene Zeichnungen im Buch zeigten als Beispiel aufgefundenen Schmuck, Werkzeuge und Waffen aus Stein, deren Bearbeitung sicher große Mühe bereitet hatte. Sie konnten damals ja nur Stein mit einem noch härteren Stein bearbeiten. Der Steinbruch, den man vor einigen Jahren im Gemsteltal gefunden hatte, war das älteste bis dato aufgefundene steinzeitliche Abbaugebiet von Radiolorit im ganzen Alpenraum. Man hatte damals schon Schmuck angefertigt, mit dem sich die

Frauen begehrenswerter machten. Aniser sah auch eine Figur, die der auf Schneiderküren aufgefundenen »Küri« aufs Haar glich. Die eingeritzten Striche und Zeichen konnten bisher jedoch nicht vollständig entziffert werden, man suchte noch den Schlüssel dazu. Ähnlich dem Stein von Rosette, mit dessen Inschriften man einst die ägyptischen Hieroglyphen entziffern konnte, dachte der Pfarrer. Forscher hatten aber herausgefunden, dass einige Zeichen für den Träger den Tod bedeuten konnten. Bei dem in Schneiderküren aufgefundenen Schatz handelte es sich offenbar um eine größere Fertigung erster »Handwerker« im Tal.

Aniser wiegte den Kopf. Dort oben, das stand für ihn fest, waren zwei Menschen, ein Mann und eine Frau, ermordet worden. Bei der Frau hatte man Steinschmuck der besten Qualität gefunden. Sie konnte nicht wegen des Schmucks erschlagen worden sein, sonst hätte der Mörder diesen mitgenommen. Also musste etwas anderes der Grund gewesen sein, wie er es bereits den Polizisten dargelegt hatte. Vielleicht Eifersucht, Neid, Hass, Gier oder ähnliche, heute noch höchst aktuelle menschliche Eigenschaften. Für den Pfarrer stand fest, dass er die Skelettteile christlich beerdigen wollte, und er war überzeugt, dass dann die Erscheinungen um Schneiderküren und die Gerüchte aufhören würden. Der neue Mord an diesem mystischen Ort musste eine Verbindung zu den vorzeitlichen Morden haben. Dann dachte er aber an den großen Zeitunterschied und schüttelte zweifelnd den Kopf.

Er wandte sich noch einmal dem Herrgottswinkel zu. »Herr, ich bin nur ein kleiner Geist in Deinen Diensten.

Aber hilf mir, hinter das Mysterium zu kommen, damit man auch dieser neuen armen Seele einen würdigen Abschied bereiten und sie auf das ewige Leben vorbereiten kann. Amen.«

Als er Schritte vor dem Haus hörte, sah er zum Fenster hinaus. Gleich darauf läutete es. Aniser öffnete die Haustür und erblickte die beiden Polizisten, an die er gerade gedacht hatte. Er schloss einen Moment die Augen und dachte: Danke Herr! Du hast mein Gebet erhört! Nun will ich ihnen auch weiterhelfen auf ihrer Suche nach der Wahrheit.

»Grüß Gott! Was verschafft mir die Ehre? Gibt es etwas Neues im Mordfall auf Schneiderküren?«

»Herr Aniser, wir würden uns gerne noch einmal mit Ihnen unterhalten. Hätten Sie einen Moment Zeit für uns?«

Der alte Pfarrer sah sie prüfend an, dann erwiderte er: »Kommt herein, da redet's sich besser.« Er ging voraus in die Stube und wies wortlos auf zwei Stühle, dann fragte er: »Also, was möchten Sie noch wissen?«

Berger hüstelte. »Sie haben das letzte Mal schon eine Verbindung zwischen dem jetzigen und dem vorzeitlichen Mord angesprochen. Ist Ihnen noch mehr bekannt über mystische Vorfälle auf dieser Alpe, am Gottesacker oder am Ifen?«

Der Pfarrer blickte ihn an. »Es gäbe sicher noch vieles zu berichten, aber ob dies für euch brauchbar wäre, wage ich zu bezweifeln.«

»Überlassen Sie das bitte einfach uns!«

Aniser sah auf. »Ich werde Ihnen eine Sage aus dem Kleinwalsertal erzählen, die vom Gottesackerplateau handelt. Dann können Sie ja entscheiden, ob Sie damit etwas anfangen können oder nicht«, setzte er ironisch hinzu.

Er war aufgestanden und ans Fenster getreten. Sein Blick fiel auf die Abhänge des riesigen Plateaus, dessen östliche Ausläufer gut zu sehen waren. Dann fing er zu erzählen an, zuerst leise, dann allmählich in normaler Lautstärke.

»Das ganze Gebiet zwischen dem Hohen Ifen und den Oberen Gottesackerwänden, das man heute Gottesacker nennt, war lange vor dem Mittelalter eine fruchtbare Alpe. Eine große Hütte stand darauf, Kühe und Jungvieh weideten saftiges Gras und würzige Kräuter ab, und selbst zum Heuen blieb noch ein Teil übrig. Da kam eines Tages ein alter Mann zur Hütte und bat, von großem Hunger geplagt, um etwas Essen. Die Sennen, die reichsten der ganzen Gegend, waren hartherzig und geizig. Sie gaben dem alten Mann unter Lachen eine Schale voll Mist und wiesen ihm die Tür. Nur der Sennerbub hatte Mitleid und reichte ihm, was er eigentlich für sich aufgespart hatte. Der alte Mann wandte sich wortlos ab und stieg über die Hänge aufwärts. Kaum hatte er jedoch die Hütte ein Stück weit hinter sich gelassen, war ein furchtbares Dröhnen, Krachen und Ächzen zu hören. Ein großes Feuer brach aus, der Boden bebte, tat sich auf und verschlang die ganze fruchtbare Alpe, die Hütte, die Sennen und ihr Vieh. Nur der Sennerbub blieb verschont und berichtete im Tal, was sich zugetragen hatte.

Statt der grünen Alpe war fortan eine steinerne Wüste zu sehen, wie wir sie heute noch kennen. Sie erhielt den Namen Gottesacker, gleichbedeutend mit Friedhof. Viele Menschen hier im Tal glauben bis heute, dass es der Herrgott selbst war, der um Essen gebeten und dann die Alpe und ihre hartherzigen Menschen ins Verderben geschickt hatte.«

Aniser wandte sich um. »So ist also die Gegend um Schneiderküren zum wiederholten Male von Erscheinungen heimgesucht worden, die sich mit Ratio nicht erklären lassen. Wenn dort oben die Zahl der Wanderer zunimmt, wird von der Mystik des Ortes und seiner Ruhe einiges auf der Strecke bleiben.«

Der alte Pfarrer humpelte zu seinem Stuhl zurück und setzte sich. Dieser Gehfehler, dachte Berger, hatte sich beim letzten Mal nicht so deutlich gezeigt. Aniser, während seiner Erzählung wie abwesend, fand zur Wirklichkeit zurück, und Leben kam wieder in seine Augen. Er sah seine beiden Besucher an. Welche Lehren mochten sie aus dieser Sage ziehen können? Er wusste, dass es auf dem Gottesackerplateau Höhlen und Löcher gab, die sich als Versteck oder auch als Falle gut eigneten. Und es waren dort oben bestimmt noch mehr Dinge geschehen, die nicht bis ins Tal gedrungen waren.

Wanner räusperte sich. »Na ja, jetzt haben Sie uns eine Sage erzählt, die über das Entstehen des Plateaus berichtet. Was aber könnten wir daraus für Schlüsse ziehen?« Er war ratlos. Sage blieb Sage, aber warum hatte Aniser gerade diese gewählt?

Auf Anisers Gesicht war eine Spur von Ungeduld zu bemerken. Kapierten die beiden noch immer nicht?

»Es ist doch nicht so schwer zu begreifen«, sagte er dann. »In der Gegend von Schneiderküren hatte es immer schon Ereignisse gegeben, die als mystisch bezeichnet werden können. Wir wissen von dem Jahrtausende alten Doppelmord, vom Untergang der Alpe, jetzt vom Mord an Brugger und von Erscheinungen, die dort oben umgehen: Raben, Auerhähne, Gämsen, zwei in alte Kleidung gehüllte Menschen. Das alles zeigt doch klar, dass es zwischenmenschliche Beziehungen waren, die zum Verderben beigetragen haben. Neid, Hartherzigkeit, Gier! Unser Herrgott hat sich selten in die Angelegenheiten der Menschen eingemischt. Er wartet auf deren Einsicht und behält sich die Abrechnung für den Jüngsten Tag vor. Haben Sie jetzt verstanden?«

Feuer glühte in seinen schwarzen Augen, mit denen er Wanner anschaute. »Sie müssen sehen, dass die irdische Gerichtsbarkeit vollzogen wird. Tun Sie es bald!«

Paul Wanner war es langsam unheimlich geworden. Er verständigte sich durch einen Blick mit seinem Kollegen, dann sagte er: »Wenn ich Sie richtig verstanden habe, liegt das Motiv für den Mord an Brugger ausschließlich im Bereich einer möglicherweise gescheiterten Beziehung. Wir sollen also Ihrer Meinung nach eine Frau finden, die Grund genug hatte, auf Brugger eifersüchtig zu sein, ihn vielleicht hasste und den mystischen Ort als Tatort wählte.«

Aniser schüttelte schnell den Kopf. »Ich habe nichts von einer Frau gesagt.«

»Aber das ist meine Interpretation Ihrer Ausführungen. Gehen wir weiter zum Hölloch. Dort stürzte eine Frau zu Tode. Wir müssen also, quasi als Gegenstück dazu, einen Mann suchen, für den das eben Gesagte ebenfalls zutrifft. Stimmen Sie mit mir überein?«

Wanner wollte den Pfarrer in die Enge treiben, doch dieser ließ sich nicht festnageln.

»Was ich Ihnen erzählt habe, sind Gleichnisse, aus denen man Schlüsse ziehen kann. Das aber ist Ihre und«, er schaute zu Berger hinüber, »Ihre Aufgabe. Der Herrgott gebe Ihnen die Weisheit zum richtigen Handeln und lasse Sie Ihre Arbeit im Sinne der irdischen Gerechtigkeit vollenden. Jetzt aber bitte ich Sie zu gehen, ich habe noch zu tun.«

Wanner und Berger erhoben sich. »Vielen Dank, Herr Aniser«, sagte Berger, »wir müssen uns jetzt überlegen, was wir mit dem Gehörten anfangen können. Dürfen wir wieder …«

Aniser unterbrach ihn. »Nur wenn es wirklich notwendig erscheint.«

Die beiden fuhren zu Bergers Büro zurück. Dort holte er einen Kaffee für sich und einen Tee für Wanner.

»Setz di hin, was hat jetzt des gebracht?«

»Auf der Fahrt hierher hab ich mir Folgendes überlegt: Es wird nicht so verkehrt sein und auch keinen großen Umweg in unserer Arbeit bedeuten, wenn wir uns an die Gedanken von Aniser halten und nach Frauen suchen, die für den Mord auf Schneiderküren, und nach einem Mann, der für den Mord am Hölloch verantwortlich sein könnten. Da wären Josefine Kohler, Sonja Stark und … tja und sonst keine, die uns bisher bekannt geworden ist. In diesem Fall können wir den Kandelholz mal hintanstellen. Zwar hatte der deutliche Drohungen, und das unter Zeugen, gegen Brugger vorgebracht, aber … er ist keine Frau. So ganz wohl ist mir's natürlich nicht, aber spielen wir das Spiel vom alten Pfarrer mal mit. Also die Kohler. Du hast sie ja in meinem Büro miterlebt, und wir alle waren nicht überzeugt von ihrem Auftreten. Sie wollte partout den Posten von Brugger haben. Oder steckte noch mehr dahinter?«

Berger zuckte mit den Schultern. »Des is schwer zu sagen, wenigstens zum jetzigen Zeitpunkt. Man müsste sie noch mal ausquetschen und versuchen herauszufinden, wie weit sie wirklich gegangen wär, um den Posten vom Brugger zu kriegen.«

»Gut. Dann die Stark. Wenn wir das vom Aniser Gehörte auf sie übertragen und das von der Kathi bezeugte Verhältnis einbeziehen, scheint mir eine Beziehungstat hier am ehesten möglich. Nehmen wir einfach Folgendes an: Die Stark und der Brugger hatten ein Verhältnis, das plötzlich zu Ende war. Grund dafür könnte das von Brugger angefangene Techtelmechtel mit der Radja Palić sein, von dem die Stark was spitzgekriegt hat. Also bringt sie ihn aus enttäuschter Liebe um. So was hat's ja schon tausendmal gegeben. Ist es so, dann müssen wir nur noch herausbekommen, wie und warum die beiden gerade nach Schneiderküren gekommen sind, das wäre doch hier im Tal viel einfacher gewesen. Was meinst du dazu?«

Berger nickte anerkennend. »Gut bischt! Könnt von mir sein! Aber mi fragt man ja erscht dann, wenn niemand mehr weiterweiß. Demnach müssten wir uns jetzt als Erstes mit der Sonja Stark unterhalten. Ein bitzle Druck könnt ja auch ned schaden, oder?«

»Schwerpunkt auf ›bitzle‹, sonst gibt's Schwierigkeiten.«

»Ja, ja, i mein ja bloß und sag ja nix. Also, wann fahren wir zu ihr hin?«

»Find mal raus, wann sie normalerweise mit der Behandlung ihrer Patienten fertig ist. Dann kommen wir und behandeln sie«, schlug Wanner grinsend vor.

»Mir fällt da grad was ein. Sollten wir ned auch mal mit der Schülerin, der Radja, sprechen? Vielleicht könnt sie uns ja noch einen Tipp geben. Manchmal send's grad die Kleinigkeiten, die weiterhelfen. Und sie weiß doch sicher, wo sich ihr Vater aufhält, der Bazi, der uns so gelinkt hat mit der türkischen Verkleidung. Wo er die bloß her g'habt hat?«

»Wenn wir ihn erwischt haben, frag ich ihn und sag's dir dann«, antwortete Wanner.

»Abgesehen davon war deine Idee aber gut. Ich könnt' auf der Heimfahrt mal hinschauen, ob sie zu Hause ist. Möglicherweise ist ja sogar der Radomir wieder zurück. Das glaub ich zwar nicht, so blöd wird der nicht sein, weil er sich denken kann, dass das Haus überwacht wird. Das hab ich nämlich bereits angeordnet. Sag du mir also, wann wir bei der Stark aufkreuzen können. Sei aber vorsichtig, nicht dass die uns auch noch abhaut, und zwar in Männerkleidung!«

Berger lachte. »Ein zweit's Mal lassen wir uns ned täuschen. Jetzt heißt es cool bleiben und das Netz enger ziehen, wie du schon mal angedeutet hast.«

Die beiden verabschiedeten sich und Wanner fuhr nach Blaichach.

24 Eva Lang und Alex Riedle hatten inzwischen alle für die Fälle Hölloch und Schneiderküren gesammelten Unterlagen und Erkenntnisse konzentriert auf der Magnettafel umgesetzt. Fotos der Beteiligten ergänzten die Darstellungen. Sie hatten zwei Schwerpunkte herausgearbeitet, nämlich Schneiderküren und Hölloch. Sie waren der Überzeugung, dass es eine Verbindung geben müsse.

Die von der Uni Innsbruck und der forensischen Abteilung zugegangenen Unterlagen bewiesen Folgendes: Alter der Skelettteile und Steinschmuck/Werkzeuge waren eindeutig gleichzusetzen. Ebenso sicher handelte es sich um die Überreste einer Frau und eines Mannes. Der Mann hatte ein großes Loch im Schädel, die Frau ein verletztes Brustbein mit Spuren von Radiolorit. Der Forensiker hatte daraus gefolgert, dass sie mit einem Feuersteindolch erstochen, er aber mit einem schweren Stein erschlagen wurde. Die aufgefundene Figur, genannt »Küri«, und das Amulett sind zur selben Zeit hergestellt worden. Ihre Zeichen waren jedoch nicht vollständig zu entziffern. Aus den Knochenresten konnte in mühevoller Kleinarbeit DNA bestimmt werden. Die Analyse könnte es theoretisch ermöglichen, verwandtschaftliche Beziehungen zwischen den Getöteten aus der Steinzeit und den heute lebenden Personen nachzuweisen. Das wäre eine Sensation. Immerhin war es der Wissenschaft schon gelungen, einen Verwandtschaftsgrad über dreitausendfünfhundert Jahre herzustellen, warum also nicht auch das?

Eva hatte ein Fragezeichen dahintergesetzt und »dringend DNA aller Verdächtigen zum Vergleich bestimmen« dazugeschrieben.

Die Untersuchung der am Hölloch gefundenen Unterlagen hatte ergeben, dass sie sich mit einem möglichen Ergänzungsbau der Ifenbahn beschäftigen. Dieser war für die Öffentlichkeit noch nicht spruchreif. Insofern unvollständig und geheim. Die Untersuchung der Implantat-Zeichnung des Zahnarztes hatte nichts von besonderem Interesse gebracht. Es schien sich lediglich um eine Skizze zu handeln, wie man sie anfertigt, um jemandem etwas zu erklären. Zeugenaussagen bestätigten zwar die Drohungen von Kandelholz gegen Brugger, doch diese wären nach allgemeiner Meinung nicht ernst zu nehmen gewesen. Die beiden Verhältnisse zwischen Brugger und Stark sowie zwischen Brugger und Radja Palić führten zur Belastung von Sonja Stark und Radja Palić. Schwerpunkt lag auf Stark, denn mit ihr hatte Brugger ja wegen Radja Schluss gemacht. Die DNA von Frau Stark sollte zum Abgleich bestimmt werden und wegen des Testaments von Marion Zick auch die von Dr. Zick.

Eva Lang las sich das Ganze noch einmal durch. Klang ja alles ganz schön, aber irgendetwas hatten sie entweder übersehen oder es fehlte in ihren Recherchen, weil sie keine Kenntnis davon hatten. Aber was?

Als Alex ins Büro gestürmt kam, wusste Eva sofort, dass er eine entscheidende Nachricht hatte, denn sonst wäre er niemals zu solch hastigen Schritten bereit gewesen. Er schnaufte und hängte seine Jacke an die Garderobe neben der Tür.

»Du ahnst nicht, was ich herausgefunden habe«, sagte er dann und atmete tief durch. »Dr. Zick hat kein hundertprozentiges Alibi.«

»Was? Wie hast du denn das rausgekriegt?«, fragte Eva überrascht.

»Ich habe mit dem Leiter des Zahnärztekongresses, einem Dr. Schwend, gesprochen. Der holte sich die Unterlagen und schaute nach. Aus ihnen ging einwandfrei hervor, dass sich Dr. Zick angemeldet hatte. Wegen der großen Anzahl an Teilnehmern konnte Dr. Schwend aber nicht sagen, ob sein Kollege anwesend war oder nicht, auf jeden Fall stand seine Unterschrift als ›anwesend‹ auf der Liste. Es kann also davon ausgegangen werden, dass Dr. Zick, mindestens zu Beginn des Kongresses, dort war. Ein Schriftvergleich hat ergeben, dass die Unterschrift echt ist. Aber …« Riedle machte eine bedeutungsvolle Pause, »ein paar Kollegen, die er mir als mit Dr. Zick näher bekannt genannt hat, haben mir bestätigt, dass unser Zahnarzt in der ersten Pause am Vormittag das Kongresszentrum verlassen hat und erst am späteren Nachmittag wieder zurückgekehrt ist. Was bedeutet, dass er für diese schätzungsweise sechs Stunden kein Alibi hat. Das würde ausreichen, um mit einem entsprechenden Fahrzeug zum Hölloch zu fahren, dort seine Frau umzubringen und in der Nachmittagspause wieder zurück in Kempten zu sein.«

Eva Lang sah Alex an. Bewunderung lag in ihrem Blick. »Donnerwetter! Hast du prima gemacht! Jetzt können wir den Zick fragen, wo er in der Zwischenzeit gewesen ist. Das verstärkt den Verdacht gegen ihn noch mehr, weil er uns ja mit seiner Aussage angelogen hat, er sei die ganze Zeit beim Kongress gewesen. Da bin ich auf seine Antwort gespannt!«

Riedle nickte. »Jetzt warten wir auf unseren Chef und besprechen dann die weiteren Schritte. Der Verdacht reicht meiner Ansicht nach aus, den Zahnarzt vorzuladen und zu verhören. Ach, übrigens, unseren beiden Oberermittlern Wanner und Berger ist doch tatsächlich der Radomir Palić durch die Lappen gegangen, und zwar in türkischer Frauenkleidung, das hat mir Wanner selbst am Telefon mitgeteilt.« Er lachte vor sich hin. Dann sah er auf Evas leichte Bluse und fügte hinzu: »Mit deinem Gewand hätte er das nicht machen können.«

Eva Lang runzelte die Stirn. »Pass auf, dass dir beim Schielen nicht mal die Augen stehenbleiben.«

Riedle zog den Kopf ein und murmelte etwas Unverständliches, dann wandte er sich seinen Aufzeichnungen zu.

25 Der Hauptkommissar war inzwischen vor dem Haus von Palić in Blaichach eingetroffen. Er blieb noch eine Zeitlang im Auto sitzen und beobachtete die Fensterfront und den Eingang. Er konnte aber nichts Ungewöhnliches feststellen. Dann stieg er aus und läutete. Als sich minutenlang nichts rührte, wollte er schon zum Auto zurückgehen, als er durch die Sprechanlage eine Frauenstimme hörte. »Wer ist da?«

»Hier Paul Wanner von der Kripo Kempten. Ich möchte gerne mit Frau Radja Palić sprechen.«

»Um was geht es denn?« Die Stimme klang durch die Anlage verzerrt.

»Können wir das oben bei Ihnen besprechen?«

Nach einer Weile schnarrte der Türöffner. Wanner schob die Tür auf und stieg die Treppe hoch. Er sah eine junge Frau in der Wohnungstür von Palić stehen. Sie hatte die Tür hinter sich angelehnt und blickte Wanner misstrauisch entgegen. Wie er wusste, war sie siebzehn Jahre alt. Das lange schwarze Haar fiel ihr über die Schultern, was ihre mädchenhafte Attraktivität unterstrich. Sie hatte enge Jeans und ein helles T-Shirt an und mochte einen Kopf kleiner sein als Wanner. Ihre großen dunklen Augen waren mit Lidschatten hervorgehoben.

Arme Lehrer, dachte Paul, da machst was mit!

»Sind Sie Radja Palić?«, fragte er das Mädchen und zückte gleichzeitig seinen Ausweis.

Sie nickte. »Ja, und?«

»Darf ich reinkommen? Hier im Treppenhaus gibt es zu viele Ohren.«

Widerwillig trat Radja zur Seite und ließ Wanner eintreten. Etwas schien sie zu beunruhigen, denn sie sah einige Male zu einer Tür hin.

»Ich ermittle im Mordfall Brugger und möchte gerne ein paar Fragen an Sie richten. Sind Sie dazu bereit?«

Sie zuckte mit den Schultern. »Ja, wenn es sein muss. Nehmen Sie doch hier Platz!« Sie bot ihm einen Stuhl im Wohnzimmer an.

Wanner folgte ihrem Blick. Es müsste das Bad sein, überlegte er, daneben gab es die schmalere Tür zum WC, Küche und Schlafzimmer lagen gegenüber.

»Wissen Sie, wo Ihr Vater ist?«, fragte Wanner unvermittelt.

Radja schüttelte den Kopf. »Er ist verschwunden, ohne mir eine Nachricht zu hinterlassen.«

»Wir wollten mit ihm sprechen, aber er ist uns in Frauenkleidung entkommen. Was hat er mit Brugger zu tun gehabt?«

Radja sah ihn groß an, dann antwortete sie: »Sie wissen ja sicher, dass Herr Brugger und ich ein … ein …«, sie brach ab und fing zu weinen an.

»Wir wissen, dass Sie ein Verhältnis mit ihm hatten. Ihr Vater hat deswegen Drohungen gegen ihn ausgestoßen, die wir ernst nehmen müssen.« Er reichte ihr ein Papiertaschentuch, und sie putzte sich die Nase.

»Ja, Verhältnis! So kann man es auch ausdrücken.« Sie funkelte Wanner plötzlich böse an. »Wir haben uns geliebt! Und nach meinem achtzehnten Geburtstag wollten wir heiraten.«

»Oh, und was hat Ihr Vater zu diesem Plan gesagt?«

»Er wollte das um jeden Preis verhindern, aber er hätte nichts mehr machen können, wenn ich volljährig gewesen wäre.«

Also, dachte Wanner, daher musste Brugger noch vorher beseitigt werden.

»War Ihr Verhältnis zu Ihrem Vater deswegen angespannt?«

»Wir haben uns nicht immer sonderlich gut verstanden, aber schließlich wohnten wir hier zusammen. Da haben wir so eine Art Burgfrieden geschlossen.«

»Was macht Ihr Vater zurzeit beruflich?« Wanners Fragen kamen manchmal überraschend und hingen nicht immer mit der vorherigen Frage zusammen. Mit diesem Überraschungseffekt hatte er schon manch schweren Jungen überlistet. Hatten sie sich mal mit der Antwort verhaspelt, war es für einen geübten Ermittler nicht mehr schwer, die ganze Wahrheit zu erfahren.

»Er ist Vertreter für medizinische Artikel«, war die Antwort.

Nun unterlief Wanner ein Fehler, vermutlich, wie er später rekonstruierte, weil er bereits über die nächste Frage nachdachte. Er hakte nicht weiter nach, sonst wären seine folgenden Kombinationen schneller in die richtige Richtung gelaufen. So aber stellte er seine nächste Frage, nicht ahnend, wie nahe er seinem Ziel bereits gewesen war.

»Haben Sie gewusst, dass Herr Brugger ein Verhältnis mit seiner Vermieterin hatte, die in der Wohnung unter ihm wohnt?«

»Horst, ich meine Herr Brugger, hat mir davon erst relativ spät erzählt. Ich habe ihn dann vor die Wahl gestellt, entweder sie oder ich. Er hat sich für mich entschieden und ihr den Laufpass gegeben. Damit war für mich die Angelegenheit erledigt.«

»Wenn das umgekehrt Ihnen passiert wäre, wie hätten Sie dann reagiert?«

Radja Palić sah überrascht aus. Dieser Gedanke war ihr noch gar nicht gekommen. Sie zuckte mit den Schultern und antwortete: »Wahrscheinlich hätte ich vor Wut geschäumt. Für jede Frau ist es ein Schlag ins Gesicht, wenn sich ein Mann von ihr ab- und einer anderen zuwendet. Die Frage, was man denn falsch gemacht hat oder was die Neue besser kann, ginge einem nicht aus dem Sinn.«

»Wie weit wären Sie denn in einem solchen Zustand gegangen?« Zuerst wollte der Hauptkommissar Radja direkt fragen, ob sie Sonja Stark für fähig hielt, Brugger umgebracht zu haben, überlegte es sich dann aber schnell anders. Nur nicht verrennen!

Radja aber wich aus. »Das ist schwer zu sagen, nachdem dieser Fall doch nicht eingetreten ist.«

Die nächsten Fragen brachte Wanner in einem zwanglosen Gespräch unter, bei dem Radja schließlich ein wenig auftaute und bereitwilliger darauf einging.

Bevor er sich verabschiedete, bat er sie: »Teilen Sie mir bitte sofort mit, wenn sich Ihr Vater hier blicken lässt oder seinen Aufenthaltsort mitteilt. Hier ist meine Karte, da können Sie mich immer, Tag und Nacht, anrufen. Wir suchen ihn nur zur Befragung, richten Sie es ihm bitte aus. Auf Wiedersehen!«

Wanner tat beim Hinausgehen so, als hätte er die Türen verwechselt und öffnete schnell die Badezimmertür. Niemand war darin, das Fenster stand offen. Und wie er von unten später feststellte, konnte man vom Badezimmerfenster auf das Flachdach eines Zwischenbaues zum nächsten Block gelangen.

Er fluchte vor sich hin. Wieder entwischt! Seine Kollegen, die das Haus überwachen sollten, würden da was von ihm zu hören bekommen! Haben sie geschlafen, oder war ihre Zeitung so interessant? Oder hatten sie … Wanner musste da mal nachfragen, ob es eventuell ein Kollege und eine Kollegin waren, die da im Auto gesessen hatten. Oder der Palić hatte mitgekriegt, dass das Haus überwacht wurde und es beobachtet. Und als die beiden Polizisten ausgestiegen waren, um sich einen Kaffee oder eine Leberkässemmel zu holen, war er schnell ins Haus gehuscht. Na ja, so könnte es gewesen sein. Dann aber hatten die beiden dagegen verstoßen, dass sich nur immer einer von seinem Posten entfernen durfte. Sei es, wie es sei, die beiden würden auf jeden Fall eins aufs Dach kriegen!

Zurück im Büro, berichtete er über sein Gespräch mit Radja Palić. Als er dann von Alex' Recherchen hörte, die Zicks Alibi als unwahr herausstellten, knurrte er: »Zick, Zick! Es sieht so aus, als hätten wir dich. Wie kann man nur so blöd sein und sein Alibi auf Sand bauen. Das ist noch niemals gutgegangen. Jetzt müssen wir noch mal hin und ihn damit konfrontieren. Nachdem Alex das so sauber rausgekriegt hat, fährt er mit nach Oberstdorf und hilft mir bei der Befragung.«

Riedle strahlte. Wanner schien sehr zufrieden mit ihm zu sein.

Und zu Eva gewandt meinte Wanner: »Du könntest dich mal mit dem Florian zusammensetzen und seine Ergebnisse mit ihm aufarbeiten. Das würde ihn sicher freuen.«

Als er sich umdrehte, huschte ein feines Lächeln über sein Gesicht. Aber das sahen weder Eva noch Alex.

Später rief Wanner den Heimatforscher Wienand in Hirschegg an. Er fragte ihn allgemein nach den Steinzeitmenschen und der Geologie des Ifengebietes. Vor allem wollte er von ihm wissen, wo sich im Gottesackerplateau größere Höhlen befänden, in denen sich Steinzeitmenschen oder auch ihre Nachfahren hätten aufhalten können. Er nahm immer noch an, dass sich der Steinzeitschatz von Schneiderküren in einem Versteck auf dem Plateau befunden haben musste, wo ihn jemand gefunden und zur Jagdhütte mitgenommen hatte. Wienand stimmte Wanners Vermutung zu. Er bat am Ende des Gesprächs, Wanner möge ihm helfen, diese für ganz Vorarlberg so wichtigen Fundstücke nach Ende der Ermittlungen zu bekommen. Er wollte für sie im Kleinwalsertal ein eigenes Museum errichten lassen. Dort konnten dann auch die Stücke untergebracht werden, die sich bisher im Walserhaus in Hirschegg befanden. Wanner sagte ihm seine Hilfe zu, machte ihn aber gleichzeitig darauf aufmerksam, dass alle menschlichen

Überreste Pfarrer Aniser zur Beerdigung versprochen waren.

Nach dem Gespräch stand Wanner auf und trat ans Fenster. Er bedauerte immer wieder, dass der Blick hier mitten in der Stadt so eingeschränkt war. Beim Nachdenken wünschte er sich einen weiten Horizont, der auch zu seinem großzügigen Wesen besser gepasst hätte. Er versuchte trotzdem weiterzukombinieren. Bei dem Gewicht der steinernen Werkzeuge und des Schmuckes waren entweder mehrere Personen am Transport beteiligt, oder, was Wanner eher vermutete, es war nur einer. Dann musste derjenige etliche Male vom Versteck zur Jagdhütte gegangen sein. Je nach Entfernung des Versteckes hatte das sicher eine ganze Weile gedauert. Wenn aber dieser Steinzeitschatz wirklich das Motiv für den Mord an Brugger gewesen war, ließ sich zum Fall der Marion Zick im Mahdtal nur schwer eine Verbindung herstellen. Also war der zweite Mord doch nur Zufall? War Marion Zick von ihrem Mann wegen des Testaments und auch ihres Vermögens laut Ehe- und Erbvertrag umgebracht worden, so hatte dies weder mit dem Steinzeitschatz noch mit Brugger etwas zu tun gehabt. Hier liefen zwei Spuren nebeneinander, und es waren vermutlich zwei parallele Fälle aufzuklären. Hatten sie bisher etwas versäumt, womöglich Zeit verloren? Nein, dachte er, haben wir nicht, denn alles, was wir bisher unternommen haben, lässt sich wie Puzzleteile in beide Fälle einsetzen.

Ohne ihre Kräfte zielsicher zu bündeln, würden sie wohl nicht weiterkommen.

26 Als Wanner und Riedle in die Zahnarztpraxis von Dr. Zick kamen, wollte die MTA sie zunächst nicht zu ihm lassen. Erst als Wanner sie über die Pflicht aufgeklärt hatte, in einem Mordfall zu helfen, gab sie widerstrebend nach und verschwand im Behandlungszimmer, wo der Zahnarzt gerade einem Patienten den Weisheitszahn zog.

»Hast du auch Zahnschmerzen?«, fragte Wanner an Riedle gewandt. »Das letzte Mal war schon das Geräusch des Bohrers angeblich schuld an den Zahnschmerzen bei Eva.«

»Nein, hab ich nicht! Und wenn ich daran denke, dass der Kerl seine Frau umgebracht haben könnte, würde ich den sowieso nicht in die Nähe meiner Gurgel lassen«, war Riedles Antwort.

»Herr Dr. Zick lässt sich noch etwa fünfzehn Minuten entschuldigen, dann hat er für Sie Zeit. Wenn Sie bitte so lange Platz nehmen wollen …«, teilte ihnen die MTA nach einer Weile mit.

Für einen Spaziergang wie beim letzten Mal reichte die Zeit nicht aus. Die beiden Polizisten setzten sich daher ins Wartezimmer und griffen nach Zeitschriften, die dort unordentlich auf einem Tisch lagen. Gelangweilt blätterte Paul in einer davon. Dort war hauptsächlich adeliger Klatsch zu lesen. Wanner schüttelte den Kopf. Was es nicht alles gab! Auf der nächsten Seite stand eine Reportage über illegalen Handel mit zahnärztlichen Geräten. Der bisher angerichtete Schaden wurde mit einer Million Euro angegeben. Alles wurde offenbar auf den Balkan verschoben, wo sich die weiteren Spuren verloren. Wer hinter der Angelegenheit steckte, war bisher noch nicht ermittelt worden. Federführend war die Polizei in Ulm, in deren Dienstbereich der Schwarzhandel zum ersten Mal bekannt geworden war. Bevor Wanner weiterlesen konnte, kam Dr. Zick in den Raum und begrüßte sie. Dann bat er sie in sein Büro und schloss die Tür.

»Was kann ich für Sie tun?«, fragte er und wies auf zwei Stühle.

Wanner räusperte sich. »Sie haben uns angelogen. Sie waren nicht den ganzen Tag auf dem Kongress in Kempten, wie Sie das letzte Mal behauptet haben. Sie waren etwa fünf bis sechs Stunden abwesend. Welche Erklärung haben Sie dafür?«

Dr. Zick schnappte nach Luft. Nur langsam erlangte er seine Fassung wieder.

»Ich … ich, ja – wie soll ich sagen? Das stimmt gar nicht. Ich war die ganze Zeit auf dem Kongress, nur hatte ich den Platz gewechselt, weil der erste Stuhl ungünstig stand … ich meine, von da aus hatte ich eine schlechte Sicht auf den Redner.«

»Wie kam es dann aber, dass Sie später wieder auf ebendiesem Stuhl saßen – von einigen Zeugen bestätigt – und dort bis zum Ende des Kongresses auch sitzen blieben?«

Der Zahnarzt biss sich auf die Lippe. »Na ja, ich wollte noch mit dem Kollegen sprechen, der dort daneben saß ...«

»Ach? Also während Kongressredner am Pult sich alle Mühe gaben, die neuesten wissenschaftlichen Erkenntnisse zu erörtern, wollten Sie sich mit Ihrem Stuhlnachbarn unterhalten?«

Der Zahnarzt war deutlich verunsichert. Er saß zusammengesunken auf seinem Stuhl, und wie es schien, auch geistesabwesend.

Wanner wartete. Seine Menschenkenntnis sagte ihm, dass der vor ihm sitzende Mann nicht lange durchhalten würde. Es gab nur einen Grund: Dr. Zick hatte tatsächlich seine Frau umgebracht. Und das Motiv schien auf der Hand zu liegen: Gier!

Riedle räusperte sich. Als sich Wanner ihm zuwandte, hob Alex ganz leicht eine Hand und deutete mit dem Daumen nach oben. Auch für ihn war die Sache klar. Nur hatten beide angenommen, dass der Zahnarzt ein härterer Bursche sein und länger kämpfen würde. Aber so reagierten Menschen oft, die zum ersten Mal ein Verbrechen begangen hatten, dachte Paul. Waren sie nicht abgebrüht genug, dann brach ihre Widerstandskraft schnell zusammen.

Der Hauptkommissar wollte seinem Kollegen den Triumph gönnen und nickte Richtung Zick. Alex sandte einen dankbaren Blick zurück und wandte sich an Dr. Zick.

»Nun, Herr Doktor Zick? Herr Wanner hat Ihnen eine Frage gestellt, die Sie bitte beantworten wollen. War es wirklich so, dass Sie sich nur wieder auf Ihren alten Platz gesetzt haben, weil sie sich unterhalten wollten? Das erscheint absolut unglaubwürdig.«

Der Zahnarzt sah gequält auf. Er faltete die Hände und begann stockend: »Es ist eh alles aus und vorbei. Was ich Ihnen jetzt erzähle, müssen Sie mir glauben. Es hat sich alles tatsächlich so abgespielt.«

Er hielt inne, stand auf und holte ein Glas Wasser, das er in einem Zug halb austrank. Dann fuhr er fort, ohne aufzusehen. »Mir war durch Zufall bekannt geworden, dass meine Frau in meiner Abwesenheit öfter außer Haus war und sich mit einem Mann traf, der einen Kombi mit ausländischem Kennzeichen fuhr. Erzählt hat es mir ein Bekannter, der sie zwei- oder dreimal beobachtet hatte. Ich konnte mir lange keinen Reim darauf machen, denn offensichtlich schienen die beiden kein … sexuelles Verhältnis zu haben. Der Bekannte sah nur, wie die beiden miteinander sprachen und teilweise heftig gestikulierten. Was soll das, habe ich mir gedacht, aber ich wollte Marion deswegen nicht ansprechen. Sie sollte von sich aus zu mir kommen und berichten. Eines Tages fand ich zu Hause auf dem Boden einen handgeschriebenen Zettel, offenbar war er irgendwo herausgefallen. Darauf stand: 17.00 Uhr, wie immer. Nichts weiter. Ich legte mich auf die Lauer, weil ich meine Frau jetzt doch zur Rede stellen wollte, und folgte ihr, als sie kurz vor 17.00 Uhr wegfuhr.«

Dr. Zick schaute zum ersten Mal auf. »Ich sah sie in der Nähe der Lorettokapelle parken, wo bereits ein Kombi stand. Sie öffnete den Kofferraum, holte ein größeres Paket heraus und ging zum Kombi, aus dem ein Mann stieg, ihr das Paket abnahm und es in seinem Wagen verstaute. Dann übergab er ihr ein Kuvert. Kurze Zeit später fuhren beide Wagen in verschiedene Richtungen davon. Ich folgte dem Kombi Richtung Renksteg. Leider habe ich ihn dann aus den Augen verloren. Als ich heimkam, saß meine Frau in ihrem Zimmer und las. Ich war wütend und sagte ihr unbeherrscht auf den Kopf zu, dass sie sich mit einem fremden Mann getroffen hatte, und zwar nicht nur an diesem Tag, sondern schon mehrere Male. Außerdem, so schrie ich sie an, wollte ich wissen, was in dem Paket war, das sie dem Mann übergeben hatte.«

Dr. Zick bekam einen Hustenanfall, dann fügte er hinzu: »Meine Frau wurde kreidebleich. Dann schien sie zu überlegen. Schließlich kam sie wohl zu dem Schluss, es sei besser, mir die Wahrheit zu sagen. Deshalb beichtete sie mir, dass sie seit längerem einen Schwarzhandel mit zahntechnischen Geräten und elektronischen Apparaten organisieren half, die allesamt nach Serbien verschoben wurden. In diesem Moment wurde mir blitzartig klar, dass meine bestellten Geräte nie auf dem Postweg verloren gegangen waren, wie es immer geheißen hatte. Wo und wie meine Frau die andere Ware organisierte – meine allein hätte nicht ausgereicht –, wollte sie mir nicht verraten. Nachdem wir uns eine Weile heftig gestritten hatten, sagte Marion plötzlich: ›Wenn du mich an die Polizei verpfeifst, ändere ich mein Testament! Und auf mein Vermögen laut Ehevertrag brauchst du auch nicht zu hoffen, denn ich habe einen großen Teil davon … verbraucht. Insofern war das Geld aus diesem Geschäft ein willkommener Zuschuss zu den Lebenshaltungskosten.‹ Dabei hatte sie mich höhnisch angeschaut.

›Und keine Polizei wird dir glauben, dass du von diesen Geschäften nichts gewusst hast‹, setzte sie dann noch hinzu. Also, was blieb mir übrig? Dass sie das Testament trotzdem ändern wollte, erfuhr ich erst später. Der Notar ist ein Vereinsfreund von mir.«

Wanner, der Dr. Zick scharf beobachtet hatte, war sich nicht im Klaren, ob er ihm glauben sollte oder nicht. Er nickte Riedle aufmunternd zu.

»Dr. Zick«, begann Riedle, »lassen wir mal die Glaubwürdigkeit dessen, was Sie uns erzählt haben, vorerst dahingestellt. Jetzt interessiert uns natürlich brennend, wie Ihre Frau zum Hölloch und dort ums Leben gekommen ist und warum sie Unterlagen der Kleinwalsertaler Bergbahnen bei sich hatte. Wir gehen davon aus, dass Sie den Zahnärztekongress in Kempten verlassen haben und zum Hölloch gekommen sind, wie, das werden wir noch herausfinden. Dort haben Sie Ihre Frau angetroffen und getötet und sind wieder zum Kongress zurückgekehrt. Zeitmäßig würde das hinhauen. Ein Motiv hatten Sie ja: Die Testamentsänderung und die Erpressung durch Ihre Frau.«

Dr. Zick schaute verzweifelt drein. »Nein, nein! Ich habe meine Frau nicht umgebracht. Ja, ich gebe zu, dass ich am Hölloch war, weil ich wusste, dass meine Frau dort sein würde. Ich hatte zufällig ein Telefongespräch zwischen Marion und ihrer Freundin mitgehört. Dabei erfuhr ich, dass Marion alleine zum Hölloch gehen und die Bergtour mit ihrer Freundin nur vortäuschen wollte. Ich hatte sofort den Verdacht, dass dieser andere Mann, mit dem sie sich bereits mehrfach getroffen hatte, dahintersteckte, und musste mir einfach Gewissheit darüber verschaffen, ob Marion mich mit diesem Kerl womöglich betrog. Als ich dort ankam, war sie bereits tot. Ich habe sie im Hölloch hängen sehen und bin voll Entsetzen wieder zurückgefahren. Sie müssen wissen, ich habe ein Motorrad. Von Kempten bin ich mit dem Wagen heimgefahren, habe das Motorrad geholt und es später wieder dort abgestellt.«

Wanner erinnerte sich, beim ersten Besuch ein verschmutztes Motorrad an der Hauswand gesehen zu haben. Wenigstens das scheint zu stimmen, dachte er.

Riedle gab Wanner einen Wink, die Befragung zu übernehmen.

»Herr Dr. Zick, was hat Ihre Frau am Hölloch gemacht? Sie musste ja zu Fuß dorthin gehen.«

»Sie hatte mir nur am Tag zuvor mitgeteilt, dass sie am nächsten Tag eine Wanderung unternehmen wollte, und zwar mit einer Freundin aus Oberstdorf. Sie wollten durch das Mahdtal gehen, mehr habe ich nicht erfahren.«

»Moment mal, hatten Sie nicht angegeben, dass Ihre Frau ihre Mutter besuchen wollte?«

»Das war lediglich eine Ausrede. Ich wollte Zeit zum Überlegen gewinnen, deshalb habe ich meine Frau nicht gleich als vermisst gemeldet. Irgendwie musste ich ja versuchen, alles zu vertuschen. Allerdings hatte ich meine Schwiegermutter angerufen und ihr gesagt, dass Marion sie besuchen käme.«

»Haben Sie danach die Freundin gefragt, ob sie dabei war?«

»Marion hatte mir zwar den Namen genannt, aber ich habe mich, nachdem meine Frau … tot war, nicht mehr getraut, sie anzurufen. Ich fürchtete, dass mein Interesse falsch ausgelegt werden könnte.«

»Hatte Ihre Frau Feinde?«

»Davon weiß ich nichts.«

»Könnte der Mord mit ihrem Schwarzhandel zu tun haben?«

»Möglich ist das schon.«

»Sie haben sich nicht zufällig das Kennzeichen des Kombis gemerkt?«

»Der stand zu weit weg. Irgendetwas Ausländisches.«

»Wieso hatte Ihre Frau geheime Unterlagen der Kleinwalsertaler Bergbahnen bei sich?«

»Keine Ahnung.«

»Ihre Frau muss ihren Mörder gekannt haben. Ich glaube nämlich, dass sie sich mit jemand Bestimmten dort oben treffen wollte.«

»Wir versuchen mal, diese Freundin ausfindig zu machen«, sagte Wanner zu Riedle gewandt. »Dann fragen wir sie, was genau Frau Zick mit ihr besprochen hat. Und Sie, Herr Dr. Zick, halten sich bitte zu unserer Verfügung. Unternehmen Sie keine Reise, ohne mich oder meine Kollegen vorher zu kontaktieren. Nun möchte ich noch eine Speichelprobe von Ihnen nehmen, wir wollen anhand der DNA nachprüfen, ob das stimmen kann, was Sie uns erzählt haben.«

Der Zahnarzt nickte, sah jedoch grimmig drein. Dann ließ er sich die Speichelprobe nehmen.

Als danach die beiden Polizisten die Praxis verließen, blickte ihnen die MTA entrüstet hinterher.

27 Bevor Wanner und Riedle nach Kempten zurückgefahren waren, hatten sie noch die Freundin von Marion, Elli Landerer, aufsuchen wollen, sie aber zu Hause nicht angetroffen.

Den Namen hatten sie von Dr. Zick erhalten, die Adresse hatte schließlich Riedle ausfindig gemacht. Wanner hinterließ seine Visitenkarte und bat um einen dringenden Anruf in seinem Büro.

Als Wanner und Riedle zurück ins Büro kamen, war Eva Lang gerade damit beschäftigt, die Magnettafel zu bestücken.

»Hallo, Eva, schon zurück aus dem Kleinwalsertal?«

Wanner legte seine Aktentasche auf den Tisch und sah Eva neugierig an.

»Ja, und viele Grüße vom Florian, aber vielleicht erzählt erst mal ihr, was ihr herausgefunden habt.«

Paul und Alex berichteten von ihrem Gespräch mit dem Zahnarzt.

»Und jetzt du!«, forderte Wanner sie auf.

»Na ja, wir haben auch nicht geschlafen …«

»… miteinander?«, hörte man Alex aus dem Hintergrund fragen.

Eva fuhr herum. »Denkst du auch mal an etwas anderes?«, meinte sie ärgerlich.

»Lass bitte Eva ausreden!« Wanner sah Alex strafend an und schüttelte leicht den Kopf.

»'tschuldigung«, kam die verlegene Antwort.

»Also, ich war mit Florian bei dieser Josefine Kohler, und wir haben sie noch mal in die Zange genommen. Sie war zwar, so hatten wir beide den Eindruck, scharf auf Bruggers Posten und vielleicht auch auf ihn, aber sie stritt vehement ab, etwas mit dem Mord zu tun zu haben. Als wir ihre Wohnung wieder verließen, fiel mir ein Steinanhänger auf, der auf einer kleinen Ablage in der Garderobe lag. Auf meine Frage, woher sie den hätte, antwortete sie: ›Von Herrn Brugger.‹ Sie biss sich aber gleich auf die Lippe, so als hätte sie vorschnell etwas gesagt, was sie nicht hatte sagen wollen. ›Zu welchem Anlass, wenn ich fragen darf?‹, hakte ich nach, da mich der Anhänger sehr an eins der steinzeitlichen Schmuckstücke aus dem Fund erinnerte. Aber sie wich aus. ›Ach, einfach nur so, nach einer Vorstandssitzung.‹ Aber sie sah aus, als würde sie das selbst nicht glauben. Hier müssen wir noch mal auf den Busch klopfen!«

»Okay, machen wir. Hältst du es für möglich, dass sie Brugger ermordet haben könnte?«

Eva zuckte mit den Schultern. »Das haben wir uns auch gefragt, der Florian und ich, sind aber zu keinem eindeutigen Ergebnis gekommen. Möglich wäre es schon, schließlich stand er ihr im Weg.«

»Und was ist mit den Erscheinungen am Gottesacker geworden, gibt's die noch?«, hörte man Riedles ironische Stimme.

Eva ließ sich nicht aus der Ruhe bringen. »Wenn du die Raben, Auerhähne und Gämsen meinst: Ich habe keine gesehen. Nur den Mann in der Fellkleidung, er lässt dich grüßen und fragen, ob er dir statt deines zu großen Sakkos lieber einen Fellmantel nähen soll.«

Die Retourkutsche kam sofort. »Du kannst den Mann ja vorladen und verhören, dann kann er gleich bei mir Maß nehmen.«

»Herrgott noch mal, jetzt hört aber auf! Das ist ja wie im Kindergarten«, sagte Wanner verärgert.

Das Telefon klingelte. Es war Elli Landerer, die Freundin von Frau Zick. Sie erzählte, Marion habe sie zwar wegen einer Wanderung angerufen, aber keinen Termin mit ihr vereinbart. Man wollte wieder miteinander telefonieren, sobald ein Termin möglich wäre. Mehr konnte sie nicht sagen. Wanner bedankte sich und legte auf.

»Wenn es sich so verhalten hat, dann wollte Marion Zick also gar nicht mit Elli Landerer ins Mahdtal und zum Hölloch, sondern mit jemand anderem. Sie schob ihre Freundin nur vor. Mit wem aber dann? Wenn es nicht ihr Mann war, fällt mir jetzt nur noch der Fahrer des Kombis ein, mit dem sie ja die dubiosen Geschäfte mit den medizinischen Geräten und Apparaten gemacht hat. Er könnte damit auch verdächtig sein. Wer sonst hätte, außer Dr. Zick, einen Grund gehabt, Marion Zick zu ermorden? Wir müssen nach ihm fahnden. Schade, dass wir keinen anderen Anhaltspunkt haben, als das ausländische Kennzeichen irgendeines Landes vom Balkan, möglicherweise ein serbisches. Muss aber nicht sein, auch wenn die Sachen nach Serbien verschoben wurden. Irgendwie habe ich das Gefühl, dass der Fahrer öfter in unserer Gegend war. Er könnte jedes Mal gewartet haben, bis seine Ladung vollständig war und der Transport sich lohnte. Es wäre doch möglich, dass dieser Kombi irgendwo aufgefallen ist, Tiefgaragen, rote Verkehrsampeln, Geschwindigkeitsüberschreitung oder Ähnliches. Alex, frag mal bei der Oberstdorfer Polizei, dem Landratsamt, Sonthofen und der Stadt Immenstadt nach, und auch in Kempten, ob denen ein Kombi mit ausländischer Nummer aufgefallen ist oder gemeldet wurde. Vielleicht kommen wir so weiter.«

Riedle nickte und griff zum Telefonhörer.

Wanners Telefon läutete. Es war das Labor, in dem die DNA-Analysen erstellt wurden. Der Leiter entschuldigte sich für die Verzögerung des Ergebnisses, da ein technischer Fehler aufgetreten sei. Er kündigte es stattdessen für den nächsten oder übernächsten Tag an.

Der Hauptkommissar knallte den Hörer auf und knurrte: »Was haben die denn für ein Glump! Hätten wir das Ergebnis heute schon, wüssten wir, ob die Proben von Zick mit den Resten unter Marions Fingernägeln beziehungsweise dem Taschentuch übereinstimmten, was möglicherweise gleichbedeutend mit der Lösung des Falles gewesen wäre.«

Er zog seine Schublade auf und suchte nach einem Apfel. Seit er aber aus Gründen der Frische nur noch zwei gleichzeitig kaufte, war die Schublade meist leer. Wütend schob er die Lade wieder zu. Dabei vergaß er aber, seinen Zeigefinger rechtzeitig zurückzuziehen und klemmte ihn ein. »Au ... verdammt noch mal ... auch das noch ... Saxendi!«, schrie er und steckte den Finger zur

Schmerzmilderung in den Mund. Er schnitt Grimassen, blies abwechselnd auf den Finger, steckte ihn wieder in den Mund oder schüttelte die Hand. Dann besah er sich die Stelle. Es war ein Volltreffer am Fingernagel gewesen, der sicher bald eine andere Farbe annehmen würde.

Weder Eva noch Alex hatten gewagt, auch nur die Miene zu verziehen. Sie wussten, ein einziges Lächeln hätte genügt, und Wanner wäre explodiert, was sie tunlichst vermeiden wollten. Sie waren froh, dass er das Telefonat mit dem Labor schon vorher beendet hatte. In seinem Zustand wäre es sonst wohl zu einer heftigeren Reaktion wegen des technischen Fehlers gekommen.

Am nächsten Morgen kam ein Fax vom Laborleiter. Nachdem Wanner es gelesen hatte, entfuhr ihm ein solcher Ausdruck, dass Eva den Kopf einzog.

Wanner hatte es nun schwarz auf weiß vor sich: Zwischen den beiden Analysen bestand keine Übereinstimmung. Dr. Zick hatte seine Frau also nicht umgebracht.

Aber wer dann? Der Verdacht richtete sich jetzt verstärkt auf den Fahrer des Kombis. Er könnte am Tod von Marion Zick ein Interesse gehabt haben, allerdings: Wer schlachtet die Kuh, die er melken kann? Dabei hätte alles so schön zusammengepasst. Das Testament, das verbliebene Vermögen ... ein Motiv wie aus dem Bilderbuch.

Jetzt war es wie eine Seifenblase zerplatzt.

Und damit war zunächst der Aussage von Dr. Zick Glauben zu schenken, bis sich etwas anderes herausstellte.

Das schmerzte Wanner mehr als der Finger.

28

Florian Berger hatte seinen Dienstwagen an der Talstation der Kanzelwandbahn in Riezlern geparkt und schlenderte nun die Hauptstraße entlang. Wie immer im Herbst war der Ort voller Touristen, die hauptsächlich wegen der vielen Wandermöglichkeiten hier im Tal Urlaub machten. Dazu kamen Tagesausflügler, so dass Riezlern, der Hauptort des Kleinwalsertales, zu dieser Zeit von Menschen regelrecht überflutet schien. Die Autos fuhren langsam durch die Walser Straße, die immer wieder von Wanderern überquert wurde.

Berger hatte beschlossen, seine übliche Kontrolle diesmal zu Fuß durchzuführen. Er war aus seinem Büro in Hirschegg geflohen, weil er dort nicht die Ruhe fand, die er brauchte, um sich weiter in den Fall Brugger zu vertiefen. Er war die möglichen Verdächtigen immer wieder durchgegangen: Kandelholz, Kohler, Stark und vor allem Palić. Jeder von ihnen hätte einen Grund gehabt, Brugger umzubringen. Aber was nützte ihm dieses Wissen? Es kam ja nur einer davon in Frage. Dabei war es theoretisch sogar möglich, dass jemand den Lehrer ermordet hatte, der noch gar nicht auf der Liste der Verdächtigen stand. Was dann? Dann fing alles wieder von vorne an. Berger fand aus dem Kreis seiner

Gedanken nicht heraus. Zwar hatten ihm Wanner und Eva Lang nach Kräften geholfen, Licht ins Dunkel zu bringen, aber ein Durchbruch war auch ihnen nicht geglückt. Im Gegenteil: Sie steckten mit ihrer Leiche vom Hölloch selbst noch mitten in den Ermittlungen, ohne, wie er wusste, nennenswerte Fortschritte gemacht zu haben. Einer war allerdings zu vermelden, wie Paul ihm am Telefon mitgeteilt hatte: Dr. Zick kam als Täter nicht mehr in Frage! Immerhin etwas. Berger hatte sich überlegt, noch einmal mit Pfarrer Aniser zu sprechen. Er konnte nicht sagen, warum ihm dieser Gedanke gekommen war. Bisher hatte ihnen der alte Herr doch mehr oder weniger lediglich Rätsel aufgegeben. Der Gedanke saß in seinem Kopf fest und war nicht mehr wegzubringen. Worüber sollte er ihn aber befragen? Über das Geheimnis der Toten aus der Steinzeit? Das Mysterium von Schneiderküren? Die Verbindung zwischen Vergangenheit und Gegenwart? Was konnte dabei herauskommen, außer Zeitverschwendung und weiterer Verwirrung?

Florian Berger war inzwischen bis zum Casino Kleinwalsertal gekommen, wo er die Straße überqueren wollte, um auf der anderen Seite wieder zurückzukehren. Er blickte auf das Casino, Traum und Albtraum vieler Besucher. Jeder, der dort hineinging, glaubte an sein Glück. Manchem gelang ein Gewinn, die meisten aber kehrten bestimmt mit Verlusten zurück, dachte er. Wer sich in der Gewalt hatte, begrenzte die Summe, die er höchstens verspielen wollte, und verließ danach das Casino wieder. Manche aber spielten sich in einen Rausch, aus dem sie allein nicht mehr herausfanden. Als letzte Möglichkeit blieb, sich bei allen Casinos sperren zu lassen, damit die Versuchung gebannt war.

Auch Florian hatte schon mal daran gedacht, im Casino sein Glück zu versuchen, es jedoch in Anbetracht seines Polizistengehaltes bleiben lassen. Einmal hatte man ihn ins Casino gerufen, um einen rabiaten Verlierer an die frische Luft zu befördern. Er hatte sich später ein Abendessen im gemütlichen Casinorestaurant gegönnt, um wenigstens einmal diese Welt hautnah zu spüren.

Er trat an den Straßenrand und wartete eine Lücke in der vorbeifahrenden Autokolonne ab. Es war Feierabend, Rushhour im Kleinwalsertal. Als er endlich die Straße überqueren konnte, sah er auf der anderen Seite einen Mann, den er mitten im Gewimmel wiedererkannte: Radomir Palić. Auch der wollte die Straße überqueren, ließ es aber offensichtlich schnell bleiben, als er Berger bemerkte, und wandte sich hastig ab. Er verschwand in der Menge, bevor Berger auf der anderen Seite war. Florian versuchte ihm zu folgen, kam aber im Trubel der Passanten nicht schnell genug vorwärts und verlor Palić aus den Augen.

Palić? Der wurde doch gesucht! Was hatte der hier im Kleinwalsertal zu tun? Berger musste sofort seine Kollegen in Hirschegg verständigen und sie nach Palić fahnden lassen, außerdem musste er Wanner mitteilen, dass sich der Gesuchte hier in Riezlern aufhielt. Berger erledigte die beiden Anrufe und kehrte zu seinem Wagen zurück. Er hatte seine Kollegen angewiesen, an der alten Grenze die Ausfahrt aus dem Kleinwalsertal zu sperren und die Insassen der nordwärts fahrenden Kraftfahrzeuge zu kontrollieren. Aus der Sackgasse dieses Tales kam unkontrolliert niemand mehr mit einem Fahrzeug hinaus.

Ihm ging Palić nicht aus dem Sinn. Der verbrachte hier sicher nicht seinen Urlaub. Er war ja einer der Verdächtigen im Fall Brugger. War er deswegen hier? Hatte er im Tal noch Komplizen gehabt? Sie mussten den Burschen finden, und zwar möglichst schnell.

Eine Besprechung mit den Kollegen in Kempten wäre jetzt dringend nötig. Denn wenn sich Ergebnisse nur schleppend einstellten, war das persönliche Gespräch immer besser als ein Telefonat.

Florian fuhr langsam die Straße nordwärts durch den Ort. Er kam bis zur Abzweigung Schwendetobelbrücke, als er dort, einer Eingebung folgend, links abbog und über die Breitachschlucht fuhr. Kurze Zeit später stand er vor dem Haus des alten Pfarrers. Was zum Kuckuck soll ich ihn fragen?, überlegte er sich. Und in dem Moment sah er Aniser am Gartentor stehen, der zu ihm herüberblickte. Sein weißes Haar stach vom sonnengebräunten Gesicht ab, dessen Falten, so schien es, seit dem letzten Besuch noch tiefer geworden waren. Er verzog keine Miene, als Berger auf ihn zuging.

»Grüß Gott, Herr Pfarrer! … Schöner Tag heut, ned wahr?« Das war furchtbar geistreich, dachte Berger.

»Grüß dich der Herr, er möge dir Frieden schenken! Was führt Sie zu mir?« Unvermittelt wechselte er vom Du zum Sie.

»Ja, i komm grad in der Nähe vorbei und hab denkt, schaust mal zum Pfarrer Aniser, wie's ihm so geht!« Was

Besseres war ihm nicht eingefallen, und Berger sah fast schuldbewusst auf Aniser.

»Kommen Sie doch herein! Hier draußen gibt es viele Ohren.« Mit einem prüfenden Blick zum Hohen Ifen hinauf wandte sich der Pfarrer zur Haustür und ließ Berger eintreten. Er hatte die beiden schwarzen Punkte gesehen, die über dem Ifen kreisten.

In der Wohnstube bot er Berger Platz an und setzte sich selbst auf die Eckbank.

»Ich nehme an, Sie sind mit Ihren Ermittlungen noch nicht recht weitergekommen, oder?«, erkundigte er sich.

»Na ja, wie man's nimmt. Sie könnten scho weiter sein, aber es ist halt ned einfach«, erwiderte Berger.

»Das weiß ich. Seid ihr meinem letzten Ratschlag gefolgt?«

»Wir stecken mittendrin. Aber glauben S' mir: Jeder hätt einen ausreichenden Grund zum Mord gehabt, jetzt send mir am Sortieren.«

»Die Raben fliegen noch, die Auerhähne spähen nach Futter, die Gämse mit ihrem Jungen ist noch nicht weitergezogen«, murmelte der alte Mann vor sich hin. »Und solange es nicht gelingt, die Schuldige zu finden, werden sie keine Ruhe finden, droben am Gottesackerplateau. Herr sende ein Zeichen«, setzte er beschwörend mit einem Blick in den Herrgottswinkel hinzu, »und öffne ihre Augen und Ohren, denn sie sehen nicht, was sie sehen, und sie hören nicht, was sie hören! Wacht auf ihr Schläfer, sagtest Du, ihr seid das Licht.«

Florian hörte nur halb hin. Jetzt fängt der Alte wieder mit seinen Hirngespinsten an!

239

Daran mag es gelegen haben, dass er das Zeichen überhörte.

Sie wechselten noch ein paar Sätze, aus denen Berger aber nichts Brauchbares für sich entnehmen konnte. Dann verabschiedete er sich und fuhr nach Hirschegg zurück.

Als er die Schwendetobelbrücke überquerte, sah er zwei große, schwarze Vögel auf dem Geländer sitzen.

29 Paul Wanner saß auf seiner Veranda und trank Kaffee. Lisa war an diesem Morgen schon früh mit einer Freundin zum Wandern in den Wirlinger Wald aufgebrochen. Der Tag versprach schön zu werden, die Temperaturen lagen um diese Morgenstunde noch um zehn Grad. Der Herbst lässt grüßen, dachte Paul, wie lange wird es dauern und der erste Schnee wird fallen? War nicht erst vor kurzem das Frühjahr zu Ende gegangen und der Sommer heraufgezogen? Nein? Doch schon länger her? Ein Jahr, einst als Kind unüberschaubar lang, schien jetzt Flügel bekommen zu haben oder Beine zum Galoppieren. Am meisten merkte man das Dahinfliegen der Zeit an Ereignissen, die nur einmal im Jahr stattfinden. Was, schon wieder Geburtstag? Schon wieder Ostern, Weihnachten oder … Wanner starrte vor sich hin. Was soll's, dachte er, machen kann man dagegen sowieso nichts. Es war, als säße man in einem Zug, der immer schneller fährt. Die Schienen waren vom Schicksal lange schon gelegt, das Ende der Reise vorbestimmt. Es kam unaufhaltsam und todsicher.

Wanner schüttelte den Kopf. Was für Zeug! Wahrscheinlich war der Albtraum schuld, den er diese Nacht gehabt hatte. Bruchstückhaft konnte er sich noch erinnern, dass er auf einem großen Feld gestanden hatte, in dem tiefe Gräben kreuz und quer verliefen. Überall flogen Raben, und aus den Gräben zischten ihn überdimensionale Auerhähne an. Ein Stück weiter stand eine Gämse inmitten einer Schar von fellbekleideten Menschen, die einen Knüppel schwangen und plötzlich auf ihn zumarschiert waren. Dabei überschritten sie die Gräben, die Wanner als Schutz vor ihnen angesehen hatte, ohne Brücke und unaufhaltsam. Sie hatten keine Gesichter, was ihr unheimliches Aussehen noch verstärkte, und sie brüllten laut. Wanner wollte sich umdrehen, um zu fliehen, stand aber wie angewurzelt auf dem Boden und konnte keinen Schritt tun. Die Höhle, dachte er, die Höhle, ich muss versuchen, die Höhle zu erreichen, da bin ich vor ihnen sicher. Endlich konnte er seine Beine langsam bewegen, aber er kam sich vor wie in einem großen Siruptopf. Gerade, als er die gesuchte Höhle in einer Felswand erreicht hatte, fühlte er sich von hinten gepackt … und wachte auf.

Lange hatte er danach nicht mehr einschlafen können. Er dachte an den Traum. Die Toten des Ifen, sie verfolgten ihn schon bis in seine Träume! Wann konnte er endlich den oder die Mörder finden und ihnen dadurch Ruhe verschaffen?

Paul sah auf die Uhr. Höchste Zeit fürs Büro. Er holte seinen Wagen aus der Garage und fuhr in die Stadt. Eva und Alex waren bereits bei der Arbeit, als Wanner das Zimmer betrat.

»Hallo, guten Morgen! Gibt's was Neues und wenn, hoffentlich was Gutes?«, fragte er, und seine gute Laune kehrte in dem Maße zurück, in dem seine Depressionen verschwanden und der Traum sich in seinem Gedächtnis auflöste.

»Morgen, Paul! Ich hoffe, du hast gut geschlafen?«, antwortete Eva und sah ihn aufmerksam an. Irgendetwas schien ihn zu bedrücken, aber sie wagte nicht, danach zu fragen.

»Die Fahndung nach Palić läuft auf Hochtouren. Stell dir vor, Florian hat ihn in Riezlern gesehen, aber leider aus den Augen verloren. Die Polizei von Hirschegg hat die Ausfahrt an der Walser Schanz abgeriegelt und lässt nur noch Fahrzeuge nach Kontrolle der Insassen passieren. Seine Wohnung in Blaichach, und übrigens auch die von Dr. Zick, wird überwacht. Ich hab den Flori gebeten, auch im Kleinwalsertal die verdächtigen Personen beobachten zu lassen, vielleicht gelingt es, den Täter oder die Täterin zu finden. Er hat mir gleich heute früh erzählt, dass er gestern den Pfarrer Aniser noch mal aufgesucht hat, aber er schien aus dessen Äußerungen nicht so recht schlau geworden zu sein. Außerdem hat Alex versucht herauszubekommen, für welche medizinischen Geräte der Palić als Vertreter arbeitet, woher er sie hat und wer sie ihm abnimmt. Stimmt's, Alex?« Eva sah zu Riedle hinüber, der nickte.

»Na prima! Läuft ja alles. Wir setzen uns nochmals mit Florian zusammen und tauschen uns aus.«

Paul Wanner wandte sich seinem Schreibtisch zu und holte Unterlagen heraus, die er fein säuberlich auf dem Tisch verteilte. Dann rief er Berger an und vereinbarte einen Termin für den späten Vormittag. In der Zwischenzeit führte er noch ein paar Telefongespräche mit Gottlich, dem Staatsanwalt und dem Labor. Der oberste

Chef war etwas ungehalten über den, wie er meinte, schleppenden Fortschritt und ermahnte Wanner, die Ermittlungen zu forcieren. Er wollte sich schließlich mit seinem Bregenzer Kollegen Moosbrugger zu einem weiteren Gedankenaustausch treffen, und dazu brauchte er Ergebnisse. Leichtsinnigerweise hatte er bereits für die kommende Woche einen Tisch in Heimenkirch bestellt und dies Moosbrugger mitgeteilt. Der hatte versprochen zu kommen und auch gleich zwei Termine abgesagt, die an diesem Tag angestanden hätten.

»Bis nächste Woche, Herr Polizeipräsident, hoffe ich, Ihnen Näheres berichten zu können«, erklärte Wanner. »Wir sind nahe an einem Durchbruch, jedoch, wie Sie wissen, kann so etwas auch noch dauern.« Damit war Gottlich zunächst einmal vertröstet.

»Gut, gut! Also nochmals: Volle Fahrt voraus beim Ermitteln, und teilen Sie mir umgehend mit, wenn sich etwas in dieser Richtung ereignet hat.«

Das versprach ihm Wanner und legte auf. Bis nächste Woche? Da waren sie ja schön unter Druck geraten. Niemand wusste besser als er, wie sehr sich Hoffnungen auf eine Lösung zerschlagen konnten, wenn plötzlich Dinge ans Tageslicht kamen, mit denen man nicht gerechnet hatte. Sie stellten oft die ganze bisherige Arbeit auf den Kopf. Hoffentlich war das diesmal nicht auch so. Kompliziert genug waren die Fälle ja, allein die Antwort auf die Frage: Hingen sie nun zusammen oder nicht?, konnte ihre Theorien über den Haufen werfen.

Dem Staatsanwalt berichtete Paul von den bisherigen Ermittlungen und sprach mit ihm eine Reihe von Fragen an. Er lud ihn zu der anschließenden Runde mit

Berger ein. Der Staatsanwalt musste wegen der Kurz-
fristigkeit des Termins absagen, bat Wanner jedoch um
ein baldiges Gespräch. Wanner legte mit einem Augen-
zwinkern auf. Zu kurzfristig angesetzt? Na, so was! Zu
bedauerlich, dass der Herr Staatsanwalt keine Zeit hatte.
Und auch Kripochef Mollberg war abwesend. Paul rieb
sich die Hände. Die Runde mit seinem Team und Berger konnte beginnen, niemand würde sie mit unnützen
Fragen, Anmerkungen oder Einwürfen stören. Aber das
brauchte ja keiner zu erfahren.

Eine Stunde später kam Florian Berger. Sie setzten sich
zusammen, Eva stellte eine Thermoskanne mit Kaffee,
Tassen, Gläser und zwei Flaschen mit Allgäuer Wasser
auf den Tisch. Wanner hätte am liebsten noch die Tür
zugesperrt und das Telefon abgeschaltet, aber das ging
beim besten Willen nicht. Dann holte jeder seine Unterlagen hervor und breitete sie vor sich aus. Eva wurde – ohne ihren Einwand zu beachten – zur Schriftfüh-
rerin bestimmt. Wanner suchte noch schnell nach einem
Apfel, aber ohne Erfolg.

»Ohne langes Drumherumreden, gehen wir gleich
in medias res«, begann Wanner. »Wir haben uns bisher
die Hacken abgelaufen, um zu Ergebnissen zu kommen.
Unsere Ermittlungen haben zu keinem durchschlagen-
den Erfolg geführt, eine Verhaftung ist leider noch nicht
möglich. Die Frage, die uns alle bisher sehr beschäftigt
hat, lautet: Hängen die beiden Morde zusammen oder
nicht? Im Mordfall Brugger nämlich hätte, neben anderen Personen, auch dieser Radomir Palić ein sehr
starkes Motiv. Schließlich hatte Brugger ein Verhältnis

mit seiner Tochter angefangen, obwohl diese noch in die Schule geht, und zwar pikanterweise in die gleiche, in der Brugger Lehrer war. Wenn man die Mentalität der Südosteuropäer einbezieht, wäre es überhaupt *das* Motiv gewesen. Wir konnten Palić noch nicht fassen, obwohl er zur Fahndung ausgeschrieben ist. Aber wir haben seinen Fingerabdruck von einem Glas in seiner Wohnung, und wir bekommen seine DNA von den Haaren aus seiner Bürste im Bad. Fingerabdrücke aber«, und er wandte sich an Berger, »sind weder auf Schneiderküren noch sonst wo gefunden worden, so dass uns ein Vergleich fehlt. Ich hoffe, das Ergebnis der DNA-Analyse sehr bald zu kriegen, das Labor hat uns mit seinen technischen Schwierigkeiten in Verzug gebracht.«

Berger hatte vor sich hin genickt, als ihn Wanner angeschaut hatte, dann begann er seinen Bericht. »Wir haben im Fall Brugger jetzt mehrere Verdächtige. Laut Pfarrer Aniser sollt'n wir aber nur nach einer eifersüchtigen Person suchen, wobei Josefine Kohler und Sonja Stark wohl an vorderster Stelle stehn. Beide hätten ein Motiv. Und Kandelholz? Klar, er isch ein Mann, aber er könnt auf Brugger eifersüchtig g'wesen sein, wenn seine Frau zum Beispiel vom Brugger angebaggert worden wär. Davon isch aber nix bekannt. Ich hab mi noch ein bitzle über den Kandelholz informiert. Seine Ehe gilt als gut, irgendwelche Techtelmechtel sind weder von ihm noch von ihr bekannt. Also stelln wir den mal in unserer Reihe hintan.«

»Und der Pfarrer?«, warf Riedle ein.

Alle sahen ihn an. »Was, ›und der Pfarrer‹?«, fragte Eva.

»Na ja, könnte der mit der ganzen Geschichte was zu tun haben?« Riedle sah Berger an und grinste dabei.

Berger schnappte nach Luft. »Also, lass bitt schön den Pfarrer Aniser aus dem Spiel! Der wär ja wohl der Letzte, den man beschuldigen könnt, den Brugger oder gar die Zick umgebracht zu haben.«

»Das hat doch bestimmt wieder nur einer deiner Witze sein sollen, oder?«, mischte Eva sich ein.

Riedle zog bei so viel Gegenwind den Kopf ein. »Na ja, als Ermittler muss man doch an alles denken, so hab ich es auf der Schule gelernt.«

Wanner hob beschwichtigend die Hand. »Also, bitte schön! Aber lasst uns weiterdenken: Gehn wir zur Toten vom Hölloch, Marion Zick. Lange hatte es den Anschein gehabt, dass der Fall klar ist und als Täter ihr Mann in Frage kam, ja kommen musste. Ein Motiv hatte er, ein Alibi nicht. Aber wie es so geht, nix war's, und der Täter läuft immer noch frei herum. Allerdings betritt jetzt dieser Kombifahrer die Bühne. Vermutlich, oder wahrscheinlich, hat er mit dem Schmuggel der gestohlenen medizinischen Geräte und Apparate zu tun, die ihm Marion Zick geliefert hatte. Angeblich soll die ganze Hightech-Ware auf den Balkan verschoben worden sein. Kennen wir jemand vom Balkan?«

Wanner sah sich um. Alle nickten. »Jawohl, ich seh es euch an. Wir kennen den Radomir Palić. Was also wäre, wenn dieser nicht nur den Brugger, sondern auch die Zick umgebracht hätte? Oder nur die Zick, und er hat mit dem Mord an Brugger gar nichts zu tun, weil ihm … vielleicht jemand zuvorgekommen war? Radja Palić erzählte mir, dass ihr Vater Vertreter für medizinische Artikel wäre. Hätte ich gleich nachgehakt, welcher Art, wäre ich wahrscheinlich schon früher auf die

Verbindung Radić/Zick gestoßen. Aber so ist es halt, etwas schlupft immer unten durch.«

Wanner schenkte sich ein Glas Wasser ein und nahm einen großen Schluck.

Dann fuhr er fort. »Gehen wir mal davon aus, dass der Palić beide umgebracht hat, den Brugger, weil dieser mit seiner Tochter was hatte, und die Marion Zick, weil ihm diese aus irgendeinem Grund gefährlich geworden war. Möglicherweise hatte sie bei der Beschaffung der Geräte einen Fehler gemacht und so Palić in Verdacht bringen können. Vielleicht hatte sie ihn ja auch erpresst. Wir werden das noch herausfinden. Die Fahndung nach ihm ist intensiviert worden. Er wird uns nicht entkommen, es ist nur eine Frage der Zeit.«

Florian Berger nickte. »So weit, so gut! Was aber passiert, wenn der Palić entweder keinen von beiden oder nur den Brugger oder nur die Zick umbracht hat? Dann läuft der Mörder auch nach seiner Verhaftung noch frei herum. Ich tipp nach wie vor drauf, dass auch meine beiden Damen aus dem Kleinwalsertal ihre Finger im Spiel haben. Denn auch die Motive von Sonja Stark und Josefine Kohler sind für mich schwerwiegend genug. Ganz abgesehen von Josef Kandelholz. Dessen Beteiligung scheint mir aber immer unwahrscheinlicher. Er hätt den Brugger wohl nicht umbracht, wo er ihn doch in der Öffentlichkeit bedroht hat und jeder sofort auf ihn als Täter stoßen müsste. Nein, der Kandelholz, glaub i, war es ned.«

»Sicher ist eins«, wandte Eva ein, »ausgerechnet der Verdächtige mit dem eindeutigsten Motiv, nämlich Dr. Zick, war es auch nicht. Dafür haben wir Beweise.

Und dass es zwischen ihm und Brugger eine Verbindung gibt, ist bisher nicht bekannt.«

Alex Riedle, der wieder etwas gutmachen wollte, warf ein: »Also, geht doch mal dem Hinweis vom Pfarrer Aniser nach und sucht nur nach jemandem, der ein Motiv aus Eifersucht, Gier oder Neid hat.«

»Das müsste dann aber nicht unbedingt eine Frau sein«, gab Florian Berger zu bedenken und schenkte sich einen Kaffee ein.

»Jetzt beißt sich aber die Katze in den Schwanz«, sagte Wanner und verzog das Gesicht. »Wenn wir weiter so diskutieren, rennen wir immer nur im Kreis herum. Also, wer durchbricht ihn?«

Jeder schaute den anderen an.

»Den Seinen gibt's der Herr im Schlafe«, sagte Berger schließlich und dachte dabei an den Pfarrer. »Aber wahrscheinlich bringt's nix, wenn wir jetzt alle schlafen gehen!«

»Sag das mal dem Gottlich, der wird sich schön bedanken! Wo er doch schon einen Tisch in Heimenkirch bestellt hat, um mit seinem Kollegen Moosbrugger aus Bregenz Informationen austauschen zu können.« Das Wort Informationen betonte Wanner so stark, dass alle lachen mussten.

»Sagen wir mal so: Die beiden gehen zu einem informativen Arbeitsessen mit einem Schuss Chardonnay obendrauf«, ergänzte Eva lächelnd.

»Wunderbar, eure Gedanken sind unglaublich hilfreich. Wenn wir so weitermachen, kommt die Putzfrau und entfernt die Spinnweben um uns. Ab jetzt wird nur noch ernsthaft diskutiert.« Wanner bemühte sich um eine strenge Miene, die ihm aber nicht ganz gelang.

Bevor jemand etwas darauf erwidern konnte, klingelte das Telefon. Wanner hob ab, froh um eine Unterbrechung.

Er lauschte mit zunehmend gespanntem Gesichtsausdruck. Nach einer Weile fragte er zurück: »Und Sie sind sich absolut sicher? Ja? Neunundneunzig Prozent? Das genügt mir. Danke, Sie haben uns sehr geholfen.«

Er legte auf und starrte einen Augenblick vor sich hin. Dann wandte er sich an die anderen.

»Was mir jetzt unser Labor mitgeteilt hat, führt uns aus dem Kreis heraus. Stellt euch vor, sie haben die DNA-Analyse aus den Haaren von Palić gleich von sich aus mit der vom Papiertaschentuch am Hölloch und der von den Resten unter den Fingernägeln der Marion Zick verglichen. Und jetzt kommt's: Neunundneunzigprozentige Übereinstimmung.«

Wanner genoss die Überraschung in den Gesichtern seiner Kollegen.

»Des heißt, dass Dr. Zick mit seiner Version doch recht g'habt hat«, erklärte Berger.

»Ach, und noch etwas«, schob Wanner nach und schmunzelte. »Man hat einen Fingerabdruck auf der Thermosflasche, die man am Hölloch gefunden hat, festgestellt und mit dem vom Glas aus der Wohnung von Palić verglichen. Ergebnis: neunundneunzigprozentige Übereinstimmung.«

Alex prustete vor sich hin. »Warum sagst denn das nicht gleich! Damit steht die Täterschaft von Radomir Palić doch absolut fest. Wie sollte sonst sein Fingerabdruck auf die Thermosflasche von der Zick gekommen sein?«

Wanner ging nicht darauf ein. »Wo wir das nun wissen, haben wir den Mörder ermittelt. Jetzt gilt es, ihn dingfest zu machen. Sein Geständnis fehlt zwar noch, aber das ist auch nur eine Frage der Zeit. Palić wird uns eine Menge erzählen müssen.«

Er wandte sich an Berger. »Lass bitte bei euch im Tal die Fahndung nach Palić nochmals verstärken. Er darf uns nicht entkommen.«

Berger nickte und holte sein Handy aus der Tasche. Er gab entsprechende Anweisungen an seine Dienststelle in Hirschegg durch. »Isch erledigt! Bisher hat man ihn no ned g'funden«, informierte er danach Wanner und seine Kollegen.

»Gut. Jetzt also zurück zu Brugger. Die Frage bleibt: Hat Palić auch ihn ermordet, oder war es doch eine von ›deinen‹ Damen?«

Berger zuckte mit den Schultern. »Wir befragen sie einfach so lange weiter, bis die Frage geklärt isch. Wir können gleich jetzt einen Termin absprechen. Vielleicht nehmen wir die Eva als weibliche Unterstützung mit. Ned, dass die uns hinterher kommen und sagen, wir hätt'n maskulinen Druck auf sie ausg'übt.«

Paul Wanner lächelte in sich hinein. Da schau mal den Flori an! Geschickter hätte ich es auch nicht anstellen können, um der Frau nahe zu sein, auf die ich ein Auge geworfen habe, dachte er. Ich glaube, wir müssen auf unsere Eva aufpassen, dass die nicht eines Tages im Kleinwalsertal landet. Obwohl es dort natürlich auch recht schön zu leben ist.

30 Radomir Palić war auf seiner Flucht von Blaichach zuerst nach Sonthofen gefahren und hatte sich dort bei einem Landsmann einige Tage versteckt. Dann fuhr er ins Kleinwalsertal, wo er an einer abgelegenen Stelle in seinem Kombi mit einer falschen Nummer übernachtet hatte. Den Wagen hatte er aus Vorsicht nicht vor dem Haus in Blaichach geparkt gehabt, sondern ein paar Straßen weiter. Das war seine Rettung gewesen, als er in Frauenkleidern an den beiden Polizisten vorbeigeschlichen war. Verdammt knapp gewesen, sagte er sich. Hätte Radja nicht diese Verkleidung vom vergangenen Fasching noch zu Hause gehabt, wäre er böse aufgesessen. Die Bullen waren ihm so nah auf den Fersen gewesen, wie er es nicht für möglich gehalten hätte. Er wagte nicht mehr, nach Hause zurückzukehren, weil er nun wusste, dass das Haus unter Beobachtung stand. So hatte er nur per Handy Kontakt zu Radja gehalten.

Sein Kombi war vollgeladen mit technischer Ware im Wert von zweihunderttausend Euro, die niemandem in die Hände fallen durfte, sonst würde er wohl die nächsten Jahre im Knast der Bundesrepublik Deutschland verbringen müssen. Längst hätte er auf der Autobahn Richtung Balkan unterwegs sein sollen, denn sein Geschäftspartner in Belgrad wartete zu einem bestimmten Termin auf ihn. Aus Sicherheitsgründen durfte er ihn nicht anrufen, nur für den Notfall war ein Code ausgemacht, nach dessen Eingang er einen Anruf aus Belgrad erhalten würde. Er hatte den Notfall gleich gemeldet, als klar war, dass er den Termin wegen dieser verdammten Hexe nicht hatte einhalten können. Aber bisher war noch kein Rückruf erfolgt. Sich von einer Frau erpressen und hereinlegen lassen zu müssen machte ihn besonders wütend. Diese Zick! Monatelang hatte sie für ihn Ware besorgt, woher, wollte sie nicht verraten. Sie hatte ihre Kohle dafür bekommen und hätte zufrieden sein können. Aber nein, es musste ja immer mehr sein! Weiß der Teufel, von wem die Informationen über ihn aus Serbien stammten. Palić hegte den Verdacht, dass ein Landsmann Marion Zick alles über ihn gesteckt hatte. Mord bleibt Mord, auch wenn er in diesem verdammten Kosovokrieg passiert war. Dafür würde er auch von Deutschland aus nach Serbien abgeschoben werden. Und Marion wusste erstaunliche Details. Wäre sie damit zur Polizei gegangen, hätte das sein Ende bedeutet. Außerdem wäre er wohl zusätzlich des Diebstahls dieser Geräte und der Hehlerei bezichtigt worden. Er konnte aber nicht gegen Marion Zick zurückschlagen, da sie schlauerweise keinerlei Namen oder sonstige Spuren bei ihrem Handel hinterlassen hatte. Sie wollte für ihr Stillschweigen jene zweihundertfünfzigtausend Euro von ihm, die sie im Laufe der letzten Jahre beim Spielen verloren hatte.

Radomir Palić war sich klar darüber gewesen, dass ihm Marion Zick mit einer Anzeige bei der deutschen Polizei ungeheuer schaden konnte. Alles in allem war deutlich geworden, dass diese Gefahr beseitigt werden musste. Wenn er heute darüber nachdachte, hielt er seine Entscheidung noch immer für richtig. Er hatte beschlossen, Marion Zick umzubringen und es wie einen Unfall aussehen zu lassen. Einen Mensch töten? Radomir Palić dachte an den Kosovokrieg, in dem er täglich Leute hatte umbringen müssen. Auf Befehl und in Uniform. Als er zum ersten Mal einen Gefangenen mit einem Kopfschuss tötete, konnte er eine Nacht lang nicht schlafen. Wiederholungen ließen ihn jedoch abstumpfen, und eine schlaflose Nacht hatte es bei ihm später deswegen nicht mehr gegeben. Jeder Feind, so wurde ihm beigebracht, sei eine absolute Gefahr, die schleunigst beseitigt werden musste. Diesen überlebenswichtigen Satz hatte man ihm eingebläut, und er hatte ihn sich gemerkt.

Als er damals im Kosovo den Auftrag bekam, einen bestimmten Inhaftierten zu töten, tat er dies, ohne mit der Wimper zu zucken. Von der »Prämie« hatte er sich einen gebrauchten Mercedes gekauft, der in Deutschland gestohlen und nach Serbien verschoben worden war. Weitere Auftragsmorde schlossen sich an. Beim letzten allerdings war er in eine Falle getappt und musste, um sein Leben zu retten, bei seinem Auftraggeber unter Zwang bestätigen, dass auch die anderen Morde auf sein Konto gingen. Damit war er gefangen.

Und genau diese Informationen waren nun Marion Zick zugespielt worden.

Radomir Palić hatte lange darüber nachgedacht, wie er die Frau loswerden konnte, ohne es wie einen Mord aussehen zu lassen. Er wusste, dass Marion Zick eine gute Bergsteigerin war. Ihr geologisches Interesse hatte ihn beeindruckt, ihre genauen Kenntnisse des Gottesackerplateaus und des Hohen Ifen waren erstaunlich. Sie war besonders an Höhlen interessiert und erzählte in den Anfängen ihrer Bekanntschaft, die auf eine zufällige Begegnung in der Zahnarztpraxis ihres Mannes zurückging, dass sie gerne mal in das Hölloch einsteigen wollte. Dessen Tiefe war für sie Faszination gewesen.

Nach der Begegnung an den Lorettokapellen war ihm ein Gedanke gekommen, den er in die Tat umsetzte. Unter dem Vorwand, in Begleitung eines einheimischen Höhlenführers einen günstigen und ungefährlichen Besuch des Höllochs zu ermöglichen, hatte er Marion dorthin locken können.

Verabredungsgemäß war sie durch das Mahdtal aufgestiegen und zum Hölloch gekommen.

Und dort ereilte sie dann ihr Schicksal.

31 *Marion Zick kam nach über einer Stunde Aufstieg beim Hölloch an. Sie war erstaunt, dass niemand zu sehen war und ihr Höhlenführer sich wahrscheinlich verspätet hatte. Im ganzen Mahdtal, das sich zum Windecksattel hinaufzog, war niemand unterwegs. Eine drückende Stille umfing sie. Von den Latschen um das Hölloch ging ein feiner Nadelduft aus, der an Badezusatz erinnerte. Der Himmel war klar, bis auf die Nordseite. Dort hatte sich drohend eine Wolkenwand aufgetürmt. Trotz der fast sommerlichen Temperaturen fröstelte Marion Zick. Ihr war unwohl wie schon lange nicht mehr. Eine Ahnung kommenden Unheils stieg in ihr auf.*

Ein Ast knackte.

Schnell wandte sich Marion um, doch es war nur eine Gämse, die mit ihrem Jungen vom Hölloch wegzog. Aufmerksam witterte sie in Richtung der Frau, dann verschwand sie hinter einem Felsen.

Plötzlich kam von der anderen Hangseite ein Mann herunter, der gegen die Sonne zunächst nicht zu erkennen war. Ah, dachte Marion, mein Bergführer! Als der Mann näher gekommen war, erkannte sie aber Radomir Palić.

Und sie erschrak.

Und plötzlich fiel es ihr wie Schuppen von den Augen: Es gab gar keinen einheimischen Bergführer. Radomir hatte sie hereingelegt und selbst die Rolle übernommen. Ein Schauer lief ihr über den Rücken. Jetzt wusste sie, dass eine Auseinandersetzung bevorstand, der sie nicht gewachsen sein würde.

Dann stand Palić vor ihr. Sein hinterhältiges Grinsen ließ sie das Schlimmste befürchten.

»Hallo, Marion! Leider ist dein Höhlenführer aus Riezlern verhindert. Er hat mich mit der Führung beauftragt.« Ich weiß aber nicht, ob ich dich so führen kann, wie er es getan hätte.«

»Was willst du?«, fragte Marion Zick und zitterte am ganzen Körper.

»Wie ich schon sagte: dich ins Hölloch führen. Es geht dort aber senkrecht hinunter, da werden wir sehr aufpassen müssen, dass nichts passiert. Stell dir vor, du rutschst aus und – plumps – liegst fünfundsiebzig Meter tiefer. Wäre doch schade um dich, oder?« Sein Gesicht hatte einen drohenden Ausdruck angenommen.

»Du … du denkst doch nicht wirklich, dass ich mit dir in das Hölloch runtersteige?« Marion klammerte sich an den Hoffnungsschimmer, dass es Palić nicht ernst meinte.

Der hatte sich schnell umgeschaut. Sie waren die Einzigen, so weit man sehen konnte.

Dann trat er auf sie zu und packte ihre Hände. »So, du kleines Miststück, jetzt sollst du den Lohn für deine Erpressung erhalten. Wie viel wolltest du? Zweihundertfünfzigtausend Euro?« Er lachte schrill auf. »Woher hattest du die Informationen über mich?« Palić drängte Marion Zick langsam Richtung Hölloch. »Sag es mir, oder es passiert was!«

Marion hatte auf einmal Todesangst.

Palić meinte es tatsächlich ernst.

Verzweifelt wand sie sich in seinem eisernen Griff und stemmte sich gegen seine Brust. Aber unaufhaltsam wurde sie gegen den senkrechten Rand des Höllochs geschoben, der näher und näher kam.

»Lass mich los! Du tust mir weh«, wimmerte sie. Endlich gelang es ihr, eine Hand freizubekommen. Sie zerriss sein Hemd und krallte sich in seine Haut.

Da packte er sie plötzlich am Hals und würgte sie. Sie standen nur noch einen Meter vor dem Abgrund …

Marion schlug ihm mit der freien Hand ins Gesicht und versuchte, ihm ein Bein zu stellen.

Sie rangen miteinander.

Als sie den Rand erreicht hatten, ließ Palić sie so plötzlich los, dass sie das Gleichgewicht verlor und mit einem Schrei in die Tiefe des Höllochs stürzte.

Palić wandte sich keuchend ab. Er hielt es nicht mehr für nötig, nach Marion zu sehen, wohl wissend, dass sie ihn nie mehr bedrohen konnte.

Er suchte Marions abgelegten Rucksack und packte sein Notizbuch hinein. Sollten sich eventuelle Finder doch den Kopf zerbrechen, was Marion mit dem Implantat wollte, dachte er höhnisch. Vielleicht suchte man ja im Kiefer der Toten danach, und womöglich kam ihr Mann in Verdacht. Dann stopfte er die geheimen Unterlagen der Ifenbahn noch dazu, die er von Brugger für sein Stillschweigen wegen Radja erpresst hatte. Auch die konnten auf Dr. Zick als Täter hinweisen. Das würde passen!

Palić hielt plötzlich inne, als er zwei Wanderer auf sich zukommen sah. Noch hatten sie ihn nicht entdeckt. Er ließ den Rucksack fallen und verschwand schleunigst in die Büsche.

Dann stieg er schnell ins Kleinwalsertal ab.

Über dem Windecksattel schien die untergehende Sonne blutrot, und die Felsen des Torecks und der Gottesackerwände leuchteten auf, als ob sie in Flammen stünden. Ein Sonnenhof umgab die Felsen.

Es war jene Erscheinung, von der die Bewohner im Tal sagten:

»Da, schaut's hinauf, das Ifenfeuer brennt.«

32 Trotz intensiver Suche im ganzen Kleinwalsertal wurde Palić nicht gefunden. Auch sein Kombi blieb verschwunden, was zu der Annahme führte, dass Palić noch vor der Absperrung des Talausgangs hatte fliehen können. Selbst Berger, sonst eher der stille Typ, bekam einen Anfall und scheuchte seine Kollegen immer wieder zu allen möglichen Verstecken hinaus. Jedoch ohne Erfolg. Radomir Palić blieb verschwunden.

Paul Wanner und Eva Lang kamen nach Hirschegg und besprachen mit Florian die Situation, wie sie sich nun darstellte.

Dann fuhren sie weiter zu Josefine Kohler. Sie war stark erkältet und krächzte ihre Antworten nur noch, so dass Eva schon vorschlagen wollte, die Befragung abzubrechen.

Aber Wanner winkte ab. »Frau Kohler, Sie haben doch diesen Steinanhänger, den Sie angeblich von Herrn Brugger bekommen haben«, wollte Wanner wissen. »Können Sie uns sagen, woher der ihn hatte?«

»Das hat er mir nicht gesagt.«

»Ist es richtig, dass dieser Anhänger, dessen geschätztes

Alter siebentausend Jahre beträgt, zu einem Schatz aus ebensolchen und ähnlichen Gegenständen stammt, den Brugger am Gottesackerplateau gefunden hat?«

Berger und Eva Lang starrten ihren Kollegen mit offenem Mund an. Wie kam er denn darauf? Davon hatte er nie etwas erzählt! Wusste er mehr, als er ihnen gesagt hatte?

Wanner, dem das Erstaunen nicht entgangen war, blinzelte ihnen zu und wies mit dem Kopf leicht auf Josefine Kohler. Die schien über die Frage eher erschrocken zu sein. Sie sah Wanner an und schluckte. Dann griff sie nach einem Glas mit heißem Zitronensaft und nahm einen Schluck, wobei sie laut schlürfte.

Sie will Zeit gewinnen, dachte Wanner, soll sie ruhig versuchen. Diese Art zu reagieren ist leicht zu durchschauen.

»Also?«

»Was meinen Sie … was soll diese Frage? Welcher Schatz?« Sie konnte dem Hauptkommissar nicht in die Augen sehen.

»Frau Kohler! Uns ist sehr wohl bekannt, dass Sie scharf auf den Posten von Brugger waren, der Ihnen im Weg stand. Damit gehören Sie zu den Mordverdächtigen, keine leichte Sache!«

Josefine Kohler griff sich an den Hals, um anzudeuten, dass sie Schmerzen hatte.

Doch Wanner übersah diese Geste. »Wir können Sie jederzeit aufs Präsidium vorladen und das Gespräch dort mit Ihnen fortsetzen. Wenn Sie uns aber jetzt entgegenkommen und die Herkunft des Schmuckstückes klarlegen, könnten wir gegebenenfalls davon absehen.«

Josefines Blick irrte über die Anwesenden. Sie rang mit sich, das konnte man sehen.

»Ja, es war anders, als ich gesagt habe.« Ihrer Stimme schien der heiße Zitronensaft gutgetan zu haben. »Ich sah eines Tages bei Brugger einen seltsamen kleinen Anhänger aus Stein und fragte ihn nach dessen Herkunft. Er schien etwas Besonderes zu sein. So etwas hatte ich vorher noch nie gesehen. In einer lauschigen Stunde, wohl auch verursacht durch ein paar Gläser Wein, hat er mir dann gestanden, dass er auf dem Gottesackerplateau – wo, hat er allerdings nicht verraten – ein paar Stücke gefunden und als sehr alt und wertvoll eingestuft hat. Er hat mir dann dieses Stück geschenkt, damit ich den Mund halte.«

»Also Brugger hat diesen Steinschatz gefunden und versteckt. Und er hat niemals eine Andeutung gemacht, wo das Versteck liegt oder wo er die Stücke gefunden hat?«, mischte Florian Berger sich ein, und man konnte ihm deutlich ansehen, wie aufgeregt er war.

Eva Lang war sofort klar geworden, dass hier möglicherweise ein Durchbruch in ihren Ermittlungen bevorstand, denn dieser Schatz aus der Steinzeit besaß darin eine Schlüsselstellung.

Josefine Kohler schüttelte den Kopf. »Mehr hat er mir nicht verraten, doch ich glaube, dass er diesen Steinzeitschmuck, das Handwerkzeug und die Waffen irgendwo in der Nähe des Sattels zwischen den Oberen Gottesackerwänden und dem Ifen gefunden oder versteckt hatte. Er hat mir nämlich einmal erzählt, dass er öfter über Schneiderküren zum Plateau aufstieg, wo er anschließend im Löwental nach seltenen Pflanzen suchte.«

»Im Löwental?«, fragte Wanner überrascht. »Das ist ja nur eine Mulde, die auf der Westseite des Plateaus zum Bregenzer Wald hinabführt. Wo könnte es denn dort ein Versteck geben?«

»Keine Ahnung! Das müssen Sie schon selbst herausfinden.«

Mehr war aus der Frau nicht mehr herauszubekommen, daher verließen sie die drei Polizisten und besprachen im Auto die weiteren Schritte.

»Also angenommen, das stimmt, was uns die Kohler jetzt aufgetischt hat, dann müssten wir einen Ortskundigen fragen, wo ein solches Versteck sein könnte. Vielleicht kann uns auch da der Wienand helfen, der war doch oft genug in der Gegend dort oben«, sagte Wanner.

»Ja, des machen wir«, antwortete Berger und setzte sich hinter dem Steuer zurecht. »Er wohnt gar ned weit weg von hier. Wir können gleich hinfahren.«

Zehn Minuten später standen sie in der Künstlerwerkstatt von Wienand.

Als sie ihn nach einer Viertelstunde verließen, hatten sie in Erfahrung gebracht, was sie wissen wollten. Es gab im Löwental zwar mehrere Löcher und Felsformationen, die für ein Versteck in Frage kamen, aber es gab nur eine Stelle, an der man tatsächlich sicher sein konnte, dass niemand zufällig den Schatz entdeckte: die Löwenhöhle. Deren Eingang, so hatte Wienand ihnen erklärt, war schwer zu finden. Zuerst ging es in einer versteckten, tiefen Mulde durch ein mannshohes Loch sechs Meter in einen Vorraum hinunter. Dort musste man sich unter einer Felsplatte durch einen nur vier-

263

zig Zentimeter hohen Schacht schieben und kam drei Meter weiter in die eigentliche Höhle, wobei es nach der Platte wieder fünf bis sechs Meter steil bergab ins Dunkle ging.

»Wir müssen dieser Höhle bald einen Besuch abstatten. Ich hab's im Gefühl, dass wir dort etwas finden könnten!«, erklärte Wanner.

Berger nickte und zog ein Blatt Papier aus seiner Tasche. »Hier isch die Skizze, die uns der Wienand g'malt hat. Nach der solltn wir eigentlich den Eingang finden können. Wann solln wir aufbrechen, und wer alles geht mit?«

Wanner sah Eva an. »Fürchtest du dich im Dunklen?«, fragte er sie.

»Wir werden Taschenlampen mitnehmen, sonst finden wir ja nichts. Sorgen macht mir nicht die Höhle, sondern der Zugang. Wenn ich denke, ich soll unter einer Felsplatte durchkriechen, an der ich dabei fast mit der Nase hängenbleibe, gruselt es mich jetzt schon!«

»Und du, Florian?«

Der klopfte sich auf den Bauch. »Nachdem ich ein sportlicher Typ bin, der durch vierzig Zentimeter kriechen kann, komm ich natürlich mit.«

Eva Lang kämpfte mit sich. Dann erklärte sie mit unsicherer Stimme: »Klar komm ich auch mit, so was lass ich mir doch nicht entgehen.«

»Wir kriegen dich schon rein und auch wieder raus aus der Löwenhöhle. Vertrau uns nur, spekulier aber nicht damit, dass ich dich mit dem Flori dort allein im Dunkeln zurücklasse.« Er grinste.

Ohne darauf etwas zu erwidern, aber rot werdend,

sagte Eva: »Und, was sagt ihr zu unserem Besuch bei der Kohler?«

»Also, i weiß ned«, meinte Florian kopfschüttelnd, »für mich send die Gründe für einen Mord ned ausreichend. Die Kohler macht doch keinen schlechten Eindruck.«

»Leider können wir aber nicht nur nach dem äußeren Eindruck gehen. Es hat schon Mörder gegeben, die aussahen wie Gentlemen. Ein anderes Motiv ist aber nicht sichtbar. Sie würde wohl Brugger nicht ermorden, bevor sie hinter das Versteck gekommen wäre, sofern sie überhaupt an diesen steinernen Stücken interessiert war. Also halte ich ihr Interesse am Tod Bruggers für nicht relevant. Bleibt noch der Posten, auf den sie scharf war. Aber wenn schon öffentlich bekannt ist, dass sie nach der Führungsrolle der Naturschützer strebte, würde sie wohl kaum einen Mord begehen, bei dem sie als Täterin in Frage käme. Davon bin ich inzwischen überzeugt«, sagte Wanner.

Berger nickte, und auch Eva Lang signalisierte ihre Zustimmung. »Wer bleibt noch?«, fragte sie, obwohl sie die Antwort bereits wusste. Alle wussten sie. Es blieben eigentlich nur noch Radomir Palić und … Sonja Stark übrig. Jetzt, wo sie wussten, dass Palić Marion Zick ermordet hatte, trauten sie ihm ohne Weiteres einen zweiten Mord zu. Aber was meinte Pfarrer Aniser? Sucht nach Neid und Missgunst, hatte er ihnen geraten. Das wiederum sprach mehr für Sonja Stark als Täterin, wollten sie sich der Meinung des Pfarrers anschließen. Also stünde Sonja Stark an erster Stelle auf der Liste der Verdächtigen.

Sie gingen alle Möglichkeiten durch. Radomir Palić konnten sie nicht verhören, der war flüchtig. Also musste ihr nächster Besuch, da waren sie sich einig, Bruggers Vermieterin gelten.

Als sie nach Hirschegg zurückfuhren, sahen sie Kathi Neuhauser am Gehsteig. Als die Frau sie erkannte, fuchtelte sie wild mit den Armen und sprang beinahe vor ihren Wagen, so dass Berger fluchend zu einer Vollbremsung gezwungen war. Das schien Kathi aber gar nicht zu interessieren, vielmehr ging sie auf Wanners Seite des Autos und bedeutete ihm, das Fenster herunterzulassen. Sie trug einen geblümten Rock und eine leichte Bluse, deren Schnitt, als sie sich zu Wanner hinunterbeugte, die Raffinesse des Modeschöpfers offenbarte. Sie ließ Einblicke zu, die nicht ganz jugendfrei waren. Wanner wusste im Augenblick nicht, wohin er schauen sollte, also entschloss er sich, der Frau ins Gesicht zu blicken. Der rot geschminkte Mund kam ihm ziemlich nahe, als Kathi mit Wanner auf Augenhöhe ging. Wanner nahm eine leichte Alkoholfahne wahr. Kathi lächelte verführerisch und fragte: »Na, wie steht's? Haben Sie schon was rausfinden können? Ich meine wegen der Stark. Hat sie was mit Bruggers Tod zu tun?«

Berger wandte sich ihr zu und knurrte: »Und deswegen laufen S' mir fast ins Auto rein? Das kann ja wohl ned wahr sein!«

Kathi Neuhauser würdigte ihn keines Blickes, sondern fixierte nach wie vor Wanners Augen.

Doch der hatte sich in den Griff bekommen. »Wenn wir's wissen, sind Sie sicher eine der Ersten, denen wir das Ergebnis unserer Ermittlungen mitteilen. Bis dahin müssen Sie sich aber noch etwas gedulden. Und jetzt

Vorsicht bitte, ich schließe das Fenster, achten Sie auf Ihre Nase.«

Damit fuhren sie weiter.

Im Rückspiegel sah Berger die große Enttäuschung in Kathi Neuhausers Gesicht.

33 Die Fahndung nach Radomir Palić lief auf Hochtouren. Er wurde noch immer im Kleinwalsertal vermutet, konnte aber auch längst zu Fuß über die Berge entkommen sein. Die Suche wurde im Hochtannberggebiet und dem gesamtem Hinteren Bregenzerwald ebenso forciert wie auf deutscher Seite.

Paul Wanner dachte darüber nach, wie er sich an Palić' Stelle verhalten hätte. Er hätte wahrscheinlich damit gerechnet, dass die Fahndung im weiten Umkreis ausgedehnt würde. Was hätte also nähergelegen, als sich ein Versteck zu suchen, das unweit des Tatortes lag, um dort die Beruhigung der Lage abzuwarten? Er musste noch im Tal sein. Aber wo?

Wanner besprach seine Überlegungen mit Alex und Eva. Beide stimmten ihm zu.

Alex Riedle schlug vor, bei der Gemeinde Mittelberg nachzufragen, ob es in ihrem Bereich Pensionen oder Hotels unter serbischer Leitung gäbe. Vielleicht hatte sich Palić ja dort verkrochen!

Wanner wiegte den Kopf. »Ich glaub zwar nicht, dass uns das weiterbringt, aber ruf ruhig mal an.«

Bevor jedoch Alex zu seinem Telefon greifen konnte, klingelte Wanners Apparat.

Er hob ab und hörte eine Weile zu, dann sagte er: »Das ist ja eine Sache! Danke, Florian, also ist er entweder noch im Kleinwalsertal oder bereits zu Fuß über die Berge verschwunden. Wir waren gerade am Rätseln, wo er sich bei euch so verstecken kann, dass man ihn bisher noch nicht gefunden hat. Wir sind auch der Meinung, er würde seine Ware nur im äußersten Notfall im Stich lassen. Jetzt aber, wo ihr den Wagen gefunden habt, sind wir fast sicher, dass er noch in der Nähe ist. Befragt mal die Wirte der umliegenden Berghütten, ob ihnen was aufgefallen ist. Schick jemand mit einem Foto von Palić hin! In der Zwischenzeit nehmen wir uns die Stark vor. Eva und ich sind in einer Stunde bei dir, dann suchen wir sie in ihrer Praxis auf. Jetzt muss Bewegung in die Geschichte kommen! … Passt es dir? Okay, dann also bis nachher!«

Wanner wandte sich an die Kollegen. »Sie haben den versteckten Kombi von Palić gefunden, vollgeladen mit technischen Geräten und Apparaten. Sie wollen ihn aber samt der Ware dort stehen lassen und sich auf die Lauer legen. Vielleicht kommt der Palić ja, um nach seinem Wagen zu sehen, dann schnappen sie ihn.«

»Ja, vielleicht«, sagte Riedle zweifelnd. »Aber ob er so blöd ist? Er muss doch damit rechnen, dass sein Wagen gefunden und dann beobachtet wird.«

Eva Lang seufzte. »Jetzt sperr mal deinen ständigen Pessimismus in den Schreibtisch! Wenn wir immer nur ohne jedes Risiko auf Nummer sicher gehen wollen, dauert es ewig, bis wir den Burschen haben.«

Alex verzog das Gesicht, erwiderte aber nichts.

Wanner erinnerte ihn an den Anruf nach Mittelberg,

dann verließ er mit Eva das Büro und sie fuhren, so schnell es der Verkehr zuließ, nach Hirschegg.

Florian Berger erwartete sie bereits. »Grüß euch, nett dass ihr auf B'such kommt's!«

»Also, Besuch wird das nicht, eher schon Versuch«, erwiderte Eva lachend und nahm auf dem angebotenen Stuhl Platz. »Ein Versuch nämlich, ein genaues Bild von der Stark zu bekommen. Einiges wissen wir ja schon über sie, aber sicher noch nicht alles.«

»Ist die Stark zu erreichen?«, fragte Wanner überflüssigerweise, denn er konnte annehmen, dass Berger ihren Besuch schon vorbereitet hatte.

»Ich hab uns ned ang'meldet, aber i weiß, dass sie um halb zwölf die letzte Massage am Vormittag hat. Wenn man dafür eine halbe Stunde ansetzt, könnten wir sie um zwölf grad erwischen, bevor sie zum Essen geht. Vielleicht isch sie auf nüchternen Magen gesprächiger«, setzte Berger lächelnd dazu.

Paul sah auf die Uhr. »Dann hätten wir jetzt noch eine knappe Stunde Zeit. Kommt, lasst uns die Situation noch mal zusammen durchgehen. Haben wir was übersehen?«

Kurz vor Mittag fuhren sie dann zu der Masseurin und setzten sich ins leere Wartezimmer. Minuten später öffnete sich die Tür zum Behandlungsraum, und Sonja Stark erschien. Hinter ihr verließ eine Frau das Zimmer und verabschiedete sich. Sonja war ruckartig stehen geblieben, als sie die drei Polizisten sah. Dann ging sie zum Empfangspult und legte die Akte ihrer Patientin ab. Sie erledigte dies ziemlich umständlich, und es dauerte eine Weile. Wanner vermutete auch hier wieder den Versuch, Zeit zu gewinnen.

Die Masseurin trug Jeans und eine blaue Bluse mit kurzen Ärmeln. Ihr Haar war hochgesteckt, und sie war rot im Gesicht. Ob von der Arbeit oder durch andere Ursachen, war im Augenblick nicht auszumachen.

Berger begrüßte sie. »Grüß Sie, Frau Stark! Haben Sie ein paar Minuten Zeit für uns? Da wären noch einige Fragen bezüglich des Todes von Herrn Brugger zu klären.«

»Was wollen Sie noch? Ich habe Ihnen doch schon alles gesagt, was ich darüber weiß.« Sie stockte und räusperte sich.

»Wo genau waren Sie zum fraglichen Zeitpunkt, an dem Horst Brugger ermordet wurde?«, wollte Berger wissen. »Und um Ihnen entgegenzukommen: Es war Freitag, der 24. September, gegen 16.00 Uhr.«

»Das habe ich doch bereits gesagt. Ich war hier in der Praxis und habe Papierkram erledigt.«

»So genau hatten Sie das nicht erwähnt. Dürfen wir mal einen Blick in Ihren Terminkalender werfen?«

Sonja Stark legte ihre Hand darüber, eine Geste der Abwehr.

»Haben Sie denn so etwas wie einen Durchsuchungsbeschluss?«, fragte sie dann aggressiv.

Berger sah sie kurz an. »Erstens können wir den in einer halben Stunde hier haben, wobei Frau Lang dann bei Ihnen bleiben würde, und zweitens brauchen wir keinen, wenn der Verdacht auf Verdunklung besteht oder Gefahr im Verzug ist. Beides könnten wir Ihnen nachweisen. Auch müssten Sie damit rechnen, dass wir Sie mit auf die Inspektion nehmen und Sie dort als Verdächtige vernehmen.«

Sonja Stark kämpfte mit sich. Dann griff sie nach dem Terminkalender und gab ihn Berger wortlos. Der blätterte auf den 24. September zurück. Dann reichte er ihn an Wanner weiter.

Am 24. 9. waren alle eingetragenen Patienten gestrichen, der Tag war also frei.

Eva Lang, die mitgeschaut hatte, fragte Sonja Stark: »Was war an diesem Tag? Warum haben Sie alle Patienten gestrichen?«

»Ich fühlte mich nicht wohl und habe mich mittags hingelegt.«

Paul Wanner holte sein Notizbuch heraus und blätterte darin. Dann wandte er sich an die Masseurin. »Auf diese Frage haben Sie beim letzten Mal etwas ganz anderes gesagt. Was ist nun richtig?«

Sonja Stark schien verwirrt, fragte aber nicht nach, was sie denn gesagt hatte.

Eva Lang sah sich inzwischen im Empfangsraum um. Plötzlich trat sie an die Wand und betrachtete eine dort hängende eingerahmte Fotografie. Sie zeigte Sonja Stark auf einem Sofa sitzend. Sie lachte in die Kamera und schien bester Laune zu sein. Um den Hals hatte sie einen Anhänger, der ins Auge stach, weil er aus einem besonderen Material gefertigt war: aus Stein. Seine Form fiel Eva sofort auf. Die kannte sie von den Fotos des Steinzeitschatzes.

Eva wandte sich um. »Woher haben Sie diesen Anhänger, den Sie hier auf der Fotografie tragen?«

»Geschenkt bekommen«, antwortete Sonja Stark.

»Und von wem?«

»Muss ich darauf antworten? Schließlich ist das eine rein private Angelegenheit.«

»Wir ermitteln in einem Mordfall, da gibt es keine rein privaten Angelegenheiten. Also, woher?«

Die Masseurin sah Wanner und Berger an. »Was hat das alles mit dem Tod von Horst ... Herrn Brugger zu tun?«

»Weil wir davon ausgehen, dass Herr Brugger diesen Steinzeitschatz gefunden und versteckt hat. Aber er hat einen Anhänger an Frau Kohler weitergegeben und offensichtlich auch einen an Sie, wie das Foto zeigt. Stimmt's?«, fragte Wanner.

»Und wenn es so wäre? Herr Brugger konnte doch seine Anhänger verschenken, an wen er wollte.«

Plötzlich stieß Wanner zu, wie ein Falke, der seine Beute fest im Auge hat. »Hat Radja Palić auch einen solchen Anhänger bekommen, oder gar ein größeres Stück aus dem Schatz?«

Sonja Stark wurde rot. Sie zitterte vor Wut und zischte: »Diesem Luder hatte er das schönste Stück gegeben, hat er selbst gesagt ...«

»Und da bekamen Sie eine Riesenwut auf den Mann, mit dem Sie ein Verhältnis hatten und der Sie plötzlich fallen ließ wie eine heiße Kartoffel?«

»Ja, verflucht noch mal«, schrie Sonja Stark Wanner an. »Ihr Scheißmänner bleibt nur so lange, bis ihr eine jüngere gefunden habt, dann ist euch alles gleich, was man für euch getan hat! Hauptsache, euch ist es bis dahin gutgegangen und ihr habt jeden Abend eine Frau im

Bett gehabt. Verdammtes Pack ...« Sie brach ab und fing hemmungslos zu weinen an.

Wanner gab Eva einen Wink, die Sonja Stark sanft auf den Stuhl zurückdrückte und ruhig zu ihr sagte: »Frau Stark, Sie wissen mehr über den Tod Ihres Mieters, als Sie uns bisher gesagt haben. Wollen Sie ein Geständnis ablegen? Das würde nicht nur Ihrem Gewissen guttun, sondern auch uns helfen und sich auf ein mögliches Strafmaß positiv auswirken. Nur wenn wir wissen, wie sich alles abgespielt hat, kann der Richter entscheiden, ob Mord oder Totschlag vorliegt.« Eva hatte ihr dabei fest in die Augen geschaut.

Sonja Stark weinte sich den ganzen psychischen Druck von der Seele, der sie in der letzten Zeit fast zum Wahnsinn getrieben hatte. Sie erwiderte Evas Blick und holte schließlich ein Taschentuch heraus. Nach einer Pause, in der sie sich beruhigte, gestand sie völlig niedergeschlagen: »Ja, ich war's!«

Dann begann sie stockend zu berichten.

Berger schrieb mit.

34 *Es war an jenem Freitag. Brugger hatte ihr von dem Steinschmuck erzählt und diesen voller Begeisterung beschrieben. Er wollte ihr ein Stück zum Abschied schenken und bat sie, mit ihm nach Schneiderküren zu kommen, wo er das Versteck angelegt hatte. Er wusste, dass Sonja auf Schmuck geradezu versessen war, und als er ihr sagte, wie alt diese Stücke waren und dass niemand auf der ganzen Welt ein solches Stück besitzen würde – denn Schmuck, Werkzeuge und Waffen würden allesamt im Museum landen –, da vergaß sie allen Hass auf ihn wegen Radja und stieg mit nach Schneiderküren hinauf. Auch wollte sie noch einen letzten Versuch machen, Brugger wieder für sich zurückzugewinnen.*

Unterwegs auf dem schmalen Pfad, der sie nur hintereinander gehen ließ, schwiegen sie aber die meiste Zeit. Tief saß der Schmerz wegen der jüngeren Frau, und zu weit hatte sich andererseits Brugger gedanklich bereits von ihr getrennt.

Als sie auf der Alpe angekommen waren, bestand Sonja darauf, den ganzen Schmuck zu sehen und sich das Stück selbst auszusuchen. Brugger hatte gezögert. Das lag nicht in seinem Sinne. Als er ablehnte, kam es zum Streit, in dessen Verlauf die ganze Wut bei Sonja wieder hochkam.

Brugger hatte schließlich nachgegeben und Sonja zu dem Versteck in der Jagdhütte geführt. Er öffnete die Kiste und holte ein paar Stücke heraus, darunter Anhänger, Faustkeile und eine Steinaxt. Sie nahmen diese Teile mit ans Tageslicht. Sonja hatte später darauf bestanden, auch die anderen Stücke aus der Hütte zu holen. Sie hatte versucht, Brugger umzustimmen, und schrie ihn, als er sich nur höhnisch zu Radja bekannte, schließlich an, dass sie ihn bei der Polizei wegen dieses Verhältnisses und des versteckten Schatzes anzeigen würde. Der Streit eskalierte. Und als Brugger ausfallend geworden war und sie eine alte dumme Ziege genannt hatte, die sich ja nach einem anderen Bock umschauen könne, da hatte sie rasend vor Wut die in ihrer Reichweite liegende Steinaxt ergriffen und zugeschlagen. Brugger, schwer verletzt, war von der Hütte zum ehemaligen Steinzeitlager geflohen. Vielleicht hatte er im anschließenden Wald Schutz suchen wollen. Aber er war hinter dem schrägen Felsen zusammengebrochen. Ohne das Bewusstsein wiedererlangt zu haben, sei er dann gestorben, so meinte Sonja Stark. Auf die Frage, ob sie auch noch zugestochen habe, antwortete sie, dass sie es nicht mehr wisse, weil sie völlig von Sinnen gewesen sei, glaube es aber nicht.

Als ihr endlich klar wurde, was sie angerichtet hatte, hatte sie entsetzt das Steinbeil vergraben, die Schmuckstücke zurück in die Kiste getragen und war ins Tal zurückgelaufen, ohne noch einmal nach Brugger gesehen zu haben. Danach war sie wie gelähmt gewesen und hatte an Selbstmord gedacht. Schließlich fiel ihr der alte Pfarrer Aniser ein. Sie ging zu ihm und beichtete den Mord. Seinem Rat, sich der Polizei zu stellen, war sie dann aber nicht gefolgt. Seither hatte sie von Tag zu Tag darauf gewartet, dass sie verhaftet würde. Als es jetzt so weit war, spürte sie eine große seelische Erleichterung. Sie gestand auch, dass sie noch einmal nach Schneiderküren hinaufgestiegen war, um nach dem Steinschmuck zu sehen. Aber da war ihr *die Polizei schon zuvorgekommen und hatte die Kiste mit-genommen gehabt.*

Aus seinen Aufzeichnungen fertigte Berger später ein amtliches Protokoll, das er Sonja Stark unterzeichnen ließ.

Als sich die Verhaftung der Masseurin im Kleinwalsertal herumsprach, schüttelten alle den Kopf. Unglaublich! Wie konnte sie nur! Und mancher Patient dachte daran, vor wenigen Tagen noch von einer Mörderin massiert worden zu sein.

Kandelholz und Kohler waren froh, dass man ihnen diesen Mord nicht mehr anlasten konnte.

Beide profitierten auf ihre Weise davon.

35 Auch Florian Berger war erschüttert. »Des hätt i jetzt ned denkt«, sagte er zu Wanner, als sie wieder in der Dienststelle in Hirschegg saßen und über den Ausgang dieses Falles sprachen. »Des hätt genauso gut der Kandelholz, die Kohler oder sonst wer gewesen sein können. Aber naa, unsere Masseurin! Dabei wollt i mich demnächst zu einer Massage bei ihr anmelden, mei Rücken tut in der letzten Zeit immer wieder weh, vor allem wenn i's Holz für den Winter mach'.«

»Ah, da schau her«, warf Eva dialektgefärbt ein, »san ma krank?«

Florian bekam einen roten Kopf. »Na, na, bloß a bitzle Rückenweh, des is no ned krank.«

»Also, wir wissen jetzt, wer Brugger und Marion Zick umgebracht hat und warum«, beendete Wanner diese Diskussion. »Die Stark sitzt hinter Schloss und Riegel und wartet auf Staatsanwalt und Richter. Irgendwie tut sie mir leid. Meiner unmaßgeblichen Meinung nach war das ein glatter Totschlag im Affekt. Aber diese Entscheidung muss das Gericht fällen. Der Mörder von Marion Zick ist noch flüchtig. Bisher haben unsere Leute keine Spur von ihm. Doch es kann nicht mehr lange dauern. Er muss aus seinem Versteck heraus, schließlich braucht er Lebensmittel und wetterfeste Kleidung.«

Berger, der sich darüber ärgerte, dass er vor Eva über seine Rückenschmerzen geklagt hatte, obwohl er doch eher den Helden hatte spielen wollen, erklärte: »I schlag vor, wir warten jetzt einfach, dass unsere Leut' den Palić aufspüren. In der Zwischenzeit könnten wir, wie vorg'schlagen, einmal in die Löwenhöhle schaun. Vielleicht gibt's dort des lang gesuchte Versteck von dem Steinschmuck, möglicherweise isch ja noch mehr vorhanden als des, was der Brugger g'funden und in der Jagdhütte versteckt hat.«

Wanner nickte. »Ja, guter Vorschlag. Was an Ausrüstung brauchen wir für die Höhle?«

»Also jeder a Taschenlampe mit Ersatzbatterie, wasserdichte Schuh, Anorak und Hut, weil's da drin scho kalt sein kaa, paar leichte Handschuh und a Rucksäckle mit Brotzeit und was zum Trinken. Ma weiß ja ned, wie lang wir drin send.«

»Ja, müsst reichen. Wie wär's noch mit einer sechs Millimeter Reepschnur, zwanzig Meter lang?«

»Wozu denn die?«, wollte Eva wissen und blickte Wanner entsetzt an. »Müssen wir etwa in der Höhle klettern?«

Wanner lächelte. »Nein, bestimmt nicht. Aber man weiß nie, wozu ein Seil gut sein kann …«

Sie verabredeten sich für den nächsten Morgen. Wanner und Eva Lang fuhren nach Kempten zurück. Auf der Fahrt unterhielten sie sich über das Ergebnis ihrer Recherchen und das Geständnis von Sonja Stark.

»Also, genau genommen, hätt ich das auch nicht vermutet«, gestand Eva. »Aber wozu verschmähte Liebe fähig ist, hat man in der Vergangenheit ja schon öfters erleben können.«

»Und nicht zu vergessen: Die Provokation von Brugger, als er Radja ins Spiel brachte, war der Auslöser für ihr Ausrasten. Man kann in einen Menschen nicht hineinschauen. Sicher hat es schon einige Zeit in ihr gebrodelt, denn sie musste ja auch von der Beziehung zwischen Brugger und der Kohler gewusst haben. Auch wenn sie nur als dienstlich dargestellt wurde, kann's ja auch anders gewesen sein.«

»Ja, so sehe ich das auch. Hoffentlich findet Sonja Stark einen Richter, der Verständnis für ihr Handeln aufbringt.«

Wanner nickte. »Wir werden es in unserem Bericht entsprechend darstellen und hoffen, dass auch der Staatsanwalt bereit ist, es so zu sehen.«

Als die Sonne im Westen unterging, begannen die Felsen zu »brennen«. Pfarrer Aniser, der an seinem Fenster stand und seit geraumer Zeit zum Ifen hinaufgestarrt hatte, murmelte vor sich hin: »Ja, da ist es wieder, das Ifenfeuer. Jetzt kommt bald Gerechtigkeit über die dort oben.«

36 Der nächste Morgen war grau und stürmisch. Dicke Regenwolken hingen über den Bergen, bereit, sich ihrer nassen Last zu entledigen. Noch war es trocken, und die drei Polizisten, die sich an der Talstation der Ifenbahn neben der Auenhütte getroffen hatten, fuhren ziemlich allein mit der Sesselbahn nach oben. Nur wenige Touristen wagten angesichts des schlechten Wetters noch eine Wanderung über das Gottesackerplateau.

Wanner sah misstrauisch in die Höhe, das versprach nichts Gutes für ihren Höhlenbesuch. Aber sie hatten es sich nun mal vorgenommen und wollten die Untersuchung der Höhle nicht verschieben. Wer weiß, was im Tal wieder alles dazwischenkam und wann sie dann das nächste Mal Zeit dafür finden würden.

Sie fuhren bis zur Bergstation an der Ifenhütte und stiegen dann auf dem steilen Bergpfad zur Ifenmulde hinauf. Hier, wo es im Winter von Skifahrern nur so wimmelte, war an diesem Tag kaum ein Wanderer unterwegs. Die senkrechte Ifenmauer zu ihrer Linken war noch abweisender als bei Sonnenschein. Es gab nur eine einzige Möglichkeit, sie zu überlisten und den Gipfel des Hohen Ifen zu erreichen.

Nach einer Stunde Aufstieg waren die drei Polizisten an der Bergstation der Doppelsesselbahn mit dem dortigen Restaurant Bergadler. Diese Bahn fuhr nur im Winter bis hier herauf.

Sie machten im Windschatten des Gebäudes eine kurze Rast, tranken ein paar Schlucke und setzten ihren Aufstieg fort. Sie umrundeten das Hahnenköpfle und standen kurz darauf am höchsten Punkt ihres Weges. Vor ihnen breitete sich, leicht fallend, das riesige Plateau aus, begrenzt im Norden von den Oberen Gottesackerwänden. Sie folgten dem Wanderweg, umgingen dabei Spalten, Risse, Löcher und Felsformationen, die charakteristisch für das Gottesackerplateau waren.

Eine knappe Stunde später erreichten sie den tiefsten Punkt des Überganges an den Fundamenten einer verfallenen Alphütte. Nach Norden hin stieg der Pfad zur Gottesackerscharte an, rechts hinunter ging es durchs Kürental und über Schneiderküren nach Wäldele, und links bog das Löwental nach Westen ab.

Berger zog die Wegskizze aus seiner Tasche und studierte sie.

»Wir müssn rund hundertfünfzig Meter absteigen. Da müsst auf der linken Seite eine Mulde sichtbar werdn. Der solln wir folgen. Nach weitern fünfzig Metern erreicht man eine Doline, die ung'fähr zehn Meter tief isch und an Durchmesser von fünfzehn Metern hat. Auf der Ostseitn besteht ihre Wand aus senkrechtem Fels, an dessen Fuß liegt der Eingang zur Löwenhöhle. Alles klar?«

»Und wie!«, knurrte Wanner.

Eva sah ziemlich überfordert aus.

Der Wind wurde stärker, er blies von Westen über das Plateau. Die drei hofften, dass er die Regenwolken vertreiben würde und sie von der Nässe verschont blieben. Sie setzten sich unter Führung von Florian in Bewegung und stiegen das schmale Löwental abwärts. Nach der angegebenen Strecke begann Florian aufmerksam die linke Seite zu mustern und rief aus: »He, da ischt es! Hier links ab.« Sie bogen in eine Mulde ein und folgten ihrem Verlauf. Doch nach fünfzig Metern fanden sie keine Doline. Sie trennten sich und begannen mit der Suche. Der Wind war plötzlich zum Sturm geworden, aber es hatte noch nicht zu regnen begonnen.

Es war ausgerechnet Eva, die das Loch als Erste sah.

»Hallo«, schrie sie den beiden anderen zu, »hier ist es!«

Sie sahen den Eingang zur Höhle am Grund der Doline und stiegen hinab. Sie holten ihre Taschenlampen hervor. Florian durchstieg vorsichtig den kaum mannshohen Eingang, hinter dem es sofort steil abwärts ging. Er leuchtete zum Grund des Vorraumes und wies Eva und Paul den Weg. Alle drei kamen gut hinunter. Ein paar größere Steinplatten lagen lose am Boden.

Berger suchte die Felsplatte, unter der sie durchkriechen sollten. Sie war leicht zu finden. Er legte sich auf den Bauch und leuchtete hinein. »Alles stockdunkel!«, rief er über die Schulter zurück. Dann kroch er weiter und verschwand aus dem Gesichtsfeld der beiden.

Eva schauderte es. Sie überkam ein Gefühl der Verlassenheit und der Gefahr. Hier in dieser Vorhöhle war es zwar nicht dunkel, nur dämmerig, da das Tageslicht zum Eingang hereinfiel, aber der weitere Weg war nur noch schwarz.

Wanner legte sich ebenfalls auf den Bauch und schrie in die Spalte: »Hallo, Florian! Hörst du mich?«

Plötzlich sah er den Schein von Florians Taschenlampe am anderen Ende, und Berger rief: »Alles klar, bin durch, send nur drei, vier Meter. Kommt's jetzt, ich halt des Licht für euch. Aber am besten auf den Rücken legen und durchschieben, und passt dabei auf eure Nasen auf!«

Wanner drehte sich zu Eva um. »Am besten du gehst als Zweite und ich zum Schluss. Drüben passt der Flori auf dich auf und herüben bin ich da. Also keine Angst. Und auf geht's, auf den Rücken legen, Beine voraus und irgendwie mit den Ellbogen anschieben, geht ja leicht bergab. Sobald deine Beine auf der anderen Seite herauskommen, wird sie der Flori packen und dich zu sich ziehen.« Wanner grinste vor sich hin, aber das konnte Eva nicht mehr sehen.

Ein paar Minuten später rief Eva von der anderen Seite: »Alles okay, nachkommen!«

Wanner legte sich ebenfalls auf den Rücken und schob sich unter der Felsplatte durch, wobei er, das musste er sich eingestehen, ein mulmiges Gefühl hatte. Wenn er daran dachte, wie viele Tausend Tonnen Gestein sich über ihm befanden, wurde ihm leicht schwindelig. Auf der anderen Seite fühlte er sich von zwei Händen gepackt, die ihn aus dem Spalt zogen.

»Gebt's Obacht, da geht's gleich weiter hinab, so fünf, sechs Meter. Alles Schutt.«

Berger leuchtete hinunter, und sie konnten schwach einen Gang erkennen, der horizontal weiterführte. Sie hatten nun alle drei Taschenlampen an und eine gute

Sicht. Der Gang erweiterte sich bald zu einer Höhle, deren Ausmaß sie erstaunte. Überall sah man die Spuren des durchgesickerten Kalkwassers, das an vielen Stellen schon Stalagmiten und Stalaktiten hatte entstehen lassen. Von der Höhle zweigten Spalten und Gänge ab, die irgendwo im Dunkeln verschwanden. Es war totenstill. Langsam wanderte der Strahl von Wanners Taschenlampe durch die Höhle. Plötzlich stutzte er und leuchtete noch einmal zurück. Was war das?

Auch Eva und Florian hatten das Bündel gesehen, das weiter hinten an der Wand lag. Sie gingen vorsichtig darauf zu, denn der Höhlenboden war voller Felsspitzen, Risse und nasser Steine. Ein paar Mal rutschte einer aus, aber sie erreichten die andere Wandseite ohne Sturz. Alle drei richteten ihre Taschenlampe auf das Bündel. Es bestand aus einer Luftmatratze, einer Wolldecke, einer Reihe leerer Dosen und Tüten, einem Mantel und einigen Flaschen, einem Becher und einem Teller. Dahinter lehnten ein halbvoller Rucksack und ein Skistock. Hier hatte jemand gehaust! Wanner leuchtete an der Wand entlang. Sie sahen ein schwarzes Loch, das aus der Höhle zu führen schien. Alle drei gingen hintereinander darauf zu und richteten den Strahl ihrer Lampe hinein.

Wanner stieß einen Ruf der Überraschung aus. Hier lagen Steinwerkzeuge, Faustkeile, Steinäxte, Halsketten und Anhänger, wie sie sie bereits kannten.

Also doch das Versteck!

Auf einmal schien die ganze Höhle zu explodieren. Der Knall eines Schusses war so laut, dass sich die drei erschrocken die Ohren zuhielten. Gleich darauf ein zweiter Knall, Fels splitterte neben ihnen ab, und Steinteile flogen umher.

Wanner war der Erste, der sich fing. »Licht aus!«, brüllte er und schaltete seine Lampe aus, gleichzeitig warf er sich auf den Boden. Eva und Florian folgten blitzschnell. Es war stockdunkel. Die Schüsse mussten von der linken Seite gekommen sein. Wanner hatte das Mündungsfeuer aus dem Augenwinkel gesehen.

Wieder krachte ein Schuss, und wieder splitterten Steinbrocken ab. Keiner von den dreien war getroffen worden.

Verflucht noch mal, wer schoss auf sie und warum?

Und blitzartig wurde alles klar: Diese Höhle war nicht nur das Versteck für Bruggers Steinschmuck gewesen, sondern jetzt auch das von Radomir Palić. Und sie waren ihm genau in die Falle gegangen. Sicher hatte er sie schon lange gehört, ihre Lichter gesehen und sich verstecken können.

»Seid ihr okay?«, fragte Wanner flüsternd.

Leise kamen bejahende Antworten.

»Ja kein Licht machen! Nicht schießen! Wir müssen versuchen, von hier ein Stück wegzukommen, aber leise.«

Aber das war schneller gesagt als getan! Sie schoben sich rückwärts, stießen aneinander, rissen sich an den scharfen Kalkspitzen und landeten in einer Pfütze.

Der Schütze musste scharfe Ohren haben, denn wieder krachte ein Schuss, und die Kugel zischte nahe an ihnen vorbei. Zufall? Oder benutzte er ein Nachtsichtgerät?

Mit den Händen hatte Wanner ein Felsstück ertastet, hinter das er schlüpfte. Von den beiden anderen war nichts zu hören. Er musste riskieren, den Schützen zu lokalisieren, denn irgendwie mussten sie ja hier wieder herauskommen.

Auf gut Glück schrie er in die Dunkelheit: »Radomir Palić! Ergeben Sie sich, hier ist die Polizei. Sie kommen hier nicht mehr heraus.«

Erst ertönte ein höhnisches Gelächter, dann schrie Palić: »Oder ihr nicht, verdammte Bullen!« Gleichzeitig krachte wieder ein Schuss.

»Palić, geben Sie auf! Sie verschlimmern nur noch Ihre Lage.«

Doch aus dem Dunkeln ertönte wieder die Stimme von Palić: »Was sollte ich da noch verschlimmern? Die Zick geht auf mein Konto, und der Brugger auch. Haha, der Hund! Ich hab ihn zufällig auf Schneiderküren gefunden, als ich auf dem Weg hier herauf war und hab ihm einen Feuersteindolch ins Herz gerammt. Das war für Radja! Dann erst war er wirklich tot. Aber ihr habt ja wunderbarerweise seine Mörderin überführt, hahaha!« Seine Stimme klang schrill und warf das Echo von den Wänden zurück. »Und nicht mich, denn mich hat keiner gesehen, und ihr drei kommt aus diesem Loch nicht mehr heraus. Dafür werde ich jetzt sorgen. Hört ihr das Rauschen? Oben hat's zu regnen begonnen, es wird nicht mehr lange dauern, und die Höhle füllt sich mit Wasser. Hoffentlich könnt ihr gut schwimmen, denn sie läuft voll bis zur Decke. Auf Wiedersehen in der Hölle!«

Und wieder krachte ein Schuss, doch diesmal hatte Wanner aufgepasst und seine Pistole gezogen. Und als er das Mündungsfeuer sah, schoss er dreimal hintereinander in dessen Richtung. Doch es ertönte nur das irre Gelächter von Palić, dann war es still.

Jetzt hörten sie es deutlich: Es war ein gleichmäßig anschwellendes Rauschen, das von draußen kam. Das Regenwasser lief trichterförmig in die Doline, dann stürzte es durch Risse, Spalten, Löcher und Kamine in die Höhle. Schon konnten sie es an den Füßen spüren.

»Wir müssen sofort hier raus!«, rief Wanner und knipste die Lampe an. Er hielt sie so weit wie möglich vom Körper weg, damit Palić, falls er noch da war, nicht gleich treffen konnte. Aber nichts geschah. Er schien verschwunden zu sein.

Berger leuchtete an die Decke. Aus unzähligen Rissen begann Wasser herunterzuträufeln, dann spritzte es, und schließlich kamen dünne Bäche hereingeschossen und begannen langsam, die Höhle zu füllen.

»Paul! Wir müssen weg! Wo geht es zurück?«, rief Eva voller Angst.

Berger wies mit dem Licht seiner Taschenlampe den Weg. »Dort müssen wir hin! Schnell, bevor auch die Platte nicht mehr passierbar ist.«

Sie stolperten durch die Höhle zurück in den Gang und folgten ihm bis zum Schuttkegel, der zum Durchlass hinaufführte. Auf allen vieren krochen sie aufwärts, und Berger machte sich sofort daran, unter der Platte durchzukriechen.

Aber er kam gleich wieder zurück. »Wir kommen nimmer raus! Der Hund, der verreckte, hat auf der anderen Seite Steinplatten davorgewälzt. I bring sie ned weg!«

Wanner packte seine Taschenlampe mit den Zähnen

und schob sich in den schmalen Spalt. Im Lichtkegel sah er, dass der Ausgang mit einem Felsen zugeschoben war. Er versuchte ihn wegzudrücken, aber auch ihm gelang dies nicht. Er kroch zurück.

»Hier kommen wir nicht mehr raus. Wir müssen versuchen den Weg zu finden, den Palić genommen hat. Es muss einen zweiten Ausgang geben, der Mistkerl ist ja nicht durch den Gang zurück.«

Eva Lang begann zu zittern. Wanner legte beruhigend einen Arm um sie. »Keine Sorge, wir schaffen das schon. Aber wir müssen uns beeilen!«

Sie schlitterten wieder in den Gang hinab und kehrten zur Höhle zurück. Dort reichte ihnen das Wasser bereits bis über die Knie, und unaufhörlich strömte neues von oben herein.

»Wir müssen auf der Seite suchen, wo der Palić zuletzt war, dort muss es ja einen Ausgang geben!«, sagte Berger und schob sich durch das Wasser auf die andere Seite.

Wanner zog Eva an der Hand hinter sich her. »Gib Obacht, dass du nicht stürzt!«

Sie erreichten die Wandseite, von der auf sie geschossen worden war.

»Flori, geh du rechts und schau, ich geh links! Eva bleib hier stehen, da kann nix passieren.«

Wanner ging an der linken Wandseite entlang, die er sorgfältig ableuchtete. Es gab Löcher, Höhlungen, Risse und Ritzen, aber nichts schien groß genug zu sein, einen Menschen durchzulassen.

Und das Wasser stieg.

Deutlich war sein Rauschen in den letzten Minuten stärker geworden. Die Höhle füllte sich zusehends. Paul kehrte um, so weit war Palić sicher nicht in diese Richtung gegangen, also musste Florian etwas finden.

»Florian, hast du was gefunden?«, rief Wanner. Doch das Rauschen war so stark geworden, dass er nicht mehr zu verstehen war. Er beschleunigte seine Schritte, so gut es im Wasser ging, und kehrte zu Eva zurück. Im Schein der Lampe konnte er ihre schreckgeweiteten Augen sehen. Sie musste Todesängste ausstehen. Paul bereute es, sie mitgenommen zu haben, vor allem weil er gewusst hatte, dass sie Schwierigkeiten mit dieser Höhle haben würde.

Er packte sie sanft an den Schultern. »Keine Angst, Eva, wir bringen uns alle hier raus. Es dauert nur noch kurze Zeit, bis wir den zweiten Ausgang gefunden haben.«

Eva nickte, aber er sah, wie sich ihre Augen mit Tränen füllten.

»Ich muss nach dem Flori schauen. Bleib hier stehen, da ist eine kleine Erhöhung im Höhlenboden. Sicherheitshalber leg ich dir das Seil um und befestige es dort an dem Felsen.«

Danach tastete er sich an der rechten Wand entlang und rief nach Berger. Plötzlich sah er im Schein der Lampe, dass von der Höhle ein Seitengang abzweigte, kaum einen Meter breit und halbvoll mit Geröll und Wasser.

»Florian, bist du da drin?«, brüllte Wanner in den Seitengang. Er meinte, einen schwachen Lichtschein zu sehen und zwängte sich in den schmalen Gang. Auch hier strömte ihm Wasser entgegen.

»Florian!«

Er glaubte, etwas wie eine Antwort zu hören, und

tastete sich weiter vorwärts, mittlerweile schon bis zur Hüfte im Wasser. Der Gang machte einen Knick. Als Paul um ihn herum war, sah er Berger, der mit einer verzweifelten Geste winkte. Er hatte sich an spitzen Felszacken mit dem Anorak verfangen und konnte weder vor noch zurück. Das Wasser stand nur noch eine Handbreit unter seinem Kinn.

»Florian, ich bin gleich bei dir!«, schrie Wanner.

»Schnell, hier geht's raus! Hierher!«, rief Berger.

Paul riss Bergers Anorak auf und befreite ihn aus seiner lebensgefährlichen Lage.

»Schnell! Hol die Eva, bevor das Wasser den Ausweg versperrt! Hier geht ein Kamin in die Höhe, durch den müssen wir raus. Mach schnell!«, forderte Berger mit angstverzerrter Stimme.

Paul watete zurück. Sein Atem ging keuchend, das Wasser, teilweise schon bauchhoch, bremste sein Vorwärtskommen. In der Höhle rief er nach Eva und schwenkte seine Taschenlampe. Gleichzeitig versuchte er, sich an der Wand zu ihr vorzutasten.

Endlich sah er einen Lichtschein. Eva kam ihm entgegen, sie hatte das Seil abgestreift. Er packte sie und zog sie, mit aller Gewalt gegen das Wasser ankämpfend, mit sich fort. Dann schlüpften sie in den Seitengang, der schon gefährlich hoch überflutet war. Endlich erreichten sie sein Ende, an dem Berger ungeduldig wartete.

»Schneller! Raus hier!« Er zwängte sich in den Kamin und stieg in die Höhe. Paul schob Eva nach, Berger zog sie von oben.

Ein Sturzbach kam herunter und überspülte sie vollständig.

Eva rutschte aus, aber Paul konnte sie festhalten.

Florian erreichte endlich den oberen Rand des Kamins und stieg ins Freie. Dann zog er Eva nach und half auch Paul heraus.

Die drei sanken erschöpft ins Gras. Sie rangen nach Luft, und Eva weinte hemmungslos.

Paul sah Berger an. Der verstand den Blick und wandte sich ihr zu. Er streichelte Evas Rücken und sprach beruhigend auf sie ein. Ihm gelang es schließlich, dass sie zu weinen aufhörte.

Wanner fingerte an seinem Handy herum. Er hielt es zwar nicht für möglich, dass es noch funktionierte, aber es gelang ihm doch, einen Notruf abzusetzen.

Nachdem das Unwetter nachgelassen hatte, kam ein Hubschrauber und holte die völlig Erschöpften ins Tal zurück.

37 Radomir Palić lief keuchend das Löwental hinauf. Schweiß rann ihm in die Augen, sein Herz raste. Nur weg von hier, schoss es ihm durch den Kopf, weg von all dem Schrecklichen. Drei Menschen kämpften seinetwegen in der Höhle um ihr Leben. Hatte er etwa Gewissensbisse? Er stolperte über scharfkantige Steine, wäre beinahe gestürzt und erreichte schließlich die Wegkreuzung am Gottesackerplateau.

Der Wind blies über ihn hinweg, das Unwetter tobte um ihn herum. Er war durchnässt bis auf die Haut, sein Rucksack klebte am Rücken. Im Wüten der Elemente, das eher zuzunehmen schien, glaubte er den Schrei eines Vogels gehört zu haben, oder war es ein Mensch gewesen? Folgte ihm jemand? Waren sie schon hinter ihm her? Was, wenn Wanner weitere Polizisten auf das Plateau beordert hatte? Entsetzt blickte er zurück. Nichts.

Er bog ab und wankte den Weg zur Gottesackerscharte hinauf. Wieder schaute er sich um. Eine Regenwolke verdeckte die Sicht. Ein Blitz zuckte über den Himmel, der Donner folgte unmittelbar danach. Palić kauerte sich hinter einen Felsen und lehnte den Kopf dagegen. Sein Puls hämmerte, sein Herz schmerzte. Die Lungen schienen jeden Augenblick zu bersten.

Als er wieder besser Luft bekam, kämpfte er sich weiter zur Scharte hinauf. Ohne dort anzuhalten, begann er den Weg auf der anderen Seite hinunterzulaufen. Einmal stürzte er und schlug sich das Knie auf. Zwar regnete es noch, aber hier auf der Nordseite schien das Unwetter langsam nachzulassen.

Palić überquerte den Windecksattel und begann den langen Abstieg durch das Mahdtal. Je weiter er hinunterkam, desto sicherer wurde er wieder. Fast schämte er sich jetzt, dass er sich hatte so gehen lassen und sein Gewissen sich einen kurzen Moment gemeldet hatte. Das kannte er doch schon lange nicht mehr! Er dachte höhnisch an die drei Eingeschlossenen in der Höhle. Die kamen sicher nicht mehr lebend heraus. Soll die doch der Teufel holen! Verdammte Bullen, was mussten sie ihm aber auch so nahekommen.

Das gut gewählte Versteck seines Kombis lag am Ausgang des Mahdtales. Er wollte versuchen, zum Wagen zu gelangen und damit über die Grenze zu entkommen. Im Wageninneren lag ein Paar gestohlener Kennzeichen, damit hatte er vielleicht eine Chance. Und wenn nicht, wollte er sich durch die Breitachklamm schlagen und versuchen, am anderen Ende einen Bus zu erreichen.

Allmählich hörte der Sturm auf, und auch der Regen begann nachzulassen. Palić lief den Weg bergab, und wieder glaubte er, einen Schrei gehört zu haben. Ein Schauer lief ihm über den Rücken, zum wiederholten Male blickte er sich um. Er hatte keine Augen für die Gämse, die mit ihrem Jungen ein Stück oberhalb des Weges stand und ihm nachäugte. Er sah auch die beiden schwarzen Punkte nicht, die langsam kreisend herabkamen und größer wurden.

Eine halbe Stunde später führte der Weg in kurzem Abstand am Hölloch vorbei.

Palić hörte von dort ein Geräusch und glaubte einen Ruf gehört zu haben. Wer war das?

Er musste an Marion denken und an ihr schreckliches Ende. Panik überfiel ihn, und einem inneren Zwang folgend, rannte er auf das Hölloch zu.

Der Regen hatte plötzlich aufgehört, die Wolkendecke riss auf. Palić warf beim Laufen seinen Rucksack ab, trat an den Abgrund und sah in die Tiefe. Er dachte an seine Tat, wollte sich umdrehen und weitereilen.

Da vernahm er ein Flügelschlagen, und zwei Kolkraben streiften ihn im Tiefflug. Ihr plötzliches, überlautes Krächzen riss ihn herum. Er verlor die Balance und versuchte verzweifelt, sich am Rand zu halten.

Doch die Raben hatten eine schnelle Kehre gemacht und kamen krächzend zurück.

Palić rutschte aus und konnte das Gleichgewicht nicht mehr halten. Mit einem gellenden Schrei stürzte er in den senkrechten Schacht. Mehrfach die Wand streifend, verschwand er in der Tiefe.

Die beiden Vögel umkreisten lautlos das Hölloch, dann stiegen sie auf und verschwanden in Richtung Ifen.

Über dem Windecksattel hatten sich plötzlich alle Wolken verzogen, der Himmel begann in der langsam untergehenden Sonne rötlich aufzuleuchten. Ihre Strahlen umgaben die Felswände wie eine Gloriole. Oben an der Scharte modellierten sie Formen aus Licht und Schatten und ließen die Felsen plastisch hervortreten. Das Glühen wurde immer intensiver, je weiter sich die Sonne dem Horizont näherte.

Das Ifenfeuer leuchtete wieder und verzauberte die Landschaft.

EPILOG

Nachdem klar war, dass nicht Sonja Stark, sondern Radomir Palić Brugger getötet hatte, wurde die Anklage gegen die Frau auf gefährliche Körperverletzung abgeändert. Sie bekam von einem verständnisvollen Richter eine Geld- und Bewährungsstrafe und konnte nach Hause zurückkehren.

Wanner und Eva, die sich bald von ihrem Abenteuer erholt hatte, erstatteten dem Polizeipräsidenten so rechtzeitig Bericht, dass er zu seinem reservierten Tisch mit dem Kollegen Moosbrugger nach Heimenkirch fahren konnte. Die Bedienung dort erzählte später, die beiden Herren müssten wohl ein humorvolles Thema besprochen haben, denn sie hätten öfter lauthals gelacht, besonders nachdem die zweite Flasche Chardonnay zur Hälfte geleert war.

Florian Berger machte zwei Tage Urlaub und trat danach seinen Dienst in Hirschegg wieder an. Seine Kollegen begannen sich zu wundern, dass von ihm immer häufiger Briefe an die Kripo in Kempten abgingen, konnten sich aber keinen Reim darauf machen. Auch die Tatsache, dass daraufhin eine Eva Lang von dort antwortete, blieb ihnen unverständlich.

Pfarrer Aniser erhielt von der Universität in Innsbruck die auf Schneiderküren gefundenen Knochen- und Schädelteile ausgehändigt. Er übergab sie auf dem Friedhof in Riezlern der geweihten Erde und freute sich, als zu der kleinen Zeremonie auch Wienand, Wanner, Berger und Eva Lang erschienen. Dann lud er alle zu sich nach Hause und servierte nach dem Kaffee noch einen Kräuterschnaps namens Ifenfeuer, den er selbst hergestellt hatte.

Paul Wanner hatte gleich nach dem Abenteuer in der Löwenhöhle, die ihnen fast zum Verhängnis geworden wäre, einen Anruf der Polizei in Oberstdorf bekommen. Ein paar Wanderer hatten am Hölloch einen Rucksack gefunden, darin sei unter anderen Sachen auch ein Ausweis gewesen, der auf den Namen Radomir Palić ausgestellt war. Wanner bat daraufhin den Verein für Höhlenkunde in Sonthofen, einen Suchtrupp in das Hölloch zu schicken, um nach Palić zu suchen. Die Männer hatten dann den zerschmetterten Leichnam am Grund des Höllochs gefunden und geborgen.

Wanner bat auch Wienand sich umzuhören, ob die geheimnisvollen Raben, Gämsen, Auerhähne und vor allem die beiden seltsam gekleideten Fremdlinge noch einmal gesichtet worden waren.

Ein halbes Jahr später erhielt er die Auskunft, dass dies bisher nicht mehr der Fall gewesen war.

Der wertvolle Steinzeitschatz schließlich sollte nach Beendigung des geplanten Museumsneubaus gut gesichert im Kleinwalsertal bleiben.

Eines Tages stand im Amtsblatt für das Kleinwalsertal die Heiratsanzeige von Kathi Neuhauser und Giovanni Mancini.

Als Berger sie las, dachte er erleichtert: Gott sei Dank, für die Walser Männer ist nun auch diese Gefahr vorüber!

»DAS BESTE KRIMI-DEBÜT DES JAHRES«
Sebastian Fitzek

Inge Löhnig

DER SÜNDE SOLD

Kriminalroman

ISBN 978-3-548-26864-4
www.ullstein-buchverlage.de

Mariaseeon, im Süden Münchens: Nach tagelanger Suche findet man den fünfjährigen Jakob nackt, gefesselt und verstört auf einem Holzstoß im Wald. Wenig später wird seine Erzieherin zu Tode gemartert. Eine biblische Opferszene, ein Mord nach Art der Inquisition – unter den Dorfbewohnern geht die Angst um. Einer von ihnen ist ein sadistischer Mörder, und Kommissar Konstantin Dühnfort muss ihn finden, bevor er wieder zuschlägt.

Joachim Rangnick
Der Ahnhof

Ein Allgäu-Krimi
ISBN 978-3-548-60992-8

Immer wieder verschwinden Frauen und Männer in der Nähe des alten Korbach-Hofes. Die seit Generationen dort ansässige Familie steht unter Verdacht, etwas mit den Vermisstenfällen zu tun zu haben. Beweise wurden nie gefunden. Als der Hof zum Verkauf steht, ahnen Journalist Robert Walcher und seine kauzig-liebenswerte Haushälterin Mathilde, dass die Auflösung der Fälle endlich näher gerückt ist. Sie beginnen zu recherchieren und stoßen auf eine Familiengeschichte, die über Generationen zahlreiche Opfer gefordert hat – und bald geraten auch sie selbst in das Visier des Täters.
Ein Kriminalroman aus dem idyllischen Allgäu, in dem das Böse Menschengestalt angenommen hat – Gänsehaut garantiert.

www.list-taschenbuch.de

List

JETZT NEU

 Aktuelle Titel   Login/Registrieren   Über Bücher diskutieren

Jede Woche vorab in einen brandaktuellen Top-Titel reinlesen, ...

... Leseeindruck verfassen, Kritiker werden und eins von **100** Vorab-Exemplaren gratis erhalten.

 vorablesen.de